the ORIGINALS

Série Diários do Vampiro

O despertar

O confronto

A fúria

Reunião sombria

O retorno – Anoitecer

O retorno – Almas sombrias

O retorno – Meia-noite

Caçadores – Espectro

Caçadores – Canção da lua

Caçadores – Destino

Série Mundo das Sombras

Vampiro Secreto

Filhas da escuridão

Submissão mortal

Série Círculo Secreto

A iniciação

A prisioneira

O poder

A ruptura

A caçada

A tentação

Série Diários de Stefan

Origens

Sede de sangue

Desejo

Estripador

Asilo

Série The Originals

Ascensão

A perda

CRIADO POR JULIE PLEC

the ORIGINALS

Ascensão

Tradução
Ryta Vinagre

8ª edição

Galera
RIO DE JANEIRO
2024

CIP-BRASIL. CATALOGAÇÃO NA PUBLICAÇÃO
SINDICATO NACIONAL DOS EDITORES DE LIVROS, RJ

Plec, Julie
P619o The originals: ascensão / Julie Plec; tradução Ryta Vinagre.
8. ed. – 8. ed. – Rio de Janeiro: Galera Record, 2024.

Tradução de: The originals: the rise
ISBN 978-85-01-10433-5

1. Ficção americana. I. Vinagre, Ryta. II. Título. III. Série.

15-20806 CDD: 028.5
CDU: 087.5

Título original
The Originals: The rise

Publicado mediante acordo com a Rights People, London.

Produzido por Alloy Entertainment, LLC.

Editoração eletrônica: Abreu's System

Impresso no Brasil

ISBN 978-85-01-10433-5

EDITORA AFILIADA

Seja um leitor preferencial Record.
Cadastre-se em www.record.com.br e receba informações
sobre nossos lançamentos e nossas promoções.

Atendimento e venda direta ao leitor:
sac@record.com.br

Prólogo

1713

Vivianne Lescheres não tinha medo do escuro. A noite caía como um manto quente em seus ombros. A lua quase cheia banhava o bayou de preto e cinza, escondendo e alterando suas verdades, mas os pés de Vivianne eram firmes e seu coração batia estável, mesmo para uma menina de 10 anos. Na escuridão, ela era livre.

Vivianne, nascida ao mesmo tempo bruxa e lobisomem, tinha ambos os clãs como seus protetores, sua família. Nenhum perigo poderia lhe atingir, nem mesmo dos moradores mais barra-pesada de Nova Orleans. Nunca houvera parte da cidade que ela temesse percorrer.

Entretanto, nesta noite, ao se aproximar do rio largo e lento, o único cheiro que ela sentia era o de morte. Reduziu o passo, olhando em volta, em busca do que havia de errado. A noite não conseguia guardar segredos de seus olhos por muito tempo, e logo ela viu um barco fantasma se esgueirar pela beira do pântano. Colocou uma bota na frente da outra, aproximando-se mais da água do rio Saint Louis.

A embarcação parecia pequena, pequena demais para uma viagem confortável, mas forte o bastante para uma travessia oceânica. Apesar disso, nem os olhos afiados de Vivianne conseguiam localizar uma só alma a bordo. A embarcação simplesmente deslizava pela água, a madeira rangendo levemente com a suave correnteza da meia-noite.

Ela chegou à beira do bayou e ouviu um grito se erguer de uma das sentinelas. Enfim eles notaram a embarcação fantasmagórica.

Escondendo-se atrás de uma moita de junco, Vivianne sentiu o forte impulso de incendiar o barco e deixar que a água o levasse de volta ao mar. Não importava o que fosse e independente do que carregasse, ela não o queria em sua cidade.

A embarcação encalhou na margem, convidando as sentinelas a se aproximar. Eles não perderam tempo, subindo a escada montada na lateral do casco do barco fantasma. Ela pensou em gritar a eles, mas não conseguia imaginar que o aviso de uma criança faria os homens se afastarem do que acreditavam que fosse um tesouro abandonado.

O luar cintilou na pele clara e no cabelo dourado de um homem que se esgueirava pelo convés, seguindo os guardas abaixo. Ele se deslocava com velocidade e força inumanas conforme puxava um homem para o cordame da embarcação. Ergueram-se gritos do convés. O ar cálido da noite ficou pegajoso na pele de Vivianne, fazendo-a tremer. O cheiro acobreado de sangue vagou do rio em sua direção, e ela já vira o bastante: fugiu.

A escuridão se fechava sobre Vivianne, raízes e calombos estendendo-se para apanhá-la pelos pés conforme corria pelo pântano. Algo novo chegara a Nova Orleans e a noite nunca mais seria segura.

1

1722

"Entrar de penetra" em uma festa soava lindamente destrutivo, mas Klaus achou a realidade uma decepção. Havia sido fácil demais conseguir ser convidado, e os lembretes constantes de Elijah de que a violência era proibida mostraram-se inteiramente desnecessários. O que esperava por eles dentro do palacete era apenas uma festa comum. Bruxos e lobisomens bebiam e dançavam com sua própria espécie, cada um deles lançando ocasionais olhares desdenhosos aos integrantes do outro clã. O salão de baile era sufocante e os criados humanos andavam entorpecidos pela multidão, controlados por algum feitiço que os tornava tão sem graça quanto todo o resto. Klaus não entendia por que o irmão estivera tão ansioso para comparecer a este evento, mas o raciocínio de Elijah era frequentemente heterodoxo.

Uma jovem com olhos de gazela lhe entregou uma taça de champanhe e Klaus provou da bebida com entusiasmo. Devia ser de boa qualidade, mas não causou-lhe nenhuma impressão real. Afinal, não era o melhor juiz para drinques servidos em companhia social.

— Espere — chamou ele, e a jovem se virou obedientemente, ainda equilibrando a bandeja de taças numa das mãos. Klaus se aproximou dela, vendo o brilho mel de seus cabelos e a pulsação suave no pescoço. — Preciso de um pouco de ar — improvisou. — Pode me mostrar o jardim?

A humana hesitou por um momento, seus lábios separados como se soubesse que devia declinar, mas não podia. Ela baixou a bandeja e Klaus a seguiu à margem do deslumbrante salão. Ele a pegou antes que a porta estivesse inteiramente fechada, os olhos se adaptando de imediato à escuridão do jardim. Sua mão direita cobriu a boca da menina, abafando qualquer som que pudesse escapar, enquanto a esquerda afastava o cabelo da pele do pescoço. Ele sentiu seus dentes se estenderem e afiarem enquanto olhava o pescoço liso. Suas presas procuraram a pulsação da garota, cravaram-se em seu pescoço e se fixaram ali, e o sangue quente lhe fluiu à boca.

A mente de Klaus já estava longe quando o coração da garota começou a fraquejar. Seus olhos percorreram o jardim enluarado, procurando por esconderijos. No minuto em que a garçonete morreu, ele a carregou até um muro coberto de madressilvas e a escondeu em meio às trepadeiras. Klaus não se deu ao trabalho de inspecionar seu trabalho com muita atenção. Deixar a festa tediosa por uma morte tediosa fez com que seu humor ficasse inesperadamente pior.

Ele voltou pelas portas duplas entalhadas, assaltado brevemente pela luz e a música. Sua volta passou quase inteiramente despercebida, mas não tanto. O brilho de uma dúzia de lustres cintilava em uma pilha de cachos louros e perfeitos, e um par de olhos castanhos e sérios estava fixo em seu rosto.

Rebekah devia estar espionando para Elijah e alimentando a estranha obsessão dele em "se encaixar". Certificando-se de que o meio-irmão rebelde não fizesse nada que colocasse em risco seus brilhantes planos.

Juntos, os três vampiros Originais poderiam tomar posse desta nova cidade num segundo, tornando-a uma fortaleza contra o inimigo que os perseguia. Em vez disso, passaram nove longos anos escondendo-se em cantos escuros, alimentando-se apenas quando necessário e tentando fazer amizade com os moradores. Klaus concordara com tudo isso temporariamente, mas não podiam esperar que ele abrisse mão de toda a diversão enquanto se curvava aos esquemas de Elijah.

Enojado, ele se afastou da irmã, apenas para notar que era observado por outra pessoa. A garota que olhava em sua direção era uma das bruxas, pensou ele, embora tivesse quase certeza de tê-la visto dançando com um lobisomem desengonçado. Uma jovem e linda bruxa que não tinha medo de se afastar de sua própria espécie? *Isto* podia ser agradável e até redimir esta festa pavorosa. Com o cabelo preto, a pele de porcelana e olhos intensamente negros, ela *quase* podia ter sido uma vampira, mas Klaus sabia que os feitiços que enchiam sua linda cabeça não eram nada quando comparados com o poder dele.

O vampiro se imaginou abrindo a pele branca de seu pescoço; podia ouvi-la implorando por isso. Klaus podia ser o último homem a absorver a luz que parecia se irradiar dela antes de apagá-la para sempre.

Ele observou a jovem bruxa andar pelo salão, parando para conversar e dançar aqui e ali. De vez em quando, seus olhos negros e brilhantes encontravam os dele e se desviavam rapidamente. Klaus se aproximou, seguindo-a entre os vestidos de baile e casacas, feito um tigre deslizando pela relva alta.

A música mudou e os dançarinos obedientemente separaram-se em grupos de oito, um casal em cada canto. Klaus acabou em um grupo do outro lado de sua nova presa — seria sua imaginação, ou ela começara a se afastar quando viu que ele se aproximava? —, mas isso seria facilmente remediado. Os dançarinos batiam os pés e se viravam com a música, e Klaus deixou que o levassem à garota. Ele observou até que ela estivesse logo às suas costas e então girou o corpo.

— Permite-me interromper? — perguntou, sem rodeios e sem esperar por uma resposta, puxando-a nos braços.

O parceiro dela gaguejou alguma coisa e se afastou. Klaus nem se incomodou em vê-lo partir.

Os lábios vermelhos da garota se ergueram em um sorriso pesaroso.

— Pobre Gerald. — Ela suspirou, seus olhos negros brilhando à luz das velas. — Creio que ele não tenha visto você se aproximar.

— Penso que você, sim, Mademoiselle — retorquiu Klaus, girando-a para longe de seu corpo e a trazendo de volta, desta vez para mais perto.

— Vivianne — respondeu ela, erguendo com expectativa os dedos enluvados.

Ele virou sua mão para beijar a face interna do pulso, deixando que os lábios se demorassem na pele um pouco mais do que o habitual. Ela não ruborizou como faria a maioria das garotas de sua idade; apenas ergueu uma sobrancelha cética.

— Niklaus Mikaelson — respondeu ele. — É uma honra.

— Estou certa que sim — disse Vivianne em voz baixa. Ela virou o rosto, distraída. Depois voltou a olhá-lo e sorriu, e foi como se o sol tivesse aparecido: deslumbrante, poderoso e perigoso. — Quem, aliás, o arrastou a este evento tedioso? Ou você simplesmente entrou por acaso e perdeu a saída de vista?

Klaus notou Elijah observando-o do canto do salão. Os olhos castanhos do irmão estavam cravados nele, investigativos. Elijah fez um gesto brusco com a cabeça, tentando chamar sua atenção sem que ninguém mais percebesse. Klaus o olhou fixamente e com curiosidade, intrigado com a veemência de seu protesto silencioso.

— Meus irmãos garantiram-me que esta festa seria o evento social da temporada — respondeu ele. — Eu não estava convencido, mas certamente melhorou drasticamente nos últimos minutos.

A sobrancelha de Vivianne se ergueu outra vez; ele não sabia se ela ficara lisonjeada ou se apenas se divertia.

— Eu não teria pensado que você é do tipo de homem que gosta de dança de salão.

— Nem eu. — A música indicou uma mudança de parceiros, mas Klaus fuzilou com os olhos o jovem que estendia a mão para Vivianne. — Não levo muito jeito para isso — admitiu ele —, mas você dança lindamente. Não sabia que esta cidade revelaria jovens tão elegantes. Você já viajou?

Os olhos de ônix da garota brilharam de malícia.

— Creio que você quer que eu saiba de *suas* viagens — interpretou ela com secura. — Deve ter visto coisas extraordinárias.

— Ah, eu vi. — Visões de arrepiar os cabelos, mas Klaus podia poupar esses assuntos para outro momento mais íntimo. — Mas você não respondeu, Mademoiselle Vivianne. — Na realidade, ele percebeu, ela nem mesmo lhe dissera seu sobrenome.

Ela chegou mais perto do peito dele do que a dança exigia.

— Deve ser terrivelmente perturbador para você. — O sarcasmo pingava de sua voz, como mel misturado com sangue. — Tenho certeza de que está acostumado a conseguir o que quer.

Um riso curto e surpreso explodiu da garganta de Klaus.

— Ah, misteriosa Vivianne, penso que eu preferiria ser rejeitado por você a conseguir qualquer coisa com outra esta noite.

— Não deve ofender a lista de convidados — repreendeu ela, jocosamente. — Pelo que sabe, *eu* posso ter convidado todas essas pessoas. Podem ser quinhentos dos meus amigos mais íntimos.

— Metade deles pode ser, de qualquer modo. — A divisão entre os dois clãs ainda era evidente; não havia lobisomens do lado deles do salão.

— A paz é uma coisa maravilhosa — respondeu Vivianne, com tal mansidão que ele suspeitou que ela pensasse algo bem diferente.

A longa guerra entre os bruxos e lobisomens de Nova Orleans finalmente se aproximava do fim e Klaus parecia o único que preferia não comemorar. Seria possível que esta bruxa tivesse suas dúvidas a respeito da trégua? Para Elijah, inflexível, a guerra deveria continuar sem nenhuma interferência dos vampiros, mas se algumas bruxas estivessem insatisfeitas... Esta jovem encantadora podia ser muito mais do que uma simples refeição.

Klaus percebeu que sorria genuinamente pela primeira vez naquela noite. Talvez devesse deixar que a linda bruxa vivesse; Nova Orleans ficava menos monótona com sua presença.

— Terei de ficar perto de você e tomar de empréstimo parte de sua popularidade — provocou ele. — Não creio ter muitos amigos aqui.

— Que sorte que eu esteja presente para protegê-lo de todas essas pessoas horríveis. — Ela revirou os olhos com desdém, por um breve momento parecendo a menina que era.

Ele sorriu com malícia.

— Proteger os inocentes é o que *eu* faço, Mademoiselle. Estou surpreso que minha reputação não tenha me precedido.

A música terminou e os dançarinos também pararam. Vivianne ficou na ponta dos pés, colocando o rosto tão perto do de Klaus que ele podia ter mordido seus lábios.

— Ah, mas ela o precedeu — sussurrou Vivianne, seu sorriso maldoso bloqueando todo o resto no salão decadente.

Ela estendeu a mão para tocá-lo, acariciando o canto da boca de Klaus com um dedo longo. Ele se virou para beijá-lo, para devorá-lo, mas ela saiu de seus braços e ele viu que a ponta do dedo de Vivianne ficara vermelha. Um pouco do sangue da garçonete, esquecido; devia ter estado ali o tempo todo.

Vivianne estava na metade de sua travessia pelo salão quando ele pensou em segui-la e, antes que pudesse se mexer, trombetas soaram uma alegoria comemorativa. Frustrado, Klaus esperou, impaciente porém confiante, de que em breve haveria uma oportunidade melhor e mais reservada de pegá-la.

— Senhoras, senhores, convidados distintos — disse uma voz, silenciando a tagarelice em volta deles. — É um grande prazer recebê-los na mais feliz das ocasiões. Tenho a honra de apresentar-lhes, pela primeira vez como um casal de noivos, Armand Navarro e Vivianne Lescheres. — Vivianne se colocou ao lado do lobisomem que Klaus vira com ela mais cedo, passando o braço pelo dele como se os dois nunca tivessem se separado. Seu sorriso estava inteiramente luminoso quando ela ergueu o braço branco e acenou para os convidados.

O salão explodiu em um frenesi de aplausos e gritos, mas Klaus ficou imóvel. De súbito, a festa fez todo o sentido. Não estavam apenas comemorando o fim da guerra; a estavam selando com sangue. Os Navarro eram a família de lobisomens mais importante de Nova Orleans; assim, um Navarro casando-se com uma bruxa... E, se eles concordaram, Vivianne devia ser uma bruxa extraordinária.

Klaus estreitou os olhos. Era de fato extraordinária. Devia ter sido dela que ouvira falar: a filha de uma bruxa com um lobisomem. Ele sempre desprezou esses boatos, julgando-os tolices; entretanto, a filha dos dois clãs colocou-se diante dele, com um coração pulsante. Quando Elijah falou da festa, não incluiu alguns detalhes importantes — e o único motivo em que Klaus podia pensar era que seu irmão não confiava que ele não interferiria no acordo selado bem debaixo do nariz de todos.

Mas alguém *deveria* interferir. Klaus sentia-se mais seguro quando seus rivais se odiavam tanto quanto a ele. Além disso, Vivianne era boa demais para ser desperdiçada com um lobisomem.

— Ela não serve para você, Niklaus — repreendeu Rebekah, aparecendo junto a seu braço. — A preparação desta aliança levou uma geração inteira. Interferir nela está fora de cogitação, portanto, esqueça que ela existe.

Klaus observou Vivianne dançar com o noivo. Seu corpo leve movia-se com graça pelo chão, a saia seguindo um instante depois como um eco. Ele não respondeu a Rebekah; não era necessário. Ambos sabiam que o alerta chegara tarde demais.

2

O salão em volta de Elijah zumbia e girava com a tagarelice alegre e a dança animada, mas, em seu âmago, ele não conseguia parar de procurar por problemas. Qual seria o primeiro sinal que lhe permitiria ser mais rápido, mais inteligente e mais preparado que todos os outros? Da relativa paz do canto escuro, ele observava os convivas sem parceiros de dança, os cochichos, os excluídos. Mas, evidentemente, ao voltar o olhar à pista de dança, ele percebeu que procurava no lugar errado. O problema estava bem no cerne da festa, dançando com a noiva. A cabeça clara dele curvava-se em direção à escura, ouvindo, a boca expressiva sorrindo e murmurando de um jeito que transmitia uma intimidade imediata. Por que Elijah se deu ao trabalho de olhar para todo lugar que não para Klaus?

Teria sido um erro esconder do irmão mais novo e impetuoso os termos da paz entre os lobisomens e os bruxos? Como todas as rixas respeitáveis, esta terminava com um casamento entre as duas famílias, e Elijah prometera que os vampiros não perturbariam o acordo. Ele pensara que o segredo para manter o irmão na linha seria desviar sua atenção de Vivianne e seu prometido, já que Klaus parecia ter um pendor nada natural para querer o que não era dele. Mas este plano foi um completo fracasso.

Vivianne Lescheres, a rara filha de uma bruxa com um lobisomem, era uma mulher com um destino. A nova e frágil paz dos cidadãos sobrenaturais da cidade dependia inteiramente de seu casamento iminente, e os irmãos Mikaelson dependiam dessa paz. Rebekah havia argumentado de forma fervorosa e convincente que contar a Klaus sobre uma bela jovem que lhe era proibida só garantiria que ele a seduzisse, mas, ao que parecia, *não* ter contado também não ajudara em nada.

— Está vendo isso? — Rebekah suspirou, contornando uma coluna para se juntar ao irmão no escuro. — Sempre podemos confiar que ele encontrará um jeito de se meter em tudo, sem sequer saber do que se trata.

— Precisamos contar a ele agora — rosnou Elijah, certo do erro que os dois cometeram. — Ele ficará ainda pior se descobrir sozinho.

— Alguma vez ele esteve melhor, para piorar?

Aparentemente satisfeita com esta tirada, Rebekah voltou à pista, varrendo o chão encerado com o vestido. Ela frequentemente deixava claro que acreditava que *não existia* um jeito de manipular Klaus, mas Elijah recusava-se a deixar de tentar. Os três conseguiram permanecer juntos e sobreviver por todo esse tempo — por quase mil anos. Separados, não havia futuro para eles.

Ele tentou gesticular para Klaus, mas só conseguiu chamar sua atenção por um breve segundo antes que o irmão voltasse os olhos para a meia-bruxa. Elijah perguntou-se o que a garota estaria dizendo a ele; de certo modo, duvidava de que estivessem falando de seu noivo.

Seria insolente demais interromper agora. Só podia observar conforme as trombetas soavam e Vivianne deixava Klaus para se unir ao futuro marido. Pelo rubor afobado nas bochechas de Vivianne, Elijah tinha certeza de que ela estivera brincando com Klaus. Considerando que seu irmão provavelmente pretendia devorá-la, era difícil para Elijah guardar rancor, mas parecia que Klaus não era o único que demandava uma atenta observação.

— Sei que os bruxos selaram um acordo permitindo que vocês fiquem em Nova Orleans — retumbou uma voz em seu ouvido. — Se dependesse de mim, vocês seriam jogados de volta no rio Saint Louis. — Solomon Navarro era o tipo de homem que não escondia sua verdadeira natureza. Imenso, musculoso e exibindo uma cicatriz iníqua do lado direito do rosto, mais parecia um lobo fingindo-se de humano do que o contrário. Nem mesmo a casaca impecável dava a ilusão de civilidade superando a selvageria.

— Meus parabéns pelo noivado de seu filho — respondeu Elijah educadamente, lutando com toda sua vontade para não mostrar as presas ao homem enorme e carrancudo. — Deve estar muito orgulhoso.

Elijah sentia que era mais importante ser visto ali, prestando seus respeitos aos poderosos clãs locais, do que se preocupar em ser flagrado sem convite. Talvez houvesse subestimado a tensão de uma ocasião tão feliz.

— Ela pensa e age como uma bruxa — rosnou Sol, indicando Vivianne com desdém. — O pai morreu cedo demais para ter alguma influência em sua criação, o que foi uma oportunidade perdida. Mas, como símbolo, sua ancestralidade pode ser útil. A não ser que a *coisa* que você trouxe coloque os dentes nela, evidentemente. Já pensou alguma vez em curar seu irmão de sua ignóbil imortalidade?

— Niklaus não criará problemas — garantiu Elijah ao homem gigante, com um olhar rápido ao irmão.

Klaus estava fora de alcance, mas mesmo assim sempre parecia saber quando os irmãos não estavam inteiramente do seu lado. A crença de Klaus de que não pertencia a essa família por ser apenas meio-irmão era o veneno que dividia e colocava em risco os Originais. Entretanto, apesar de suas melhores intenções, Elijah jamais conseguiu convencer o irmão do contrário.

Ainda assim, a raiva de Sol de certo modo era justificada e não só devido à imprudente dança em andamento. Klaus começara sua estada em Nova Orleans caçando lobisomens. As bruxas fizeram vista grossa, exigindo apenas que os Mikaelson não criassem novos vampiros. No entanto, com o casamento, o equilíbrio da paisagem sobrenatural alterava-se. Um massacre — mesmo pequeno, mesmo um massacre que tinha cessado havia anos — poderia ser usado contra eles pelos bruxos e lobisomens. Pensando bem, os Mikaelson nem deveriam ter vindo a esta festa.

— Ele *tem sido* um problema desde que vocês três aportaram aqui — disse Sol rispidamente, e Elijah entendeu que ele ainda guardava ressentimentos. — Fui informado de que há um cadáver no jardim leste. Uma das humanas.

Klaus.

— Então não sei por que está tão aborrecido — respondeu Elijah dando de ombros, rígido. Percebeu que sua paciência para a diplomacia tornara-se perigosamente escassa. — Se ele está ocupado com humanos, não ameaça sua espécie. Ainda assim, não faria mal lembrar a seu bando que fiquem entre quatro paredes depois do anoitecer. É uma questão de bom senso para qualquer um que não consiga lidar com um vampiro sozinho.

O golpe pegou Elijah inteiramente desprevenido, atingindo seu maxilar e o fazendo rodar antes mesmo que pudesse reagir. Ele ouviu um rosnado e dois olhos selvagens brilharam amarelos em algum lugar nas sombras. Elijah sentiu os dentes ficarem afiados e mortais, mas os rosnados se multiplicaram e ele ficou petrificado.

— Esta é a vantagem de ser um bando — disse Sol com jovialidade, o rosto largo vincando-se em um sorriso cruel. — Nunca estamos verdadeiramente sós.

Elijah calculou que pelo menos cinco lobisomens haviam se unido a eles.

— Seu irmão não pagou pelo sangue que derramou — escarneceu uma voz ao lado dele. Parecia familiar, talvez o filho mais novo de Sol. — Ainda assim, vocês simplesmente entram aqui pensando que tudo será perdoado? — O grupo lhe fez eco com murmúrios sombrios de concordância.

Elijah mostrou as presas e sorriu com malícia enquanto o lobisomem dava um passo para trás, hesitante. O nome dele era Louis, lembrou-se Elijah, e, ao contrário do irmão magro, herdara a altura e o porte pesado do pai.

É por isso que os Mikaelson precisam ficar unidos, pensou Elijah, irritado. Para o *seu* "bando", seis lobisomens não seriam nada. Apanhado sozinho, ele teria de improvisar.

— Sol — começou ele, enquanto mãos fortes agarravam o colarinho da camisa branca.

— Levem-no para fora — ordenou Sol em voz baixa, e Elijah foi praticamente erguido do chão.

Conseguiu ter equilíbrio suficiente para sair do chão e girar-se para trás do círculo de lobisomens. Atacou com os punhos, sem notar quem atingia, desde que fizesse contato. Um lobisomem moreno de olhos verdes impressionantes aproximou-se o bastante para esmurrar as costelas de Elijah, que retribuiu quebrando seu braço. O estalo que se seguiu foi nauseante. Louis tirou o companheiro ferido do caminho numa tentativa de atingir Elijah e o vampiro acompanhou atentamente seu progresso. Louis era consideravelmente maior do que os outros lobisomens e só um dos lacaios de Sol estava efetivamente fora de combate.

Outro golpe atingiu o rim de Elijah: estava mais uma vez cercado. Virou-se mais rápido do que o olho humano pode acompanhar para fazer frente ao novo agressor, percebendo tarde demais que dera as costas ao mais formidável de seus inimigos. Antes que Elijah pudesse pensar em um jeito de se defender de Louis, ouviu o gigantesco lobisomem gritar de dor e cair no chão.

Klaus se postava atrás dele, os olhos e a boca destacando-se nitidamente contra a fúria lívida de seu rosto. Elijah esperou pelo ataque seguinte, mas neste momento Rebekah juntou-se a eles. Sua mão branca e magra pousou na manga de Sol, com um aperto mortal. Embora a cara larga do lobisomem ainda fervesse de raiva, Elijah sabia que Solomon tinha inteligência para calcular suas chances. Juntos, os três vampiros Originais não eram presas fáceis para ninguém.

— Agora basta — avisou Rebekah, a voz baixa e a ameaça implícita.

Louis levantou-se com dificuldade, espanando o paletó amarrotado e parecendo completamente homicida. Mas a obediência venceu a fúria e ele procurou a deixa no pai.

— Estamos aqui para comemorar o noivado de Armand — concordou Sol depois de um longo momento. — Esta não é a noite para tratarmos do problema da escória da cidade. — Os lobisomens à volta deles começaram a se afastar para a multidão, sendo Louis o último a sair. Quando restaram apenas os três vampiros, Sol ajeitou a gravata.

— Pense bem em como vocês três se enquadram aqui — aconselhou ele com frieza. — Graças a esta aliança, agora nós e os bruxos podemos dedicar mais atenção à limpeza desta cidade. Vocês talvez descubram que ficarão mais à vontade em outro lugar.

Solomon virou e se foi.

Elijah aproximou-se dos irmãos. Rebekah ainda olhava o salão cautelosamente, mas Klaus tinha olhos apenas para as costas de Sol.

— E então — começou Klaus alegremente —, creio ter ouvido algo sobre uma "aliança"?

— Não comece — vociferou Rebekah. Mesmo enquanto falava com Klaus, seus olhos castanhos percorriam Elijah de cima a baixo, procurando algum sinal de ferimento grave. — Sabe muito bem por que não lhe falamos do pacto. — Elijah sabia que Klaus compreendia, mas era esse o problema. — E *você* — ela se irritou, empurrando com força o peito de Elijah. — O que estava pensando, criando briga esta noite, justo hoje? Já não basta Niklaus?

— Talvez fosse melhor termos ficado em casa — admitiu Elijah, esfregando o peito com tristeza —, mas eu podia ter usado outros Niklaus depois que eles partiram para cima de mim. — Ele se virou para sorrir em agradecimento ao irmão, mas, para sua surpresa, percebeu que Klaus agora observava Vivianne disfarçadamente.

Rebekah também deve ter visto, porque se meteu entre eles, cortando a linha de visão de seu irmão para a meia-bruxa.

— Isto é sério — argumentou ela com urgência. — Nosso lugar aqui já é precário, mas os lobisomens agora terão mais influência. Com Sol no ouvido deles, os bruxos podem decidir parar de nos ignorar.

— Você sabe o que *eu* vou sugerir. — Klaus se curvou um pouco, tentando ter outro vislumbre da noiva. — Exército, massacre, segurança.

— Nada de exército — discordou Elijah com veemência. — Não podemos romper o acordo. Basta um único vampiro novo para que eles tenham a desculpa de que precisam. Eles não vão apenas nos expulsar; vão se unir para nos destruir.

Rebekah olhou de Klaus para Vivianne e voltou ao irmão, pensativa.

— Mas já existe um exército aqui — refletiu. — Os franceses têm um acampamento permanente a poucos quilômetros. São humanos, evidentemente, mas transformá-los não pode ser o único jeito de trazê-los para nosso lado. Temos outros métodos de persuasão. Não é verdade, Niklaus?

Klaus franziu a testa, surpreso, mas Elijah percebeu onde Rebekah queria chegar.

— As pessoas *fazem* tolices por amor — concordou pensativamente Elijah —, e um pouco de influência tampouco fará mal à nossa causa. — Elijah sabia que, pelo menos por enquanto, Klaus estava de volta ao grupo.

— Minha irmã, a general — brincou Klaus, quase com entusiasmo. — Seduzir todo o exército francês deve ser um desafio novo e interessante para você.

Rebekah riu e por um momento Elijah mais uma vez se lembrou de todos quando crianças — quando humanos.

— Creio que bastará seduzir apenas o capitão — disse ela com cautela. — *Soldados* obedecem ordens.

— Muito sem graça — respondeu Klaus com um sorriso exagerado, enganchando o braço de Rebekah no dele. — E por falar nisso, esta festa ficou terrivelmente banal. Vamos procurar algo para comer.

— Deixe que continue respirando — alertou Elijah a meia-voz, mas não impediu inteiramente que o sorriso se formasse nos lábios.

3

Eles não tiveram chance de ver sua aproximação.

O cavalo da carroça relinchava enquanto Rebekah se atirava aos humanos, equivocadamente crédulos de que a floresta escura ao norte da cidade fosse um lugar inteiramente seguro. Mas o aviso chegou tarde demais para o casal, que sequer conseguiu levantar a cabeça antes de Rebekah cair sobre eles. Subindo na carroça, ela quebrou o pescoço da mulher com a mão esquerda e, com a direita, puxou para trás a cabeça do homem, expondo sua garganta envelhecida. A vida do homem terminou em uma explosão de sangue quente e denso antes mesmo que ele pudesse se perguntar por quê.

Normalmente, Rebekah teria preferido demorar-se um pouco mais em suas refeições, mas tinha muito a fazer. A patrulha militar passava por essas matas a cada hora e ela não tinha a intenção de recebê-los como uma assassina.

Ela rasgou os arreios que atrelavam o cavalo à carroça. Levantou a mão para enxotá-lo e o animal disparou assim que se viu livre. Os arreios partidos penduravam-se inutilmente na terra e Rebekah chutou uma das rodas, para dar um toque teatral. Os raios se espatifaram e o aro rachou, destacando o quanto ela estaria indefesa e encalhada.

A mulher, naturalmente, não devia ser encontrada. Rebekah a arrastou do banco, carregando-a para as árvores até que a carroça quebrada se perdesse de vista. Cavar uma cova rasa em meio às raízes e aos arbustos grossos seria uma arriscada perda de tempo, então ela meteu o corpo embaixo do arbusto mais denso que viu e depois examinou seu trabalho. Fora sensato não drenar o sangue da mulher, embora ela não se importasse em repetir a refeição. O chão quase não havia sido alterado e assim não haveria uma trilha de sangue reveladora que levasse alguém ao cadáver.

Rebekah correu de volta à clareira, voltando toda a atenção ao morto. As marcas de mordida eram pequenas, mas uma causa de morte mais evidente aperfeiçoaria o trabalho. Olhando criticamente o pescoço do homem, ela encontrou uma faca na carroça e passou por sua garganta, cortando uma artéria e escondendo as marcas dos dentes. Não era perfeito — e ele quase não tinha sangue suficiente para tornar o ato tão dramático quanto gostaria —, então fez uns cortes a mais em suas mãos e nos braços para contar uma história mais detalhada.

Por fim, ela o tirou da carroça e o apoiou em um carvalho, no que alegremente imaginou parecer uma última — embora impotente — postura heroica. Seus salvadores poderiam notar a rapidez com que se curava se ela própria se ferisse, mas Rebekah rasgou cuidadosamente a própria roupa, criando alguns rasgos artísticos no tecido azul-claro. Esfregou as mãos na terra. Torcendo ligeiramente o nariz, passou um pouco nas maçãs do rosto, depois riscou a clavícula delicada e a pele onde o vestido rasgado revelava uma faixa branca do abdome. Agora já podia ouvir os cascos dos cavalos, assim embaraçou grosseiramente o cabelo enquanto avaliava uma última vez a cena que criara. Em seguida, desabou junto do carvalho ao lado do cadáver.

Pelo barulho dos cavalos, ela calculou que eram seis homens. Eles pararam e ela ouviu que começavam a murmurar assustados. Tudo o que pôde fazer foi manter os olhos fechados e o corpo imóvel enquanto eles processavam o desastre na clareira. Eles se aproximaram com cautela e ela os imaginou examinando cada uma de suas pistas. Embora o sol já tivesse baixado no alto das árvores e a luz fosse fraca, ela ficou feliz por ter sido tão meticulosa.

— Ela está respirando — anunciou apressadamente um dos soldados e Rebekah deixou que os longos cílios se abrissem.

Olhou em volta, aparentemente confusa, colocando a mão na cabeça, como quem sente dor. Seis soldados estavam ali de longos casacos azuis com cortes mostrando lampejos de vermelho. O exército francês chegara para salvar o dia.

Rebekah rolou a cabeça para o lado, de modo que pudesse ver o morto encostado no tronco da árvore.

— Meu marido! — Ela soltou um grito estridente, fechando as mãos no próprio peito. Um dos rasgos no vestido se abriu estrategicamente, e pelo canto do olho ela notou vários homens olhando intensamente. — Aqueles homens horríveis mataram meu marido. — Ela se jogou melodramaticamente no peito sem vida do carroceiro, escondendo o sorriso malicioso em sua camisa.

— Tivemos relatos de bandidos nessa estrada, mas nada parecido com isso — disse um dos soldados aos outros em voz baixa. — Acha que são os patifes de que falou o capitão?

— Pode ser. — Ela ouviu um deles se remexer, pouco à vontade, e desejou suspender a atuação por tempo suficiente para levantar a cabeça e ver suas expressões.

A voz do soldado ficou tão baixa que um humano não conseguiria escutar, embora, naturalmente, uma vampira pudesse.

— Ela disse homens, mas não sabemos se não é um daqueles outros crimes. — Seu tom de voz voltou ao normal. — Talvez os bandidos estejam ficando mais atrevidos. O novo capitão certamente vai querer aumentar as patrulhas.

— Você não vai poder passar mais tanto tempo nos bordéis da cidade — debochou um deles, e Rebekah ouviu risadinhas abafadas.

Sério? Um homem assassinado e uma donzela em evidente aflição e eles ainda agiam como crianças? Os humanos podiam ser tão previsíveis, tão indisciplinados. Ela nem se lembrava de como era fazer parte desta espécie de vivos — a espécie temporária. Ela deu um pigarro leve e endireitou as costas, jogando o cabelo louro e solto como se fosse o resultado acidental de seu movimento. Mais uma vez, tinha a completa atenção da patrulha.

— Madame — começou o soldado mais próximo, colocando diplomaticamente a mão em seu ombro. — Sou tenente da guarnição daqui, mas, por favor, pode me chamar de Felix. Lamento muito que isso tenha acontecido. Vamos acompanhá-la de volta à cidade. —

Ele era razoavelmente atraente, concluiu Rebekah, com a barba preta por fazer e o nariz curvo e gaulês.

Ela ainda pretendia fisgar o capitão, mas o tenente também seria útil. Ainda mais importante, este Felix podia ser uma companhia bem agradável enquanto a levava a seu verdadeiro alvo.

— Não posso voltar — retrucou ela, segurando a manga do punho largo de Felix. — Meu marido tinha dívidas; os Navarro procuram por nós. Meu marido esperava se juntar a um primo em Shreveport, mas ele ainda não tinha respondido às nossas cartas quando fomos obrigados a partir. Nem mesmo sei se o primo dele ainda está lá. — Ela afrouxou a mão no braço do tenente e encheu seus grandes olhos castanhos de choque e tristeza. — Eu avisei a ele que a jogatina ia nos arruinar.

— Não podemos mandá-la de volta — disse o soldado louro e baixo num tom preocupado. — Os Navarro são criminosos; ela não estará a salvo se não puder pagar a eles.

— Também não podemos acompanhá-la até Shreveport — replicou outro. — E quem sabe se ela tem mesmo alguém lá?

Felix assentiu decisivamente, como se concordasse com os próprios pensamentos.

— Por ora, nós a levaremos ao acampamento — ordenou ele. — Ela terá proteção militar até que o capitão determine um lugar seguro aonde ir.

— Obrigada — sussurrou Rebekah. — Muito obrigada a todos vocês. — Parecia um exagero desmaiar, e assim ela deixou que o tenente de nariz curvo a ajudasse a montar em seu cavalo.

— Tragam o marido. O capitão vai querer examiná-lo — gritou Felix por cima do ombro enquanto montava em seu cavalo e se colocava atrás dela. — E naturalmente devemos dar a ele um sepultamento digno — acrescentou, com mais delicadeza, por sua causa, supôs Rebekah.

Ela avançou na sela o máximo que pôde. *Ai, meu Deus.* Tinha esperanças de deixar o corpo para trás e evitar qualquer inspeção adicional, mas obviamente isto não havia sido realista.

A patrulha colocou o carroceiro em um rolo de telas amarrado com corda e Rebekah teve esperanças de que seu finado "marido" fosse gordo o bastante para que as cordas se rompessem com seu peso.

Mesmo com o fardo extra do cadáver, o acampamento ficava apenas a meia hora de cavalgada. Rebekah ficou aliviada, porque logo tornou-se evidente que ela superestimara muito os encantos de seu tenente. Por mais que sugerisse seu novo estado de viúva, ele tinha pouco a lhe dizer além de tentativas desajeitadas de consolá-la. Ela torcia para que o capitão demonstrasse um pouco mais de imaginação; preferia poupar a influência para emergências em vez de depender dela para cada detalhe.

Não havia dúvida de qual era a tenda do capitão: destacava-se altiva no meio do acampamento e cada superfície disponível era decorada por flores-de-lis. Rebekah teve de se lembrar de não desmontar com muita destreza, caindo nos braços do galante soldado com uma proposital falta de jeito. O cavalo ajudou, mexendo-se e recuando com seu movimento; era mais bem treinado do que o cavalo da carroça, mas nem por isso gostava mais de Rebekah.

— Tenha coragem, Madame — sussurrou Felix enquanto soltava sua mão, e Rebekah reprimiu o riso.

O louro baixo deve ter corrido à frente para avisar o capitão, porque Rebekah notou que ele se apressava em direção a eles e não estava sozinho. O recém-chegado atravessou o acampamento em passadas tranquilas e longas que indicavam uma autoridade espontânea. Embora não houvesse dúvida de que ele estava no comando, o homem era mais jovem do que ela esperava; talvez não passasse de 30 anos.

O francês tinha um exército de bom tamanho fixado nos arredores de Nova Orleans e, portanto, ou era um comandante de perícia extraordinária ou muito bem relacionado. Ou, mais provavelmente, ambos. Seu cabelo era cheio e castanho com um leve toque grisalho nas têmporas, o que Rebekah de imediato concluiu que era atraente. Seus olhos eram de um tom castanho caloroso e eram surpreendentemente gentis, com um quê de malícia. Quando ele a olhou e sorriu, ela se sentiu tão protegida e tranquilizada que esqueceu que não corria nenhum perigo real. Rebekah sabia que um homem com essa beleza só poderia levar a problemas e já se sentia seguindo esse perigoso caminho. Um francês impressionante, numa posição de autoridade, fazia exatamente seu gênero — e havia muito ela ansiava por isso.

— Madame — disse ele, sua voz grave e potente. — Lamento saber de suas circunstâncias. Ficará em segurança aqui até que possamos arranjar a ida para seu lar.

— Lar — repetiu ela, docemente.

Os irmãos eram o único lar que tinha. Seus pais os tornaram imortais e então se voltaram contra eles, acreditando que os próprios filhos tinham virado monstros; que poupar a vida deles havia sido um erro terrível. Que tipo de lar poderia ela construir com esta sombra pairando constantemente sobre si? Na realidade, Rebekah era ainda mais perdida do que a personagem que interpretava para o capitão.

— Procuraremos por sua família e a de seu falecido marido — esclareceu ele. — Ou descobriremos outra solução. Por favor, não se preocupe com isso agora... Já passou por muito esta noite.

— Obrigada — disse Rebekah.

Ele voltou a sorrir, como se armas e morte não os cercassem, mas os olhos dele pairaram nas mãos de Rebekah como se procurassem alguma coisa — e então percebeu que tinha se esquecido de pegar a aliança da desgraçada da mulher e que seu anel de luz estava no indicador direito. O anel lhe permitia ficar ao sol e ela não se atrevia a tirá-lo, embora o sol começasse a baixar no horizonte. Ela se repreendeu por ser tão descuidada e torceu para que ninguém se perguntasse por que os bandidos deixaram uma pedra tão impressionante para trás.

— Sou o capitão Moquet. — disse ele. — Mas pode me chamar de Eric. Importa-se se eu lhe fizer algumas perguntas sobre seus agressores? Pelo que vejo, roubaram sua aliança.

— *Sim* — respondeu Rebekah com uma avidez calculada. — Sinto-me tão estranha assim, repentinamente sem ela.

— Compreendo, Madame — garantiu-lhe Eric com tal convicção que ela se perguntou se, sem querer, o havia influenciado.

Então os olhos castanhos dele se voltaram para o carroceiro morto e cada vestígio de brandura, tudo de humano, desapareceu de seu rosto.

Ele se aproximou do cadáver e os soldados recuaram. Ele se curvou, os dedos longos acompanhando as feridas que Rebekah infligira, sem tocá-las.

— Bandidos, foi o que disse? — perguntou ele, apontando para o soldado louro e baixo, sem desviar os olhos do corpo.

Alguns homens olharam nervosos para Rebekah, depois viraram o rosto. Alguns se remexiam, pouco à vontade. Ela ouvira um dos homens se referir a ele como "o novo capitão".

Até que ponto ele conhecia seu novo posto? Ela concluiu que era melhor não dizer nada e esperar.

— Não — disse Eric, por fim, baixando a ponta do dedo à beira do corte longo no pescoço do cadáver. — As marcas estão quase ocultas, mas estão aqui. Isto não é obra de homem algum. — Enfim ele ergueu a cabeça, os olhos fixados nos de Rebekah com tal intensidade que ela não conseguiu desviar o olhar. Quando ele voltou a falar, foi como se as palavras se dirigissem unicamente a ela. — Existem coisas amaldiçoadas e abomináveis nessas matas. A senhora teve sorte de escapar com vida.

4

Klaus andava pelo calçamento de pedra, fazendo careta para o trepidar de cascos e carroças que passavam. Quando os Mikaelson chegaram a Nova Orleans, não havia nada além de caminhos de terra, mas a civilização não permitiu que seu posto francês ficasse abandonado. Além dos solares elegantes e mansões que pareciam brotar como mato, agora havia um legítimo centro na cidade, com sapateiros, joalheiros, uma chapeleira surpreendentemente atualizada e algumas tabernas.

A marcha do progresso, pensou Klaus, filosoficamente, mas nem tudo era para melhor... Ainda mais depois da noite vertiginosa e demolidora que ele acabara de ter na cidade. Nova Orleans podia ter se tornado mais sofisticada, mas suas prostitutas continuavam vulgares e loucas. E a marca de uísque servida no bordel preferido de Klaus, o Southern Spot, quase bastou para remover o resíduo de insatisfação da língua de Klaus. *Quase*.

Havia chegado o ponto em que ele não via mais os olhos negros dela brilhando, ou seu sorriso zombeteiro não invadia cada pensamento seu. Mas, aos seus olhos inebriados, cada pescoço que ele havia ternamente mordido lembrava sua garganta magra e branca; cada gota de sangue tinha o gosto dela. Niklaus bebia porque o esquecimento total não viria tão cedo e, considerando sua dor de cabeça esta manhã, provavelmente viria tarde demais.

O sol estava alto, e a cidade, agitada. Ele tocava sem parar no anel da luz em seu dedo, desejando que de algum modo funcionasse *mais*. Tudo era luminoso e barulhento em excesso — até que repentinamente ficou perfeito. Ele não precisou mais do que o mais ínfimo vislumbre de seu perfil para saber quem era. Pelo jeito como cabia em seu vestido de musselina branca, podia muito bem ter sido criada exclusivamente para Klaus.

Ela. Ela brilhava; absorvia luz. Era como se ele a tivesse feito aparecer. Não importava o que as pessoas cochichavam sobre o destino amaldiçoado dos vampiros; naquele momento, ele se sentia positivamente abençoado.

Para sorte ainda maior, ela estava desacompanhada. Vivianne estava sozinha na calçada da rua principal, examinando a vitrine de uma costureira que se gabava de ter acabado de chegar de Paris. Não havia ninguém para interferir na conversa deles, diferentemente do que aconteceu na infeliz festa de noivado.

Klaus levou um momento para espanar o paletó e ajeitar o colarinho de sua larga camisa branca. Ela não precisava saber como ele havia passado a noite. Ao se aproximar de Vivianne, ele sentiu o uísque misturando-se traiçoeiramente com o sangue no estômago, mas teria apostado sua vida infinita que ela não saberia dizer quão profundamente o primeiro encontro entre eles o havia abalado.

— Mademoiselle Lescheres — sussurrou ele, tentando evitar que a voz ficasse rouca. Sua garganta estava dolorida, o que era difícil de compreender, em vista das muitas horas que passou lubrificando-a com comida e bebida. — Está ainda mais radiante à luz do sol que à luz dos lustres.

Ela não se deu ao trabalho de esconder o choque ao vê-lo, mas não ficou claro se a surpresa era agradável.

— Niklaus Mikaelson — disse ela, formalmente, como se demonstrasse seu dom da memória nato de toda mulher da sociedade. Como se ele não houvesse causado impressão nenhuma nela. — Eu não teria pensado em encontrá-lo aqui a uma hora dessas, tão cedo.

Porque a luz do sol era venenosa para a espécie dele? Ou porque ela podia ver os excessos da noite anterior bem claros em seu rosto? Sabendo que ela havia omitido que sabia do sangue em sua boca por várias danças, era difícil imaginar o que mais ela teria preferido deixar não dito.

Ele sentiu uma necessidade quase dominadora de conferir seu paletó em busca de manchas ou rasgos reveladores.

— Minha dama Vivianne — respondeu ele, entretanto, com o que sabia que era um sorriso cativante —, se eu soubesse que você estaria aqui, teria chegado ainda mais cedo para não perder um minuto que fosse de sua companhia.

O sorriso de Vivianne foi superficial, ela parecia distraída. Uma carroça com uma pilha alta de engradados de legumes passou balançando e ela a observou como se até as cenouras fossem mais interessantes do que Klaus Mikaelson.

— Isto teria sido desnecessário — explicou ela num tom ríspido —, pois recentemente, ao que parece, não posso me virar sem encontrar você.

Incrivelmente, Vivianne não parecia satisfeita com esta coincidência. Será que sua primeira impressão dele havia sido assim tão desinteressante? Era compreensível que ver sangue pudesse perturbar uma jovem. Mas, na considerável experiência de Klaus com as mulheres, a perturbação não as deixava menos intrigadas. Apesar disso, a expressão de Vivianne não mostrava medo, repulsa ou curiosidade. Seria possível que ele se sentisse atraído por ela *por causa* de seu desinteresse?

Ele estava louco para afastar gentilmente uma mecha de cabelo preto que se soltara do chapéu dela e repousara perto da clavícula. Depois, talvez, passar um dos braços pela cintura estreita, puxá-la para si e beijá-la. E talvez mordê-la, só um pouco, também. Certamente, assim, ela teria de esboçar algum sentimento por ele.

— E por falar em prazeres inesperados — lembrou-se Klaus —, ainda não tive a oportunidade de lhe dar os parabéns por seu noivado. Você deve estar delirante de tão feliz.

— Delirante — confirmou Vivianne, ignorando inteiramente o sarcasmo na voz dele. — Obrigada por seus bons votos.

— Eu os teria oferecido mais prontamente, se você tivesse mencionado sua situação quando nos conhecemos. — Não que ele realmente se importasse, mas confiava que ela compreenderia o que de fato queria dizer com aquilo: que Vivianne havia escondido dele propositalmente a notícia o máximo que pôde.

Uma mulher que evitava falar de seu noivado em geral tinha um motivo e costumava ser um que seria reprovado pelo noivo. Vivianne podia não revelar nenhum sinal claro de interesse, mas tinha algum jogo em mente. Klaus tinha certeza. Ela era consciente demais dele para se importar tão pouco, como demonstrava.

— Pensei que você soubesse! — disse ela suavemente, erguendo uma sobrancelha. — Afinal, você compareceu à festa de *noivado*.

— Eu *invadi* a festa de noivado — corrigiu. — Simplesmente procurava um champanhe decente.

Incomodava Klaus que toda a cidade parecesse saber do noivado antes dele. Quando começou a prestar atenção, não havia lugar a que fosse sem ouvir da bela garota que havia posto fim a guerra entre os bruxos e os lobisomens de Nova Orleans. Sob essas circunstâncias, embriagar-se *muito* nos últimos dias definitivamente havia sido o melhor a fazer.

Vivianne deu de ombros e passou a mão enluvada pelo tecido fino da saia.

— Imaginei que você estivesse simplesmente desesperado para ser um dos primeiros a me parabenizar. A parabenizar a nós.

Foi um lapso muito pequeno de linguagem, mas deu esperanças a Klaus.

— Sabe — propôs ele impulsivamente —, posso acompanhá-la em suas tarefas de hoje e poupá-la do incômodo de tentar reencontrar-se comigo por acaso. Essas ruas nem sempre são as mais seguras para uma dama desacompanhada.

Um sorriso autêntico apareceu entre os lábios vermelhos de Vivianne e ele sentiu a pulsação se acelerar de triunfo. Mas ela não olhava para ele.

— Armand — respondeu ela, um pouco mais alto do que ele esperava.

Vivianne ergueu o braço para acenar a alguém atrás dele, um pouco mais distante na rua.

Mais provavelmente Armand.

Klaus se resignou e se virou. De fato, o lobisomem desengonçado vinha na direção deles com uma pressa cômica. Seus pés escorregaram no calçamento de pedra e entraram numa poça de lama, mas ele estava tão ávido para interromper os dois que nem pareceu perceber o sapato molhado.

— Vivianne — chamou Armand, um pouco animadamente demais ao se aproximar, e Klaus sorriu com malícia.

Podia não ter feito muito progresso com a jovem meia-bruxa, mas parecia que o noivo tinha dúvidas quanto a sua própria capacidade de prender a atenção dela. Não era grande coisa, entretanto era mais um desses mínimos estímulos que acumulava com o tempo. E Klaus tinha tempo de sobra.

— Armand — repetiu Klaus, calorosamente, estendendo a mão para que o lobisomem não pudesse chegar a Vivianne sem primeiro apertá-la ou insultar mortalmente um vampiro em plena luz do dia. Armand fechou a cara, mas optou pelo cumprimento; sua mão era repugnante de quente na palma fria de Klaus.

— Desculpe-me por tê-la deixado sozinha por tanto tempo, Viv — continuou Armand, como se o cumprimento de Klaus não o houvesse interrompido em nada. — Mas vi isto e simplesmente precisei comprá-lo para você. — Ele se desviou do rival e estendeu uma caixa com um embrulho extravagante, e Klaus revirou os olhos sem a menor tentativa de ser discreto. Afinal, havia uma distinção entre atencioso e patético.

Os olhos de Vivianne arregalaram-se de surpresa por um momento, embora Klaus não soubesse se pela grosseria do noivo ou pelo presente. No entanto, ela aceitou a caixa graciosamente, colocando-se na ponta dos pés para dar um beijo de agradecimento no rosto de Armand.

Armand lhe sorriu e Klaus teve a fantasia de quebrar seu pescoço em dezenas de lascas minúsculas. Se ele atacasse agora, o alto lobisomem nem mesmo veria o golpe chegando.

— Precisamos ir — disse Armand com presunção, a ninguém em particular. — Prolongarmos nossa estadia onde não se tem o que fazer é convidar problemas.

Os lábios de Vivianne se apertaram, escondendo ou a reprovação ou um sorriso. Klaus ainda não conseguia interpretá-la melhor do que no dia que a conhecera, e começava a se perguntar quando — e não *se* — teria a oportunidade de aprender. Os lobisomens a estariam vigiando atentamente e ele não podia contar com a cooperação dela, se tentasse levá-la embora. Não havia a menor chance de ela amar o correto e pedante Armand, mas, se não conseguisse experimentar plenamente os encantos de Klaus, podia de qualquer modo se casar fielmente com o lobisomem. E ter uma vida correta e obtusa. Seria um desperdício terrível demais para ser considerado.

— É claro — ronronou Vivianne, virando-se para ir, lançando--lhe somente um olhar sugestivo por cima do ombro.

Por um momento, Klaus imaginou que felicidade seria se ele quebrasse a coluna do arrogante e indefeso Armand. Vivianne ficaria furiosa — Elijah ficaria colérico — mas por fim todos concordariam que o mundo não havia acabado por causa da morte de um único lobisomem. O tempo provaria que Klaus tinha razão; sempre provava.

E então ele percebeu como Vivianne mantinha a cabeça erguida ao andar pelas pedras da calçada movimentada. Klaus suspirou e abandonou a ideia. Matar o concorrente tinha suas vantagens, mas, para uma mulher como Vivianne, poderia não ser suficiente. Para conquistá-la, ele teria de se esforçar: Klaus precisaria provar ser o melhor homem.

5

Elijah Mikaelson era um sobrevivente. Ser invencível não o prejudicava, naturalmente, mas sobretudo ele tinha o verdadeiro dom da adaptação, de se entender com os outros.

Desde que ele e os irmãos chegaram às margens lodosas do posto avançado infestado de criminosos conhecido como Nouvelle-Orléans, esses talentos lhe serviram muito bem. Depois da violência inicial de Klaus, eles eventualmente fizeram as pazes com os bruxos e lobisomens locais. Tiveram de jurar não criar nenhum novo vampiro, mas o custo de se sentir em casa valia a pena. O equilíbrio era frágil, porém a trégua se sustentava havia quase uma década. Depois de anos sendo perseguidos pelo pai assassino por toda a Europa, eles finalmente estavam em boas condições.

Mas os tempos eram outros agora e havia chegado o momento de os Originais acompanharem as mudanças.

Enquanto Elijah se dirigia para fora da cidade, os prédios espremidos começavam a se espaçar e o centro da cidade diminuía com o avanço de sua montaria. Os humanos andavam a cavalo e ele também o fazia, para manter a farsa, mas as criaturas mortais deslocavam-se num ritmo aflitivamente lento.

Seu caminho seria mais curto se ele atravessasse o cemitério particular nos arredores da cidade e, depois da mais leve hesitação, instigou o cavalo a passar por baixo do alto portão de ferro.

Estava deserto, como qualquer cemitério estaria ao cair da noite, mas Elijah não se sentia só. Ao contrário dos jazigos públicos, este pequeno cemitério fervilhava da magia de seus habitantes falecidos. Ninguém além de bruxos era enterrado ali e a concentração de seus restos mortais era potente. Incensos ardiam ao lado de muitas lápides com inscrições curiosas e a luz das velas distorcia as sombras, criando formas fantásticas. Não havia dúvida de que o lugar era inteiramente assombrado.

O cavalo de Elijah recuou e empinou, gostando do lugar tanto quanto ele. Mas a curva do bayou o levaria a quilômetros de seu caminho, se ele não pegasse um atalho pelo cemitério. Podia ser considerado um teste de determinação para os possíveis visitantes de Ysabelle: eles teriam coragem de atravessar o solo profano? Ou tomariam a via mais longa e perderiam uma hora por sua covardia? Ou, como provavelmente preferia Ysabelle, isto afastaria inteiramente os mortais, que cochichariam histórias sobre a bruxa que vivia no extremo do cemitério?

Este lugar de magia lembrou Elijah breve e intensamente de outra bruxa que se cercava deste belo ritual: sua mãe, Esther. Mil anos atrás, ele a considerava a mulher mais forte, mais perfeita e elegante do mundo. E, então, ela o amaldiçoou numa tentativa desesperada de salvar a família de lobisomens violentos, sem jamais admitir que tinha mais relação com esses lobos do que qualquer um deles teria imaginado.

Seu feitiço transformou o marido Mikael e os filhos em assassinos imortais e invulneráveis. Ela fez o que julgava ser o melhor, mas acabaria se arrependendo. Morreu acreditando que todos os filhos — aqueles que teve com Mikael: Rebekah, Finn, Kol e o próprio Elijah, bem como o filho bastardo, o meio-lobisomem Niklaus — fossem abominações. Morreu acreditando que teria sido melhor deixar os lobisomens matarem a todos.

O pai, o primeiro caçador de vampiros, assumiu a missão de erradicar o flagelo dos filhos de Esther. Elijah e os irmãos fugiram por séculos e atravessaram oceanos para escapar da ira de Mikael. Sempre que a imagem da mãe se esgueirava na mente de Elijah, seu âmago sofria — a crença de que os pais jamais o amariam e o queriam morto.

Não havia nada a fazer senão concentrar-se na bruxa em questão. Ysabelle Dalliencourt não era nem metade da bruxa que Esther fora, naturalmente, mas isto agora podia funcionar como vantagem. Era conhecida pela ambição: seu desejo de poder superava os talentos naturais para a magia ou a liderança. Ela podia estar inclinada a fazer favores a outros seres poderosos em troca de alianças e gratidão e Elijah viu-se precisando de um favor bem simples.

O pacto com os bruxos não custou aos Mikaelson apenas a capacidade de criação de vampiros; os Originais logo descobriram que eram sempre rejeitadas suas tentativas de comprar ou permutar terras nos limites da cidade, não importava se usassem a sedução ou a ameaça. O recado era claro: eles podiam permanecer ali, mas não deveriam ficar muito à vontade.

Por consequência, Elijah e os irmãos haviam passado os últimos nove anos vivendo em estalagens, pensionatos e, por fim, em hotéis. Suas acomodações, era bem verdade, foram ficando mais confortáveis à medida que a população da cidade crescia e prosperava, mas nem o quarto de hotel mais luxuoso era um lar. Não era possível ser dono dele ou defendê-lo. Certamente não era lugar para Kol e Finn, seus dois irmãos que descansavam em caixões depois que Klaus os apunhalou de raiva. Elijah via os ventos de mudança soprando em direção à cidade e não pretendia ser levado por eles. Era hora de os Mikaelson terem uma fatia de Nova Orleans e ele só precisava de uma bruxa condescendente para lhe permitir esse direito.

O cheiro de incenso diminuía à medida que ele deixava o cemitério e a mata se erguia à frente. Seu cavalo empinou um pouco de lado, protestando contra o escuro. Elijah deu um tapinha tranquilizador em seu pescoço e o esporeou a avançar, os olhos afiados percorrendo a margem das árvores, procurando uma sombra que fosse diferente das demais.

Justo no momento em que localizou a pequena casa, uma luz bruxuleante apareceu na janela e o cavalo mais uma vez refugou. Elijah suspirou e desmontou; foi otimismo demais tentar viajar com montaria. Os animais nunca foram tão naturalmente desconfiados dele como tendiam a ser com seus irmãos, mas estava claro que um vampiro não era a companhia preferida desta criatura.

Elijah não podia culpá-lo por isso.

Ele amarrou as rédeas a uma árvore jovem e forte e percorreu a pé a distância restante até a casa. Não havia ninguém por perto para notar que ele era mais do que humano, mas por força do hábito ele caminhou, tentando ser discreto. Quando chegou à casa, outras velas foram acesas e, por uma janela, ele espiou a sombra de uma bruxa. Entretanto, quando bateu firmemente na porta, não ouviu nem mesmo o mais leve farfalhar vindo do interior.

Ele voltou a bater e esperou: nada.

— Madame Ysabelle — chamou, tentando ser o mais educado possível ao gritar por uma porta fechada —, vim tratar de assuntos que creio que sejam de seu interesse.

— Todo estranho vem a negócios — avisou uma voz atrás dele —, mas raramente é algo que me diga respeito.

Ela falava numa cadência cantarolada e sobrenatural e assim, quando Elijah girou o corpo, ficou surpreso. A mulher que se postava atrás dele na varanda caiada era alta e magra, elegantemente trajada em um vestido listrado de rosa que podia ter vindo diretamente de Paris. Seu cabelo castanho-avermelhado estava preso e arrumado no alto da cabeça e reluzia suavemente ao luar.

Com um sobressalto, ele percebeu que já vira a mulher: ela estava na malfadada festa de noivado. De algum modo ele nunca relacionou os boatos sobre a estranha e reclusa Ysabelle Dalliencourt com a mulher elegante e cheia de estilo diante dele. Jovem também: Vivianne Lescheres era sua sobrinha, mas a mãe da pequena noiva devia ser uma mulher consideravelmente mais velha.

— Madame — disse Elijah, formalmente, recuperando-se o bastante para uma mesura educada. — Agradeço por falar com um estranho.

Os lábios cheios de Ysabelle se torceram.

— Vampiro — disse ela —, sei que compreende por que não pretendo convidá-lo a entrar em minha casa.

— Naturalmente — disse Elijah. — E a sua preocupação reforça a intenção de minha visita... Embora eu não pretenda causar mal algum.

Ela sorriu.

— Você não me causará mal algum — garantiu-lhe ela, estendendo a mão para tomar seu braço e conduzi-lo para longe da porta.

Juntos, eles andaram pelo perímetro da pequena casa em direção à floresta avultante. Os pés seguros de Ysabelle encontraram uma trilha que Elijah não havia notado e ela o guiou por baixo de amplos carvalhos cobertos de barba-de-velho.

— Minha família mora aqui há muito tempo, Madame — começou ele enquanto a clareira desaparecia atrás de si. — Nove anos. Entretanto, não fazemos verdadeiramente parte desta cidade; não pertencemos ao lugar, como a senhora e sua espécie.

— E de quem é a culpa? — perguntou Ysabelle, com um tom azedo, suspendendo a saia para passar por umas raízes esparramadas. — Sua família caçou os lobisomens quando chegaram, e vocês ainda são uma ameaça para a minha espécie, mesmo depois de estabelecida a trégua. Não posso confiar em vocês, mas isso não é sua culpa — prosseguiu ela, pensativamente. — Vocês vivem pela morte. Não podem evitar, se é de sua natureza.

Elijah cerrou os dentes, mas, com a disciplina da experiência, manteve a voz branda.

— Minha família é muito unida e aprendemos a ter uma vida reservada — ele hesitou —, como estou certo de que também preferem os demais cidadãos. Porém, Madame, por decreto de *sua* família, não temos lugar onde viver reservados, e assim continuamos sem teto nesta cidade quase dez anos após fixar residência nela.

Ele sentiu o aperto em seu braço ficar mais forte.

— Esta decisão não é minha — respondeu ela depois de hesitar muito brevemente. Será que concordava com ele?

— Gostaríamos de possuir terras aqui — pressionou Elijah, sem se atrever a olhá-la. — Acreditamos que, talvez, se a senhora pudesse influenciar seus irmãos...

— Não tenho nenhuma influência — interrompeu Ysabelle, incisiva. — Certamente não para fazer o que você quer.

— Madame, não ouvi nada além de elogios a sua sabedoria e senso crítico. — Era mentira, mas não uma das grandes; ele também não ouvira o contrário. — E considere também que a senhora teria nossa eterna gratidão. Gratidão que um dia pode valer seu peso em influência. Não seria a primeira vez que os Mikaelson se interessariam pela política local.

Ysabelle soltou uma leve gargalhada.

— Acredita que a vontade dos vampiros me dará uma voz nos assuntos desta cidade? — perguntou ela. — E tudo o que pede em troca é parte de nossas terras ancestrais?

Elijah não respondeu enquanto Ysabelle o conduzia pelo caminho irregular.

— Contudo — continuou ela —, eu concordo com meu povo neste assunto. Antes de mais nada, não creio que seja sensato tolerar uma abominação como a sua família, e certamente não devemos ampliar o convite. Em particular agora...

— Por causa dos lobisomens. — Ele concluiu por ela.

Elijah se eriçou com outra bruxa chamando-o de anormal e lhe negando santuário. Estava cansado de ser rejeitado por aqueles que veneravam a magia que havia criado a "abominação" antes de mais nada.

— Ah, então vocês *têm* consciência de que estamos em vias de nos aliar com seus inimigos? Pensei que teria se esquecido, uma vez que pede tal coisa. Se eu fosse até os bruxos argumentar que devemos jogar dos dois lados, quando os lobos são uma legião e vocês são três, eles ririam de mim.

Eles deram na mesma clareira de onde partiram, do outro lado da casa de Ysabelle. Elijah nem mesmo percebeu a curva no caminho. Talvez ela o tivesse encantado.

— Eles estariam errados — disse-lhe Elijah, embora soubesse que não faria nenhuma diferença. — Não tenho desejo maior de me desentender com os lobisomens do que com os bruxos, mas, se chegar a esse ponto, nós três não precisamos de número, aliados, nem mesmo o pequeno pedaço de terra que gostaríamos de ter para fazer frente a eles em pé de igualdade.

— Se isso fosse verdade — retorquiu Ysabelle, soltando seu braço e andando graciosamente à escada da frente —, você não teria vindo aqui esta noite.

Apesar da decepção, Elijah viu-se sorrindo. Verdadeiramente gostava daquela bruxa reclusa e suspeitava de que a má vontade dela em negociar com ele não fosse tanta quanto deixava transparecer.

— Voltarei — disse ele, por impulso. — Encontrarei um meio de lhe mostrar que sua ajuda serve a seus interesses e voltarei.

Com a mão levemente pousada na maçaneta, Ysabelle virou-se e abriu um sorriso tão grande que ele entendeu ter adivinhado corretamente.

— Sabe onde me encontrar — respondeu ela —, mas duvido que eu o reveja aqui em breve.

Você verá, jurou ele, mas não pronunciou as palavras. Os dois sabiam do desafio que ele havia lançado e que ela o aceitara.

6

— Tudo aconteceu tão rápido.

Rebekah repetia esse mantra havia *dias,* entretanto o capitão Eric Moquet nunca parecia inteiramente satisfeito. Uma curiosidade indócil como esta podia ser atraente em um amante, mas era insuportável em um investigador. Ela desfrutava da atenção dada pelo capitão, mas ele estava se tornando difícil e Rebekah não sabia por mais quanto tempo teria paciência com aqueles soldados que ela, com tanta confiança, propôs conquistar em nome da causa dos Mikaelson.

— Mas precisamos saber e só a senhora pode nos dar a verdade. — Eric segurava o braço de Rebekah ao guiá-la pelo acampamento traiçoeiro.

Os soldados fizeram o máximo para domar o terreno perto do rio, tapando buracos alagadiços e cortando o mato, mas o bayou selvagem mal era contido pelo amontoado organizado de gente.

Ela suspirou de frustração. Eric decidira que era tremendamente importante ajudá-la a encontrar os bandidos e puni-los. Ele ainda queria desencavar seu agressor imaginário e levá-lo à justiça e ficava cada vez mais desnorteado com a relutância de Rebekah em cooperar. O capitão acreditava que a lei venceria o caos e ela não conseguia convencê-lo do contrário. Era uma crença verdadeiramente emocionante, embora idiota.

Ainda assim, quanto mais Eric a interrogava sobre o suposto ataque na floresta, mais Rebekah tinha medo de ter cometido um erro terrível ao encenar o assassinato. Ele não queria que o crime ficasse impune, o que ela imaginava que fosse bastante natural. Mas o problema era bem maior que isso.

Até conhecer Eric Moquet, Rebekah permitira-se esquecer que os humanos podiam ser inteligentes, perspicazes ou intuitivos. Ela esperava uma perseguição militar e obstinada aos malfeitores, que chegaria ao beco sem saída que ela havia criado. Em vez disso, a mente de Eric mostrara uma flexibilidade que, francamente, era alarmante. Ele atacava o problema com criatividade e inventividade, e assim, cedo ou tarde, acabaria por perceber que ela mentia.

Para piorar sua já difícil situação, Eric também provou ser extremamente cavalheiresco nos últimos dias, sem falar que ainda mais bonito do que ela percebera de início. Seus olhos castanhos eram calorosos e sinceros, enquanto o cabelo preto, com os fios prateados esparsos, tornava-o digno e cuidadoso. Somado a uma voz grave que merecia ser ouvida tanto quanto as palavras cuidadosamente estudadas, ela se via fascinada sempre que ele falava. Ele andava impecavelmente por uma corda bamba cavalheiresca, proporcionando uma companhia atenciosa e encantadora sem invadir sua privacidade. Apesar das preocupações que nunca deixavam a mente de Rebekah, eles haviam passado muitas horas juntos em perfeita camaradagem. O capitão até contara várias notícias e fofocas maravilhosas de sua cidade natal, Paris, lembrando-a ternamente da época que passou lá e das pessoas que veio a conhecer.

Mas ele raras vezes havia falado de si, nem mesmo para sugerir se esposa e família esperavam por ele na França. Nem se confidenciava com ela a respeito de seu interesse evidente pelo oculto, o que a frustrava muito. Aquela ridícula fixação era *quase* inofensiva — certa vez ela o pegou lendo com um interesse extasiado o que parecia ser um livro de contos de fadas — e Rebekah não viu sinal de que ele sabia de algo específico ou perigoso sobre ela. Mas teria sido melhor se ele não soubesse de absolutamente nada, e Rebekah estava decidida a dar um rumo mais produtivo à atenção dele.

Infelizmente, no momento, seu foco parecia ser localizar os bandidos imaginários. Ele queria que ela estudasse os variados criminosos que ele capturara nos últimos dias para saber se algum era seu agressor e não aceitaria uma resposta negativa.

Em um golpe de inspiração, ocorreu a Rebekah que um de seus problemas podia ser a solução do outro. Se ela relacionasse o mistério de seu agressor com o interesse de Eric pelo sobrenatural, ele resolveria uma investigação enquanto explicava a outra. Afinal, o que era a vida de um humano — melhor, um encrenqueiro — se comparada com a segurança dela e de seus irmãos? Se Eric não sabia exatamente o que procurava, Rebekah podia convencê-lo de que qualquer um dos suspeitos era o terror "sobrenatural".

— Capitão, sei que acredita que fomos atacados por... por algum demônio anormal — lembrou-o ela. — Não poderia eliminar qualquer suspeito que seja um homem mortal?

— A senhora viu essas criaturas em ação e ainda acreditou que fossem homens mortais — observou ele, seus olhos investigando os dela. — Talvez tenhamos apanhado um desses demônios sem sequer perceber.

— Bem, então — concordou ela, pensativa —, deixe-me dar uma olhada neles.

Eles levaram apenas um minuto para chegar à prisão recém-construída. A construção era mais sólida do que as barracas circundantes, mas ainda era rudimentar e inacabada, construída com o que os soldados arranjaram na floresta. Não parecia melhor por dentro. A dúzia de homens que teve o azar de ser presa estava espremida em uma pequena cela. Rebekah imaginava como seria desconfortável dormir ali. A palha abaixo deles era úmida e quase não entrava ar pela única janela alta gradeada.

O segundo em comando de Eric, Felix, de pouca imaginação e uma barba rala e preta, montava guarda junto da porta. Observou atentamente quando ela passou e Rebekah sentiu um arrepio inexplicável quando os olhos dele percorreram seu rosto.

— Você está em completa segurança — disse Eric, em voz baixa em seu ouvido, confundindo sua repulsa como medo. — Reconhece algum deles?

— Talvez. — Ela teve de obrigar as palavras a passarem pelos dentes e desejou tomá-las de volta assim que as pronunciou. — Estes são os seus suspeitos?

— Sim, Madame — confirmou Eric, a cara maltratada pelo sol aparentando satisfação.

Rebekah franziu a testa ao olhar o grupo. Havia mais homens do que ela pensava... Certamente nem todos eram recém-chegados.

— Quais destes foram apanhados depois que vim para cá?

Para sua surpresa e leve alarme, Eric hesitou. Na luz que se infiltrava pela janela pequena, a expressão dele era indecifrável.

— Sou um homem justo. — O orgulho soava em sua voz baixa, mas também havia um pedido de desculpas naquelas palavras. — Madame, se conhece um desses criminosos, tenho certeza de que será capaz de distingui-lo sem que separemos os novos dos antigos.

Em outras palavras, ele não estreitaria as opções, testando tanto a ela quanto aos homens na cela da cadeia. Isto dificultava consideravelmente as coisas. Se ela apontasse o bandido errado, Eric saberia e, pior, podia até voltar a investigação contra *ela*.

Se quisesse se manter livre de suspeitas, teria de escolher o homem errado *certo*. Podia influenciar Eric a acreditar nela, mas sabia, por experiência, que as mentiras ganham vida própria e que a primeira mentira levaria a outras.

Ela olhou os homens encarcerados. Quem sabe poderia adivinhar com base naqueles que estavam menos sujos? Não era uma distinção fácil de fazer. E então, para seu prazer, ela notou que de fato conhecia um dos rostos... Vira-o na noite anterior ao crime do carroceiro e sua mulher. Os olhos verdes brilhavam intensamente em seu rosto moreno e o braço esquerdo estava numa tipoia suja. Elijah o havia quebrado, ela se lembrou, quando Solomon e seu bando cercaram seu irmão e o apanharam numa emboscada, seis contra um.

— Aquele — disse Rebekah, com confiança, erguendo a mão e apontando. — Aquele é o homem que me atacou. Reconheceria seu rosto em qualquer lugar.

Eric mostrou satisfação, mas o lobisomem preso ficou homicida.

— Essa vaca está mentindo — rosnou ele, jogando-se para a frente a fim de agarrar as barras entre eles, e ela pensou ter detectado algum amarelo começando a brotar no verde de seus olhos.

Rebekah se agarrou ao braço de Eric e apertou a lateral do corpo contra o dele, para garantir.

— É ele — sussurrou ela e seu aparente medo o colocou imediatamente em ação.

Eric a levou para fora antes de bater a porta decisivamente, depois gesticulou para Felix se aproximar. O vento passou pelo vestido cinza de Rebekah, balançando a saia pelas pernas.

— Leve aquele do braço quebrado à minha tenda — ordenou Eric. — Preciso interrogá-lo, depois eu mesmo farei a execução.

Felix bateu continência com rispidez, lançou mais um olhar demorado a Rebekah e cumpriu a ordem. Ela se perguntou se o tenente tinha inveja do tempo que ela passava com seu capitão, se tinha medo de ser substituído como confidente de Eric. Se assim fosse, porém, certamente o mais sensato seria ele desempenhar seus deveres com mais inteligência e presteza. Como se tivesse chegado à mesma conclusão, Felix pegou um molho de chaves no casaco vermelho e marchou rigidamente de volta à cadeia.

Para que o capitão possa interrogar e depois matar o prisioneiro.

Rebekah imaginava como o lobisomem ficaria confuso com as perguntas de Eric. Mas ele não diria nada que a incriminasse — disso, a vampira tinha certeza. Nenhum integrante inferior do bando revelaria a existência de sua espécie aos humanos e, ao proteger seu segredo, também protegeria o dela. Que felicidade que qualquer lobisomem preferisse morrer a trair seus parentes, e a morte dele era certa. E lhe seria bem feito.

Enquanto escoltavam o lobisomem em luta para fora da prisão, Eric abaixou-se para pegar algo no chão. Era um galho de árvore caído e, com um arquejo de Rebekah, ele o quebrou no joelho. Eric ergueu uma metade lascada para a luz e ela entendeu exatamente o que era: uma estaca.

Rebekah sentiu um aperto repentino na garganta. O que Eric podia querer com uma estaca? O único motivo para ele precisar de uma estaca seria matar a espécie *dela*. De repente, o bom capitão Moquet parecia menos um excêntrico estudioso do oculto e mais um inexperiente caçador de vampiros. Ela correu de volta ao calor de sua barraca para afastar-se de qualquer outro envolvimento.

Passaram-se horas até que ela ouvisse uma perturbação que a fez espiar o exterior. Quatro soldados carregavam o corpo sem vida do lobisomem para a margem do acampamento. Mesmo de longe, e com o bayou banhado pela noite, Rebekah teve certeza de ver o galho de árvore quebrado se projetando do lado esquerdo do peito do homem.

7

Klaus tinha certeza de que a casa branca e imponente de três andares que se erguia diante dele pertencia à família Lescheres. Precisou de metade da noite para encontrá-la, mas também não era como se conseguisse fazer outra coisa. Vivianne era tudo o que tinha em mente. Ele cerrou bem os punhos, sentindo uma ou outra mancha irregular de tinta. Tentou se perder na arte que, em geral, o tranquilizava e o consumia, mas toda tela que seu pincel tocava era opaca e sem vida. O mundo todo ficara opaco e sem vida, sem a visão e o cheiro de Vivianne para soprar uma nova energia a suas noites intermináveis.

Apesar de suas grandes esperanças, ele não a reencontrou e seus irmãos eram uma distração insuficiente. A busca de Elijah por uma propriedade o tornou mais rabugento e retraído do que de costume, e Rebekah, ao que parecia, havia decidido simplesmente se alistar no exército francês; partira havia quase uma semana sem se dar ao trabalho de mandar notícias de seu progresso. Não havia nada para desviar a mente de Klaus da ausência de Vivianne, então ele decidiu tomar a iniciativa de encontrá-la por conta própria.

Durante horas circulou pelo bairro dos bruxos, esquivando-se, entreouvindo e seguindo, até por fim estreitar a busca a uma única rua, e então a um solar. Agora hesitava, porém, tentando decidir o que fazer com a descoberta. De algum modo imaginou que Viv estaria sentada a uma janela iluminada, observando nostalgicamente a rua quando ele chegasse, mas é claro que não estava. Não era racional bater à porta, mas seria irracional ficar na frente da casa de uma jovem com esperança de que ela saísse para a rua.

Se é que ela estava em casa. Podia estar fora, em algum lugar, como ele normalmente ficava. Provavelmente saíra com o sério e deprimente noivo. As mãos de Klaus se cerraram, as unhas cravaram-se cruelmente nas palmas sujas de tinta. Armand Navarro podia ser um completo inútil, mas até ele teria o ímpeto de roubar um beijo de Vivianne numa noite quente de verão em Nova Orleans. Provavelmente, ela se sentiria obrigada a permitir e deixar que colocasse suas patas estúpidas nela.

Klaus viu um clarão de um vulto branco no pátio e escalou a cerca de treliça, descendo do outro lado antes que seu coração pudesse dar a batida seguinte. Era ela, caminhando cuidadosa e furtivamente até a casa. Parecia ter acabado de entrar pelo portão dos fundos. Sem o conhecimento dos pais, imaginou ele — Viv era, definitivamente, seu tipo de mulher. O apelido combinava, pois ela era tão vívida.

Ela observava o terreno, colocando os pés cuidadosamente na grama molhada para não tropeçar no escuro, e o leve sorriso em seu rosto o fez desejar que fosse para ele. Depois ela levantou a cabeça e ficou petrificada, alterando todo o seu comportamento. Em vez de alegria ao vê-lo, aparentou medo. A ideia de que ela o temia lhe causou uma excitação estranha e secreta, mas no instante seguinte Vivianne olhou nervosa para a casa, rapidamente voltando a Klaus. Gesticulou para ele e para o portão, pedindo em silêncio para que fosse embora.

Vivianne de maneira alguma tinha medo dele, apenas de ser vista pelas pessoas que esperavam que ela estivesse na cama, dormindo. Ele não se lembrava da última vez que uma mulher priorizara sua reputação em detrimento *dele*. Era de enlouquecer e era indescritivelmente atraente.

É claro que ir embora estava fora de cogitação. Em vez disso, ele atravessou a distância entre os dois mais rápido do que os olhos dela poderiam acompanhar, posicionando o corpo entre ela e o elegante solar.

— Vim apenas conversar. — Ele lhe abriu o sorriso mais deslumbrante para se desculpar pela mentira, mas ela não parecia estar no estado de espírito para ser encantada.

— Não tenho nada a lhe dizer — sussurrou ela com urgência. — Agora vá, antes que seja visto aqui fora.

— Só peço alguns minutos de seu tempo, Mademoiselle — insistiu Klaus. Ele não a deixaria passar, mas notou que ela também não havia tentado. Talvez a curiosidade enfim estivesse vencendo sua teimosia burguesa. — Se preferir, podemos entrar, para longe de olhares curiosos e línguas fofoqueiras.

Ela ficou em silêncio por mais tempo do que Klaus gostaria, considerando as alternativas que ele lhe apresentava.

— Cinco minutos — concordou Vivianne, por fim, num tom tenso e pragmático, apesar da concessão. — Podemos usar a sala de visitas. Ninguém nos verá lá. Deixei aquela porta ali destrancada. — Ele deu um passo de lado e ela correu levemente pela grama. Passou pela cabeça de Klaus que Vivianne talvez tentasse enganá-lo, escapando para dentro da casa, mas, quando chegou à porta, ela se virou e ele viu o contorno de um sorriso irreprimível em seus lábios. — Entre em minha casa, Niklaus — disse ela, com toda formalidade possível a uma pessoa que está sussurrando.

Ele já havia chegado ao hall enquanto a mão de Vivianne ainda se estendia para alcançar a maçaneta e ele manteve a porta aberta para ela com um floreio cortês. O sorriso de Vivianne aumentou e ela baixou a cabeça para escondê-lo ao se juntar a ele na casa.

Foi inteligente visitá-la — pessoalmente, Klaus era praticamente irresistível.

Vivianne acendeu um candelabro, depois se virou para ele, com expectativa. Klaus abriu seu sorriso mais encantador, avançou um passo e pegou sua mão, para beijá-la.

— Eu disse cinco minutos — recordou-lhe ela, recuando para fora de seu alcance —, mas certamente agradeceria se você ficasse menos tempo do que isso.

— Não acredito que ficaria verdadeiramente grata, Vivianne — discordou Klaus. — Não acredito que uma mulher de seu espírito e inteligência possa ser feliz na vida que se estende diante de você e creio que entenda, em algum nível, que encontrar-se comigo é uma oportunidade para muito, muito mais.

Uma emoção faiscou pelos olhos negros dela e Klaus teve certeza de que era concordância.

— Pode ter sido estendida a mim dessa forma desde o nascimento, mas isto não faz dela uma vida indigna — argumentou. As palavras eram convincentes, mas sua voz não, e Klaus examinou atentamente sua expressão. Como alguém tão inteligente e cheio de ânimo tornava-se plácida e dócil à ideia de ser usada como um peão? — É uma honra ajudar a pôr fim à luta e às mortes nesta cidade.

Alguém havia dito isso a ela, Klaus sabia, e provavelmente repetira com frequência. Ele se aproximou mais, sentindo-se atraído de um jeito que não conseguia descrever. Se ela estava dividida, não demonstrou.

— É a sua vida, minha dama — disse ele —, e não uma honra abstrata.

— Minha vida. — Uma sombra cruzou o rosto branco de Vivianne. Ele ergueu a mão à face dela quase sem perceber, mas ela se afastou de novo, os sapatos silenciosos no grosso tapete azul da sala de visitas. Ele deixou que a mão voltasse para junto do corpo, ainda formigando da falsa esperança de contato. — Deve parecer insignificante demais para você. Vivemos e morremos em segundos, comparados com sua espécie.

— Isso não é verdade. — Sua voz era densa de sinceridade. Se esse era o motivo para ela se manter tão distante, ele precisava fazer com que ela compreendesse que não era verdade. — Um ano ainda é um ano para mim; uma vida inteira é uma vida inteira. Ter tido mais de algumas vidas não as torna menos fulgurantes ou importantes para mim.

— Entretanto, você dá fim a elas, a torto e a direito, para manter essas suas vidas. — Sua boca virou-se para baixo em reprovação. — Não desejo me envolver com sua espécie, por mais bem-intencionado que você esteja esta noite. Quero dar um fim ao banho de sangue, e não fazer amizade com uma criatura que sobrevive dele.

Ele precisou de um instante para entender o que ela queria dizer e, quando compreendeu, esforçou-se para manter a compostura. A comparação entre as pessoas anônimas que ele drenava para se alimentar e sua reluzente e crepitante fogueira de vida era tão ridícula que ele teve vontade de rir. Mas os escrúpulos morais dela sobre a existência de Klaus aparentemente eram uma preocupação genuína para Vivianne, e assim ele tentou conservar a seriedade.

— Minha espécie não é o que você pensa. Não sou o que você pensa... Sim, preciso matar para viver, mas você me faz desejar ser diferente. Depois de décadas de vazio, você faz com que eu me sinta completo. Sinto que a conheci por toda minha vida, Vivianne, e posso entendê-la como mais ninguém. — Ele ergueu o queixo dela com uma das mãos até que seus olhos infinitos e indecifráveis encontrassem os dele e ela não se retraiu com seu toque. Klaus sentia a linha delicada de seu maxilar através da carne quente e macia que se estendia por ele. — Sei que você tem um coração gentil e condescendente, e também sei que você anseia por ser livre.

Os olhos dela se fecharam por um momento e Klaus prendeu a respiração.

— Lembro-me de quando você chegou a esta cidade — disse ela, por fim, e ele franziu o cenho, surpreso.

Ele a soltou, o calor da pele de Vivianne demorando-se na dele. Esperava ouvir qualquer coisa, menos isto. Os olhos dela se abriram, mas ela olhava para todo lado, menos para ele.

— Você destruiu a mínima paz que havia na cidade. Até agora.

Ela devia ser uma criança, calculou ele freneticamente. Certamente teve medo dos boatos que se espalharam em sua chegada. E era verdade que ele assumira a responsabilidade de controlar a população de lobisomens nos dois primeiros anos — a família do pai de Vivianne. Talvez isto tenha sido imprudente, embora certamente não houvesse escassez de feras em Nova Orleans. Mas tempo bastante havia se passado para que seu pequeno massacre fosse esquecido e perdoado.

— Vivianne, você sabe *por que* Elijah, Rebekah e eu viemos para cá?

— Ninguém mais aceitava vocês? — adivinhou ela com sarcasmo, lembrando, sem precisar falar, que ele não era exatamente bem-vindo também na casa dela.

— Nosso pai nos persegue — explicou ele e as pontas dos dentes dela morderam o lábio inferior e cheio. — Ele só descansará quando estivermos mortos. Fugimos para cá e fomos recebidos com suspeita e franca hostilidade. Os bruxos tiveram a generosidade de aceitar nossa presença, mas os lobisomens não fizeram tais concessões. Viram-nos mais como seu inimigo natural, então é assim que os tratamos. Eu não podia deixar que eles nos expulsassem, Vivianne, foi só isso.

A expressão dela se abrandou, só um pouco.

— Mas então, nada mudou — argumentou Vivianne, embora parecesse indiferente. — Você... Nós... Ainda somos inimigos naturais, não somos?

Ele viu a oportunidade e a puxou para perto de si, sentindo o coração dela disparar contra seu peito.

— Somos? — sussurrou ele, curvando-se de modo que sua respiração agitou os cabelos dela. — Se você e eu pudermos encontrar um meio termo, tenho certeza de que os demais de nossas espécies podem ser convencidos a fazer o mesmo. Você pode lhes dar um exemplo de cooperação e coexistência. Criaríamos um legado de paz que seria um farol para o mundo.

Quase a conquistara, Klaus via isso. Se a beijasse agora, ela corresponderia. Os lábios dela estavam esperando, separados e úmidos. Mas ela se arrependera de mudar de ideia com tal rapidez, ele sabia: desconfiaria desse beijo e duvidaria da própria capacidade crítica se ele pressionasse demais. Seria mais inteligente fazê-la esperar. Deixar que ela pensasse nele, que sentisse sua falta, que o quisesse... E o comparasse com o tolo Armand sempre que aquele lobisomem estúpido abrisse a boca.

Quando a conquistasse, Klaus a conquistaria por completo.

Ele baixou o braço e trouxe sua mão submissa à boca, completando o beijo mais formal que ela lhe negara antes. Klaus sentiu um leve tremor na pele de Vivianne e riu consigo mesmo ao soltar sua mão.

— Creio que meus cinco minutos acabaram — sussurrou ele. — Não a perturbarei mais esta noite. Mas saiba, Vivianne Lescheres, se você me permitir, eu lhe darei o mundo.

Ele se virou e partiu antes que ela pudesse responder. Sentiu-se subitamente inspirado a retomar sua pintura — sabia exatamente o que faltava na última tela.

8

Elijah desconfiava de que a periferia da cidade seria o local mais provável. Bruxos e lobisomens tinham olhos em toda parte no centro, e os novos bairros residenciais também eram organizados e visíveis demais para que uma compra passasse despercebida. Mas, nos arredores, onde a cidade desaparecia no bayou e na floresta indomada, ainda havia um paraíso meio selvagem e o lugar perfeito para um vampiro chamar de lar.

Ele cavalgou à noite, enquanto Klaus afundava ainda mais em sua angústia apaixonada e Rebekah divertia-se com o exército francês. Um dos Mikaelson precisava ficar atento a seu verdadeiro propósito e, como sempre, a tarefa recaía sobre ele.

Onde as casas e lojas davam lugar a campos lavrados e fazendas improvisadas, Elijah cavalgou, avaliou e ocasionalmente fez perguntas muito discretas sobre terrenos à venda. Ainda não tivera sucesso algum e, na realidade, havia sido insultado por vários moradores desconfiados. Mas ele só precisava ter sorte uma vez e tinha muita terra a cobrir.

Ainda havia vestígios do sol poente, mas a luz das velas brilhava em vários lugares, pontilhando o trecho de terra que ele pretendia percorrer a cavalo naquela noite. Um homem, recurvado e de cabelos brancos, ainda estava do lado de fora, lutando para amarrar um largo pedaço de lona sobre alguns barris empilhados no que Elijah julgou serem os limites de suas terras.

Havia nuvens pesadas e carregadas no horizonte e Elijah foi até ele, depois de observá-lo por um momento.

— Posso ajudar? — chamou quando estava perto o suficiente, e o homem girou o corpo.

— Pode ficar bem onde você está — sugeriu o homem incisivamente e Elijah viu, embora seu rosto fosse enrugado e aparentasse cansaço, que seus olhos azuis eram astutos e focalizados de inteligência.

A casa atrás dele era modesta, mas estava em boas condições, e ele havia conseguido manter as terras livres das árvores que invadiam de três lados. Este não era um homem que entraria na velhice em uma cama de penas, cercado de bisnetos gordos.

Elijah desmontou para colocar os dois mais ou menos no mesmo nível e ergueu as mãos vazias sugestivamente.

— Desculpe-me por tê-lo assustado — disse ele mansamente. — Estou procurando por um lugar perto daqui para morar com minha família e vi o senhor trabalhando tão tarde, é só isso. Parece-me que o senhor poderia se beneficiar de mais um par de mãos.

— Preciso de mais um par de tudo — admitiu o homem, avaliando os ombros largos de Elijah. — Eu devia ter mandado que levassem isto para o porão como condição do negócio, mas pensei que seria igualmente fácil jogar uma cobertura contra a chuva, se precisasse. — Ele sorriu com ironia. — Enganei-me.

— Posso transferi-los para o senhor, se for melhor — propôs Elijah, apostando.

Não faria mal ter um amigo entre os colonos dali e era encantadora a atitude conformada do homem com relação a uma tarefa que certamente estava além dele.

— É trabalho para dois homens. — O homem olhou os barris.

Elijah notou que ele quis dizer que não era um dos homens, porque não conseguiria levantar seu lado do barril. Não importava, pois Elijah era muito mais forte do que um homem comum, mas mesmo assim ele se condoeu pelo orgulho ferido do velho.

Ele foi até os barris, virando o mais próximo nas mãos e erguendo com facilidade.

— De fato — concordou. — Assim, por favor, mostre-me o caminho e abra a porta do porão para mim. Prefiro não segurar isto por mais tempo do que o necessário.

O homem aparentou incredulidade, depois prazer. Havia um ânimo perceptível em seu andar enquanto ele atravessava o pequeno terreno, seguindo para o toco do que um dia fora um enorme e impressionante carvalho. Ele puxou um aro de ferro no chão ao lado e uma parte da turfa virou para cima, revelando um buraco. O porão fora cavado embaixo das raízes da árvore e Elijah pisou cuidadosamente a escada de terra irregular, equilibrando o barril grande no peito. As quatro viagens seguintes foram igualmente tranquilas. O homem fechou o alçapão e limpou as mãos nas calças.

— Meu nome é Hugo Rey — grunhiu ele, a voz embargada de emoção, estendendo a mão direita.

Elijah tentou em vão se lembrar da última vez que um humano lhe oferecera a mão num cumprimento.

Ele aceitou calorosamente o gesto e deu seu nome — seu nome verdadeiro, para sua própria surpresa.

— Posso fazer mais alguma coisa pelo senhor enquanto estou aqui? — perguntou ele com cortesia, na esperança de que Hugo aceitasse a oferta.

— Pode beber alguma coisa comigo ali dentro, filho — disse o velho com firmeza. — Você me poupou um trabalho árduo e o mínimo que posso fazer é retribuir com minha hospitalidade. Deve estar com sede depois de todo esse esforço.

Normalmente, o convite inadvertido a se alimentar teria atiçado o apetite de Elijah, mas a ideia de machucar Hugo nem passou por sua cabeça.

— Seria um prazer — concordou ele com sinceridade e, juntos, foram para a casa no meio do terreno.

Escurecia e a chuva estava quase chegando. Hugo acendeu velas e retirou quinquilharias da mesa rudimentar da cozinha. Pedaços de ferragens, com papel cheio de listas de números e desenhos aflitivamente precisos foram varridos antes que Elijah pudesse entender do que se tratavam e ele voltou sua atenção para os sólidos copos de barro que Hugo colocou em seu lugar.

Foram preenchidos com uma bebida áspera, mas palatável — um pouco abaixo do uísque de centeio, mas alguns graus cruciais acima do álcool vagabundo. Elijah bebeu com cautela, enquanto Hugo secava metade de seu copo num gole só. À luz de velas, ele parecia ainda mais velho do que Elijah supusera. Era impressionante que ainda vivesse ali, completamente sozinho, mantendo em ordem a casa e as terras e até fazendo algum trabalho braçal naquela idade avançada.

— Esta coisa nos mantém jovens — disse Hugo, erguendo o copo pela metade, à guisa de explicação.

Era como se tivesse acompanhado com perfeição a linha de raciocínio de Elijah, como se Elijah não *precisasse* falar para ser compreendido.

Quem dera um dia tivesse sido assim tão fácil com o pai. Este homem era séculos mais novo que seu pai, porém muito mais velho do que Mikael quando Elijah ainda era seu estimado filho humano. Entretanto, algo nele lembrava um pai a Elijah, como um pai deveria se comportar com um filho que cresceu e escolheu seu próprio caminho no mundo. Transferir os barris não era um desafio para um vampiro Original, mas, ainda assim, Hugo não parecia apenas agradecido: Elijah teve a sensação de que o velho tinha *orgulho* dele.

— Mora aqui há muito tempo? — perguntou educadamente, bebendo mais uma vez.

— Pelo menos vinte anos — respondeu vagamente Hugo. — Agora a cidade fica mais perto de minha porta do que antigamente. — Ele dava a impressão de reprovar esta evolução.

— Eu também sou uma pessoa reservada — disse Elijah. — Na realidade, estou procurando terras por aqui. Minha irmã e meu irmão gostam da vida noturna na cidade, mas creio que todos ficaremos mais confortáveis com um lugar mais tranquilo onde morar.

O sorriso de Hugo era distante.

— Sempre pensei que eu teria filhos — disse ele, de súbito, e Elijah pestanejou, surpreso. — Minha vida nunca foi do tipo que deixa sobrar muito espaço para uma família, mas penso que há uma parte de nós que jamais para de planejar o futuro, como se existisse um.

Elijah perguntou-se como Mikael teria reagido a isto. Seus próprios filhos obviamente não tinham lugar no futuro que ele queria construir. Será que Mikael tinha algum outro legado em mente ou os imortais um dia deixavam de pensar nessas coisas? Elijah sempre pensava no futuro, embora talvez não como pretendesse Hugo. Quando olhava o futuro, Elijah sempre continuava lá.

— A família é uma bênção — refletiu ele evasivamente —, mas as bênçãos podem chegar de muitas formas.

Hugo concordou com a cabeça e virou seu copo. Estendeu a garrafa sugestivamente, oferecendo mais ao convidado. Elijah, cujo copo ainda estava quase cheio, aceitou a garrafa educadamente e se serviu de mais algumas gotas. Sempre era adequado aceitar a hospitalidade, segundo sua experiência, ou pelo menos demonstrá-la.

— Desconfio de que fui bastante abençoado. — Hugo estava pensativo, rodando o líquido no copo e olhando para ele por um momento antes de tomar outro longo gole. — Usei meus talentos em meu trabalho, fiz e mantive uma boa reputação a vida toda e sou dono deste pedaço de terra provavelmente desde antes de você ter nascido.

Elijah não estava inclinado a corrigi-lo neste último aspecto; em vez disso, simplesmente assentiu. Para ele, estava claro que as rodas da mente do velho giravam e ele desconfiava de que Hugo falaria mais, se ele esperasse. Um momento de silêncio provou que Elijah tinha razão.

— Um homem deve ter um lar que possa chamar de seu. — Sua voz estava baixa e vigorosa, quase um grunhido. — Não é natural ficar à deriva, com ou sem família.

Mais uma vez, *não é natural. Abominação.*

— Beberei a isto — respondeu Elijah e correspondeu a suas palavras. — A propósito, sabe se algum de seus vizinhos está pensando em vender? Temos encontrado certo problema para passar pelos meios oficiais e, portanto, estamos dispostos a oferecer um bom preço a alguém disposto a assinar o documento rapidamente, sem formalidades.

A cara enrugada de Hugo se vincou em um sorriso malicioso.

— Não é muito popular com os maiorais, não é, meu jovem? A política local não tem vencedores, pelo menos no momento. Por que acha que estou aqui, tão longe? Não preciso lidar com ninguém que não valorize meu tempo e meu trabalho e é assim que prefiro.

— Acho que posso aprender muito com seu exemplo — admitiu Elijah.

Hugo afastou a cadeira da mesa abruptamente e quando se levantou Elijah notou que ele estava desequilibrado. Isso foi uma surpresa. Embora Hugo tenha partilhado com abundâcia da bebida em seu copo, Elijah teve a impressão de que normalmente ele não bebia menos. Ele devia estar acostumado a sua generosa dose antes de dormir, entretanto vacilava ao atravessar o cômodo, como se estivesse no convés de um barco.

Voltou com uma caixa de madeira de mosaico complexo, que baixou sem dizer nada no meio da mesa, entre as duas canecas. Com um longo suspiro, Hugo abriu a caixa e revelou alguns papéis gastos e amarelados. Elijah os olhou fixamente, sem saber se deveria apanhá-los e examinar por conta própria.

— Tenho uma casa e não preciso muito mais do que uma. Você precisa de uma casa e não tem nenhuma. — A voz áspera de Hugo era embotada, mas seus olhos azuis evitavam os de Elijah como se ele fosse acometido de uma repentina timidez. — Continue procurando entre meus vizinhos, se preferir, mas, se quiser, esta casa será sua depois de minha morte. — Ele retirou uma pena de um dos bolsos e Elijah a olhou atentamente. Essas penas, com um reservatório de tinta oculto por dentro de um estojo de metal, eram raras; outro objeto inesperadamente interessante nesta casinha modesta. Hugo escreveu nos papéis diante de si e assinou embaixo de cada página com um floreio. — Não preciso conhecer um homem há muito tempo para desejar considerá-lo meu herdeiro — murmurou ele quando terminou. — Mas não consigo parar de pensar no futuro, nem mesmo agora. E aí está você... — Ele hesitou, com os olhos ainda fixos nos papéis. Elijah entendeu que eles eram iguais.

— Eu ficaria honrado — disse ele com gentileza ao velho — e agradecido. Eternamente grato — acrescentou com certa tristeza. Se Hugo queria que sua casa e sua memória continuassem a viver, não poderia ter escolhido beneficiário melhor. — Mas espero que se passe muito tempo até que usemos este presente extraordinário. Prefiro vir visitá-lo novamente e com frequência, se o senhor me permitir.

Hugo sorriu e se sentou pesadamente na cadeira, embora não fosse um homem corpulento.

— Também gostaria disso — disse ele com serenidade, os olhos fixos em algo distante que Elijah não enxergava. Seu rosto enrugado parecia ruborizado à luz das velas. — Mas creio que o tempo para as visitas passou há muito. Foi muito agradável, porém. Muito satisfatório.

Elijah franziu o cenho e baixou os olhos para o copo.

Estaria Hugo doente? Ele sabia de algo sobre sua morte que preferia não contar? Seus olhos correram pelas páginas assinadas entre os dois na mesa. Era seu objetivo possuir terras, mas agora se sentia profundamente perturbado por aceitar. Por mais que os Mikaelson ansiassem por um lar em Nova Orleans, sempre fora ainda mais difícil encontrar um amigo.

— Então, usarei o tempo que restar — prometeu Elijah.

Um sorriso enrugou o rosto de Hugo. Ele serviu outra dose de sua garrafa de bebida, que restava menos da metade, e o outro ergueu a caneca em um brinde silencioso.

Os dois conversaram noite adentro. Os silêncios aumentavam e se estendiam com o passar das horas e por várias vezes Elijah pensou que Hugo tinha cochilado. Durante esses lapsos, os olhos de Elijah percorriam o ambiente, apreendendo cada pequeno detalhe. Imaginou como seria ter uma casa que fosse deles novamente, um lugar tão pessoal e habitável como este. E então o velho se ergueu e a conversa foi retomada. As bochechas de Hugo ainda estavam estranhamente coradas e às vezes sua mente parecia vagar, mas ele parecia querer que a noite dos dois continuasse e Elijah ficou inteiramente satisfeito em lhe saciar a vontade.

Por fim, caiu novamente o silêncio e, para os ouvidos aguçados de Elijah, este foi mais profundo e mais perfeito que qualquer assunto. A tempestade veio e passou, e ele ouvia cigarras e sapos do lado de fora. Ao longe, a correnteza indolente do rio Saint Louis se arrastava. Mas, dentro da casa, não havia som algum.

Hugo Rey estava sentado em sua cadeira, uma das mãos envolvia o copo, mas os olhos estavam vagos e sem vida. O subir e descer do peito havia parado enquanto a atenção de Elijah se distraía. Ele faleceu, em silêncio e tranquilamente, em sua casa e acompanhado de um amigo. Elijah sabia que poucos humanos tinham tanta sorte, mas, ainda assim, recolheu os papéis da mesa e voltou a seu cavalo sentindo um doloroso pesar no peito.

9

O ataque veio ao pôr do sol. Gritos se ergueram das sentinelas, primeiro perto do rio, e então Rebekah ouviu uma segunda gritaria se elevar da mata a oeste. O sol poente transformara o rio Saint Louis em uma longa linha de fogo cintilante, ofuscando os soldados e confundindo sua linha de defesa. Os atacantes haviam escolhido bem a abordagem.

Eles pareciam humanos, mas Rebekah sabia muito bem: um lobisomem morto foi levado do acampamento na noite anterior e agora seu bando viera atrás de vingança. Soldados passaram gritando para que ela ficasse na barraca e Eric berrou a Felix, apontando para ela. Seu tenente de nariz de gancho destacou imediatamente quatro homens daqueles que corriam para a batalha e os fez formar um círculo em torno da barraca de Rebekah, mantendo-a em segurança ali dentro.

Ela queria lhes dizer que não era necessário, que ela estava mais preparada para proteger a eles do que o contrário, mas não tinha sentido algum. Homens morreriam sem necessidade, mas esta era a natureza do mundo. Ela não podia cuidar deles e de si ao mesmo tempo e, assim, esperou pacientemente na barraca, ouvindo o barulho brutal da morte à sua volta.

Quando estava plenamente escuro do lado de fora, ficou evidente que o pior da batalha se estabelecera pela margem oeste do acampamento e todos os guardiões, exceto o próprio Felix, foram se juntar a ela. Ele se recusou, enviando os outros para a glória da morte enquanto ficara ali, obedecendo a ordens.

Rebekah estava inquieta. Havia outras coisas que podia fazer em vez de ficar ali, se ao menos Felix a deixasse em paz. Com a atenção dos soldados em outras partes, esta seria a hora perfeita para explorar os recessos interditados do acampamento. O destino medonho do lobisomem que Rebekah condenara lhe pesava na mente e ela precisava descobrir o quanto Eric sabia. E, ainda mais importante, quais eram as intenções dele.

Rebekah estivera muitas vezes dentro da câmara pública da tenda de Eric, mas duvidava que ele realizasse o interrogatório e uma execução do outro lado de sua mesa de pau-rosa encerado. Será que ele tinha uma sala secreta que escondia dela? Rebekah imaginava que a câmara privativa de Eric servia apenas como um espaço para dormir, mas agora não tinha tanta certeza. Era o momento de descobrir e ver o que mais o capitão mantinha em segredo.

O lobisomem não teria revelado nada intencionalmente, mas Eric era inteligente demais. Era um homem de fato impressionante: inteligente, generoso e evidentemente respeitado por seus soldados, mesmo depois de tão pouco tempo no comando. Rebekah ficava frustrada sabendo que as mesmas virtudes que o tornavam tão agradável como companhia também fizessem dele um perigo para a sua espécie. Se as coisas fossem diferentes, ela podia se imaginar apaixonando-se por um homem como ele.

Eric sabia o que queria da vida e como consegui-lo sem recorrer à crueldade, o que o destacava dos homens que a cercaram na maior parte de sua interminável vida. Para ser franca consigo mesma, Rebekah percebia que estava com dificuldades em reprimir a atração que sentia pelo capitão, apesar de suas suspeitas muito sensatas quanto às atividades dele. No fundo, ela esperava que sua tenda não revelasse nada de deplorável, que ela pudesse deixar seus sentimentos de afeto crescerem sem medo... Mas é claro que não teria tanta sorte.

Ela espiou pela abertura da barraca, pronta para atravessar o acampamento até o quartel-general de Eric. Felix rondava o perímetro e a viu de imediato. Ele dedicava-se ao trabalho a ponto de ser irritante, mas, como estava presa a ele como seu "protetor", Rebekah decidiu que poderia muito bem usá-lo.

Ela acenou com o dedo para Felix se aproximar, depois deixou que o poder da Influência a tomasse.

— Acompanhe-me à tenda do capitão — ordenou, em voz baixa, mas pulsando de magia. — Tenho assuntos a tratar lá, mas ninguém deve saber.

O rosto de Felix ficou sombrio e depois, inexplicavelmente, clareou.

— Deve ficar aqui, Madame — discordou ele. — Recebi minhas ordens.

Rebekah vacilou nos calcanhares, espantada que ele a contestasse — que *conseguisse* fazer isso. Não se lembrava de nenhum outro humano que tivesse resistido à influência de um vampiro Original. Isso não devia ser possível. Talvez fossem seus nervos, concluiu ela, e tentou mais uma vez, nivelando seu olhar poderoso nos olhos dele e repetindo a ordem.

— Iremos prontamente — concordou ele com a voz embargada. Era como se nunca tivesse argumentado.

Felix olhou em volta para saber se havia alguém olhando, depois a pegou pelo braço e a guiou.

Juntos, eles atravessaram o acampamento, agachados e próximos às outras barracas. Não havia ninguém por perto, mas o tenente levou muito a sério sua ordem de sigilo, às vezes protegendo o corpo de Rebekah com o seu próprio quando parecia notar algum movimento por perto.

Felix parou na entrada da tenda de Eric, parecendo tristemente inútil.

— Monte guarda — ordenou ela, influenciando-o novamente. Ele se remexeu como se quisesse protestar, mas ela não deu esta chance, estendendo seu poder repetidamente até que qualquer inquietação que ele tivesse ficasse sepultada sob o peso dela. — Não deixe ninguém entrar antes de eu ter voltado. — Era improvável que alguém tentasse entrar enquanto ela estivesse ali, mas, na pior das hipóteses, Rebekah ouviria a luta, se tentassem.

Felix, incapaz de revelar o que realmente fazia ali, daria a impressão de ter enlouquecido, mas essas coisas eram comuns até entre oficiais experientes. Seus companheiros soldados ficariam surpresos, mas não desconfiados.

Apreensiva, Rebekah ergueu a aba coberta de flor-de-lis que fazia as vezes de porta na tenda de Eric. Estava vazia, entretanto ela sentiu que havia algo à espera.

A sala externa estava exatamente como Rebekah se lembrava. O ambiente era escuro, mas ela enxergava perfeitamente com sua visão aguçada. Nada parecia fora do lugar e ela desejou poder deixar assim. Gostava de Eric, tinha de confessar a si mesma, e relutava em descobrir seus mistérios. A exposição de segredos em geral leva à morte de alguém. E este alguém não seria Rebekah.

Respirando fundo e com uma imprecação muda, ela abriu as cortinas da câmara interna com uma força desafiadora.

E ficou petrificada.

Não era um quarto. Não era um santuário, nem local de repouso... Era um templo à *morte*. As paredes de tecido eram cobertas de cruzes e espelhos, e pelos três lados do ambiente havia arcas de madeira entalhada. Estavam repletas de estacas, objetos forjados em prata, bestas com flechas de madeira e correntes de cabeças de alho. Uma das arcas tinha uma pilha alta de livros empoeirados em meio a instrumentos que ela não reconheceu, com fins que nem imaginava. Rebekah aproximou-se cuidadosamente, examinando cada um. Esta era uma sala projetada para capturar e matar vampiros.

Estava tudo errado, percebeu ela com um suspiro de alívio. Alguns livros pareciam, de início, ter uma autoridade agourenta; a maioria, porém, não passava de contos de fadas. Ela quase deu uma gargalhada com um volume de título pretensioso, *Os mitos e verdades dos monstros conhecidos por todo o mundo como "Vampyrre"*. Não viu nada na barraca que a ferisse particularmente. O que a afetava, na realidade, era que o homem de quem ela começava a gostar montara uma sala dedicada à descoberta dos pontos fracos de sua espécie.

Sentiu como se um peso enorme se acomodasse em seu peito quando se obrigou a admitir o erro que cometera ao confiar no capitão Moquet. Não podia mais alimentar sua atração pela curiosidade incansável dele, não quando esta era uma clara ameaça. E se ela tivesse ficado completamente cega pela química dos dois e ele a estivesse usando, tanto quanto Rebekah pretendia manipulá-lo?

Ela precisava admitir que era possível que Eric jamais estivesse interessado na viúva humana e talvez suspeitasse o tempo todo da verdadeira natureza de Rebekah. E se ele a estivesse mantendo por perto a fim de saber seus pontos fracos? As mãos de Rebekah tremeram ao pegar infinitos artefatos de aparência cruel, examinando-os em busca de qualquer coisa que pudesse causar danos irreparáveis.

Até agora, os Mikaelson tiveram sorte e cuidado — os boatos sobre vampiros ainda não haviam se espalhado do Velho Mundo para o Novo. Mas Eric tinha chegado recentemente da França e a verdade era que ele nunca dissera exatamente o porquê. O que o trouxera a este pântano distante? Será que veio trazer ordem a uma terra sem lei para maior glória do rei Luís ou fora mandado para seguir o rastro de vampiros?

Seus olhos caíram em algo que ela reconheceu e então se abaixou para pegar. Um pequeno anel de ouro com uma pedra de lápis-lazúli numa corrente que pendia do canto de um espelho de prata. O trabalho na peça era idêntico àquele que Rebekah tinha no próprio dedo. Só havia seis anéis da luz no mundo, segundo seu conhecimento, e eram heranças de família. Heranças da *sua* família. O que um deles fazia aqui? Teria sido encantado, como aqueles feitos por Esther, ou era apenas uma cópia?

Uma coisa era certa: o interesse de Eric pelo oculto era muito menos fortuito do que ele a fazia acreditar. Ele não estava apenas atrás de "demônios anormais"; sabia exatamente o que procurava. E, apesar de todas as coisas que ele parecia ter entendido errado até agora, Eric também compreendia algumas coisas perigosamente bem. O anel de lápis podia não parecer nada além de uma bugiganga bonita, mas não teria sido criado — e certamente não estaria *ali* — se não fosse para o uso de um vampiro.

Ela o imaginava virando o anel nas mãos calejadas, examinando-o. Imaginava-o andando por esta sala, tentando ligar todas essas peças em um quadro coerente. Pensou em como sua testa se franzia quando ele se concentrava, a linha forte dos ombros por baixo de uma fina camisa branca... Rebekah cerrou o anel na mão, furiosa consigo mesma.

Estava evidente que não o conhecia em absoluto. Aquela força taciturna, o poder concentrado... Ela não podia se sentir atraída pelas mesmas virtudes que faziam dele um assassino eficaz de sua espécie.

Era claro que este era o segredo de Eric. *Naturalmente* Rebekah tinha de se envolver com o único homem que era o mais perigoso para ela. Era o mesmo erro que ela cometia sempre e, toda vez que pensava ter aprendido a escolher com mais sensatez, provava-se equivocada. Era como se seu coração tivesse algum desejo instintivo por infelicidade e dor.

Cautelosa, ela guardou novamente o anel exatamente onde o encontrou e continuou a investigar.

Do outro lado da arca, quase tropeçou em algo mais grosso do que os tapetes empilhados e baixou os olhos, surpresa, para o que devia ser o saco de dormir de Eric. Quase se esquecera de que era neste lugar onde ele também dormia.

Jamais teria pensado que ele seria o tipo de homem que encontraria descanso em meio ao caos e à escuridão. Sim, ele era sério, mas ela nunca o encarou como mórbido.

Por um momento imaginou aquele cabelo preto, levemente grisalho nas têmporas, deitado no travesseiro branco e imaculado abaixo dela, os olhos castanhos e pensativos fitando os dela. Talvez houvesse algum mal-entendido; talvez o fascínio de Eric pelos vampiros não fosse o que parecia. Talvez houvesse outra explicação e eles pudessem recomeçar sem as mentiras...

Ela se abaixou nos lençóis, querendo ver como ele acordava toda manhã. Os espelhos e algumas cruzes que cercavam as paredes brilhavam na luz que bruxuleava através da tenda e a arca mais próxima estava tão perto que ela podia estender a mão e tocar parte dos estranhos instrumentos que continha. Os vampiros eram seu primeiro pensamento ao acordar e a última coisa em sua mente quando adormecia. Apesar de se deitar em lençóis com o cheiro dele e sentir o ponto em que seu corpo ficava toda noite, Rebekah tinha de admitir que não restava dúvidas de que a tarefa de Eric era caçar vampiros, e todo o resto — o exército, a cidade, as leis do rei — não passavam de uma cortina de fumaça.

Ela se ajoelhou, preparando-se para sair e voltar furtivamente à própria barraca, quando algo incongruente chamou sua atenção. Havia alguma coisa no chão ao lado da cama de Eric. Ao pegá-la, pôde ver que era um medalhão de ouro complexo, aberto, que revelava um retrato em miniatura em seu interior.

A mulher de cabelos cor de linho retratada ali era linda e Rebekah se surpreendeu ao sentir um ciúme ardente subir por sua garganta. *Pode ser a mãe ou a irmã de Eric*, lembrou a si mesma. E não importava, porque Eric fora enviado para o outro lado de um oceano a fim de encontrar e destruir *a ela*. Se a mulher no retrato era sua esposa, então, no que dizia respeito a Rebekah, a mulher podia ficar com ele para si.

Ela notou que ficara ali por tempo demais. Não havia barulho de Felix, nem da batalha. Sua expedição dera muito em que pensar e provavelmente provas suficientes para sair deste lugar e contar tudo aos irmãos. Afinal, ela estava cercada pelo exército de um caçador de vampiros e não podia mais correr risco algum espionando quando quase certamente era observada.

No entanto, precisava saber mais. A prova da obsessão de Eric era perturbadora, mas podia haver consequências terríveis em supor que ela soubesse o que significava. Se deixasse que os irmãos se ferissem porque não queria acreditar... Se deixasse que Eric se ferisse porque acreditava com demasiada facilidade... Rebekah não podia aceitar nenhum dos dois riscos. Ainda não contaria o que descobrira a Elijah e Klaus, mas devia a eles uma investigação completa.

Rebekah alisou os lençóis e afofou o travesseiro, tentando virar o medalhão exatamente como estivera — embora talvez um pouco mais distante do saco de dormir do que quando ela o encontrara. Passou de mansinho para a câmara externa e meteu a cabeça para fora da barraca, encontrando Felix ainda a aguardá-la. Pelo menos uma coisa havia saído como esperado.

— Felix — sussurrou. Ele se virou, atento. — Agora devemos voltar à minha barraca — disse-lhe ela, seduzindo-o mais uma vez com o poder de sua voz. — Depois que eu entrar, você se esquecerá de que saímos. Saberá apenas que obedeceu às ordens de seu capitão e me protegeu durante toda a batalha.

— Eu sempre obedeço a minhas ordens — respondeu Felix cordialmente e ela não teve dúvida de que ele era sincero.

10

Klaus se manteve junto das paredes, observando o jardim em busca do primeiro sinal de movimento. Qualquer agitação podia ser Vivianne... Ou um bando de lobisomens saindo do solar para dilacerá-lo, membro por membro. Não faltavam luzes e vozes dentro da casa, mas, do lado de fora, passou-se quase uma hora sem nenhuma alteração, senão pelo vento.

Ele releu o bilhete agarrado em sua mão esquerda pela milésima vez. Estava no lugar certo e, embora tivesse chegado cedo, ela já estava atrasada. Vivianne pediu para encontrá-lo ali, no jardim atrás do salão de baile onde dançaram juntos na primeira vez. Agora. Onde ela estava?

Sem reparar, seu olhar vagou para as paredes cobertas de hera onde tentou esconder o corpo da infeliz garçonete de quem se alimentara naquela mesma noite. Solomon Navarro soubera deste pequeno incidente com celeridade demais e a própria Vivianne vira as provas nele. Se estava armando uma vingança, não poderia ter escolhido um lugar melhor... Mas ele não acreditava nisso. Tinha certeza de que ela sentira algo na outra noite — ele sentiu que seu exterior frio e cético se abrandava. Ela quis acreditar nele.

Certamente ela viria.

Ouviu passos leves na grama e entendeu que não era uma emboscada. Vivianne atravessava o gramado às pressas, com as faces ruborizadas e os olhos brilhando de alguma emoção que ele não conseguia nomear. Por um momento, foi o bastante.

— Que bom que você veio — sussurrou ela quando o alcançou e, apesar da promessa que ele fizera de esperar que ela não tivesse mais hesitações, Klaus não conseguiu reprimir um sorriso.

Não conseguia se lembrar da última vez que se sentira assim por uma mulher — um século? Mais? Ela pediu para vê-lo e agora estava aqui... Se Mikael estivesse parado atrás dele naquele exato momento com uma estaca de carvalho branco, Klaus morreria um homem feliz. Melhor do que isso, porém, era viver — viver no brilho deslumbrante desta jovem extraordinária e saber que conquistá-la estava ao seu alcance.

— Eu não teria faltado — respondeu, em voz baixa, falando a completa verdade.

Ele nunca vira a letra de Vivianne antes daquela noite, mas a reconheceu quando viu. Nada o impediria de vir a este encontro, nem mesmo a possibilidade real de ser uma armadilha.

Ele jamais acreditara de verdade *nisso*, entretanto, não seriamente. Este não era o primeiro encontro de Klaus com uma mulher no meio da noite e em geral todos tinham o mesmo propósito. Os grilos cantavam por perto e o aroma de madressilvas vagava para eles das trepadeiras do muro do jardim. Era perfeito.

— Eu precisava revê-lo. — Ela sussurrou com tal suavidade que no início ele pensou tê-la ouvido mal. Depois ela ergueu o rosto para olhá-lo com franqueza e ele soube que não havia equívoco algum. — Pensei que sabia quem você era antes mesmo de conhecê-lo, Niklaus Mikaelson, mas sempre que nos falamos parece que aprendo algo novo. Você tem profundidade, e paixão, é claro, e uma espécie de honra que eu não esperava encontrar. Sinto-me mais atraída a você a cada vez que o vejo, mas jamais poderemos ficar juntos. Agora que passei a conhecê-lo um pouco mais, sinto que é justo lhe dizer isto eu mesma, cara a cara. Pedi que viesse aqui para fazê-lo compreender que você deve me deixar em paz.

Klaus se viu na rara situação de não saber o que dizer. Assim, ele a beijou, seus lábios apertando firmemente os dela, quentes, sua mão segurando gentilmente a nuca da jovem. Ela correspondeu ao beijo, hesitante, mas curiosa. Quando se afastou, pousou a cabeça castanha em seu peito e ele sentiu o coração dela disparar. Podia ficar ali, daquele jeito, pelo resto da noite, se ela concordasse.

— Niklaus, eu estou noiva — lembrou a ele.

Sua voz estava um pouco abafada contra o colarinho da camisa de Klaus, mas, para o ouvido afiado do vampiro, ela parecia confusa e indecisa. Então se endireitou, passando as mãos no rosto como se limpasse qualquer vestígio dele.

— Gostaria que as coisas que você disse na outra noite se tornassem nossa realidade, mas meu noivado já está avançado demais. Fiz promessas e as fiz por minha própria vontade. Tenho uma oportunidade de selar a paz para sempre e, se agora voltar atrás, haverá um massacre. Centenas de mortos dos dois lados e será tudo por minha causa. Porque fui fraca, porque coloquei meus próprios desejos egoístas acima da vida de todos os outros que amo.

Era inquietante que ela escolhesse o tempo pretérito quando falava dele, mas Klaus não sentiu suas esperanças perdidas.

— Nada precisa ser decidido esta noite — insistiu ele com gentileza. — Você ainda não está casada... Há tempo para refletir.

— Não é só isso. — Vivianne não o olhava nos olhos e Klaus sentiu uma pontada de medo.

Por que ela disse que poderia "selar a paz para sempre"? O que isto significava, exatamente? Talvez não fosse o simples ato de seu casamento. Havia algo mais e era algo que ele precisava saber.

— Diga-me — insistiu ele e a viu estremecer.

— Eles querem que eu me transforme — sussurrou ela. — Os Navarro. Dizem que fui criada como bruxa e assim preciso me tornar igualmente lobisomem.

É claro que eles queriam. Klaus compreendeu imediatamente. Se Vivianne ativasse o lobo que tinha dentro de si, a aliança penderia inegavelmente em favor dos lobisomens. Ela estaria verdadeiramente presa entre os dois mundos e casada com um homem que pertencia a apenas um deles.

— E eles não querem que você fale com ninguém sobre isso — adivinhou ele.

A resposta de Vivianne foi um leve gesto de concordância com a cabeça e ela olhou a casa às suas costas. Sabia que havia algo errado naquele pedido, por mais que quisesse acreditar que nenhuma das duas famílias permitiria que ela se machucasse. Era jovem e, apesar de sua inteligência, também era ingênua. Ainda não compreendia o quanto sua doçura a tornava vulnerável e, assim, cabia a Klaus rasgar a garganta de qualquer um que tentasse usar isso contra ela.

— Foi parte do pacto — confessou ela, com hesitação —, que eles não me pedissem... que eu não teria de...

Os bruxos foram sensatos, mas talvez a troco de nada. Os lobisomens não estavam interessados no pacto, mas em usá-lo para ganhar uma vantagem.

— Que você não precisaria matar um humano e se tornar lobisomem inteiramente — completou ele, com severidade, querendo que ela ouvisse todo o peso do que estava considerando. Para ativar seu lado lobisomem, ela teria de cometer assassinato. Então, se transformaria na lua cheia... E em toda lua depois desta. — Não imagino que alguém que a ame queira isto para você.

Isso sem mencionar os que acreditavam que já era ruim demais ser *uma* dessas criaturas sobrenaturais, e que a ideia de ter dois poderes ativos vivendo no mesmo corpo parecia infernal. O próprio Klaus havia matado milhares de vezes, entretanto não podia se tornar um lobisomem, porque sua mãe o protegera. Lançou-lhe um feitiço para eliminar essa sua parte, encerrou-a para sempre e chamou de "equilíbrio". Sua magia honrava a natureza, a não ser quando o orgulho ou a infidelidade a pervertiam. Graças à hipocrisia de Esther, esse era um caminho que ele não poderia trilhar com Vivianne, se ela escolhesse tomá-lo.

— *Eu* não quero isto para mim — retorquiu Viv, o lindo rosto traindo sua agonia. — Mas quero por eles. Por nós. Por Nova Orleans e meus pais, pelos lobisomens e bruxos, e pelos humanos, para que não sejam mais apanhados no fogo cruzado. Tornar-me lobisomem é a única maneira em que posso verdadeiramente fazer parte do bando deles, para que me deem ouvidos e aceitem meu casamento.

Por que eles negociariam isso, se não pretendiam aceitar, Klaus queria perguntar a ela, *a não ser que fosse para jogar na sua cara quando o momento se aproximasse?* Mas ela não estava preparada para ouvir essa verdade, ele sabia, e isto só a afastaria dele.

— Se eles não a querem como você é, não merecem tê-la — irritou-se ele, depois passou o braço por sua cintura e a puxou mais uma vez para um beijo, apesar da fraca resistência que ela demonstrava. — Venha comigo esta noite e abandone esta armadilha antes que ela te prenda.

Ela descansou a testa no peito de Klaus, fechando os olhos, em luta consigo mesma.

— Isto aqui precisa terminar, você e eu — argumentou ela com a voz engasgada em lágrimas. — Sinto que precisava lhe dizer isso pessoalmente, mas lamento que só tenha causado sofrimento. Me dói mais do que imagina.

— Então, desfaça — disse Klaus. — Esquecerei que você um dia disse essas coisas e você pode fazer o mesmo. Nada está terminado. Ninguém se casou; ninguém morreu.

— Está *feito* — insistiu Vivianne, afastando-se e olhando-o com sinceridade. — Foi feito assim que nasci. Não posso saber o que é exigido de mim e me afastar. Como poderia? Você não entende como é viver entre dois mundos em guerra como este. Jamais pedi essa responsabilidade, mas não há mais ninguém que possa realizar o que eu posso. Se me recusar agora, estará tudo arruinado.

Vivianne tinha razão e não tinha: a herança dupla de Klaus *deu início* a uma guerra, assim como Vivianne esperava que a dela encerrasse outra.

— Eu já estou arruinado, Viv — disse ele. — Conhecer você me arruinou. Que me importa que o resto do mundo arda em chamas? Ter você comigo valeria qualquer preço.

A luz e os risos se derramaram ao jardim por uma porta aberta e Klaus se encolheu contra o muro, puxando-a com ele.

— Vivianne! — chamou uma voz animada. — Querida, para onde você foi? Precisamos de você nas cartas... Minha mãe arrancou uma fortuna de nós em sua ausência.

Ela teve um sobressalto de pânico e se afastou violentamente dos braços dele.

— Klaus, por favor, não torne isto mais difícil do que precisa ser — suplicou, mas se deixá-lo era difícil para ela, ele certamente não facilitaria.

— Vivianne Lescheres — começou ele, depois parou por tempo suficiente para que ela se acalmasse para escutar, vencida pela curiosidade. — Jamais tive o prazer de conhecer uma mulher como você, e vivi tempo suficiente para saber caso existisse alguma. Por você, estou até disposto a implorar: por favor, não parta meu coração *ainda*.

Ela lhe abriu um leve sorriso hesitante, a contragosto, e quando o fitou novamente seus olhos traziam um brilho sem nenhuma relação com as lágrimas.

— Cuidado com o que deseja, Klaus. — Ela soltou um curto suspiro. — Talvez nos encontremos novamente, ao menos para que eu lhe diga "não" mais uma vez.

— Minha querida, prometo-lhe que a única coisa que você me dirá é "sim" e dirá mais de uma vez. Ficaria muito feliz em provar isso, se você se encontrar comigo novamente amanhã à noite. Aqui? — Klaus estava afobado, disposto a arriscar tudo para não perdê-la.

— Vivianne, onde você está? — chamou a voz mais uma vez e Klaus teria ficado feliz em estripar seu dono com as próprias unhas.

Vivianne mordeu o lábio, todo o corpo tenso de preocupação, mas curvou-se para dar mais um beijo em Klaus. Durou um segundo a mais que uma despedida educada e Klaus o tomou como a única resposta que precisava. Estaria ali na noite seguinte e em cada noite depois desta, até que Vivianne cumprisse a promessa desse beijo, encontrando-se com ele.

Ela se esforçou para sair de seus braços e ele viu sua silhueta correr pela grama, até a luz e a figura alta e magra que a aguardava à soleira.

Klaus não precisou ver o rosto para saber de quem se tratava. Se pudesse matar cada ser vivo indigno de pronunciar o nome dela, teria começado bem ali, com Armand. Terminaria num massacre... O que, pensando bem, agora lhe parecia muito atraente. Ele se perguntou quantos lobisomens havia no solar festivamente iluminado diante dele — Armand e sua mãe, ao que parecia, mas, a julgar pelas vozes e o barulho de copos tilintando, provavelmente outros. Não valeria a pena enfrentar a ira de Elijah, a não ser que ele conseguisse matar todos os presentes na casa — na verdade, na cidade — nesta mesma noite.

Um objetivo digno, embora improvável, e assim ele deu vazão à sua fúria no muro alto do jardim. Seu punho saiu incólume, mas o muro rachou e esfarelou, deixando um buraco satisfatório nas pedras cimentadas. Era um lembrete físico de que ele não desistiria de Vivianne sem lutar por ela, mesmo que não fosse com a batalha sangrenta que ele teria preferido.

11

O cemitério estava mais escuro do que Elijah se lembrava. Nuvens escondiam a lua e as estrelas e parecia haver menos velas acesas do que na visita anterior. Um vento frio soprava do mar, carregando o cheiro lodoso do bayou em sua passagem.

Elijah percorreu o caminho sinuoso pelos túmulos a pé, com o cuidado de não deslocar nenhuma pedra. Um uivo desolado vagou até ele pelo vento. A lua encoberta só ficaria cheia dali a algumas semanas, mas a pele de seus braços e do pescoço ainda assim se arrepiava com o som. Algo acontecia no cemitério, alguma magia, e estava claro que forasteiros não seriam bem-vindos.

Ele preferiria estar em qualquer outro lugar, mas prometera provar a Ysabelle Dalliencourt que ela estava errada. Com o testamento de Hugo e a doação da casa, Elijah pretendia mostrar à bruxa que ela o subestimara. Com sorte, ela ficaria impressionada o bastante com sua engenhosidade e reconsideraria sua posição de não fazer favores à família dele. A ajuda de que precisava agora era muito menor do que uma doação de terras.

Ysabelle não estava em casa quando ele a procurou, e assim Elijah imaginou que o único outro lugar em que ela estaria seria o cemitério dos bruxos. Depois de procurar pelo labirinto encantado quase uma hora, os olhos afiados de Elijah enfim encontraram a bruxa no meio de um círculo de velas. Trajava um vestido lilás, o cabelo avermelhado solto na altura dos ombros. Seus olhos estavam fechados, mas ela não estava em paz. Na realidade, parecia furiosa.

Elijah recuou e observou enquanto ela murmurava consigo mesma e então abriu os olhos e começou a misturar furiosamente uma substância na tigela de cobre no chão. Ela voltou a endireitar as costas, fechando os olhos e dando a impressão de que cada parte de seu corpo enfrentava uma força invisível. Ele não sabia o que ela tentava fazer, mas viu o momento em que fracassou. Com base na postura arriada de seus ombros, parecia que ela estivera tentando um feitiço por algum tempo, sem muito sucesso. A frustração dela era apenas outra vantagem para ele.

— Boa noite, Ysabelle — chamou ele, com um ânimo bem maior do que o adequado para um cemitério, em especial no meio da noite.

Pelo jeito como Ysabelle se virou e o fuzilou com os olhos, era sorte dele que a magia não estivesse operando naquele momento.

Outro ponto a favor dele, pensou Elijah, aproximando-se com confiança. Ela sabia que ele não se intimidava com seu poder e detestava isso.

— E uma boa-noite para o senhor. Posso perguntar por que veio me incomodar neste lugar sagrado?

— Vim lhe pedir um favor — disse ele, alcançando o círculo de velas que a cercava.

Suas chamas eram tão firmes no ar parado da noite que nem mesmo pareciam reais.

— Entendo, Monsieur Mikaelson. Porém, parece-me que já tivemos esta conversa. — Ela demonstrava interesse, mesmo a contragosto.

— Elijah, por favor — retrucou ele. — Naquela noite, eu queria sua ajuda para me garantir um lar. Agora tenho um.

Ele retirou do bolso do paletó os documentos dobrados, estendendo-os a uma distância cautelosa das chamas. Ysabelle se levantou e seus olhos profundamente castanhos se arregalaram.

— E qual de meus vizinhos você matou para obter *isto*? — Ela exigiu saber.

Elijah começava a explicar como a casa virou sua, mas, mesmo antes de falar, percebeu que a história só confirmaria as suspeitas da bruxa. Um completo estranho prometera suas terras a um vampiro que queria um lar, depois morreu naquela mesma noite. Ainda que

Elijah repetisse cada palavra que os dois trocaram, a história continuaria soando precisamente como uma mentira conveniente.

— Nenhum deles — respondeu com rispidez, em vez de piorar as coisas tentando se defender. — Foi deixada a mim em testamento por um homem que morreu de velhice e nada mais.

— Estranho que você parecesse não saber nada deste testamento quando pediu a minha ajuda na outra noite.

Seria o tom de Ysabelle denso apenas de suspeita ou ele também detectava orgulho? Parecia que ela estava *ofendida* por ele ter resolvido o problema com rapidez e sem sua ajuda.

— Creio que lhe disse, Madame Ysabelle — repreendeu-a —, que eu lhe provaria que meu lado não é o perdedor.

Ela ponderou o que foi dito, passando o olho por uma das lápides tão brevemente que ele quase não notou.

— Você falou — concordou ela —, mas através de assassinato não é o caminho para garantir minha aliança.

Elijah lançou seu olhar pelo labirinto de luzes para ler os nomes nas pedras dentro de seu círculo de velas. Viu pelo menos três DALLIENCOURT — Ysabelle tentava fazer contato com seus ancestrais. Ele não sabia por que, mas, se pudesse ajudá-la a se comunicar, estava certo de que poderia fazer uso disso para conquistar sua confiança. Afinal, sabia uma ou duas coisas sobre bruxas.

— Não houve assassinato — lembrou-lhe com firmeza. A ideia tomava forma em sua mente à medida que ele falava. — Se quiser, podemos falar com o espírito do próprio homem e ele confirmará que morreu naturalmente. Supondo-se, é claro, que tal feitiço não esteja além de suas habilidades.

As sobrancelhas de Ysabelle se uniram e sua boca se apertou. Evidentemente, ela não queria admitir que Elijah tinha razão.

— Vejo que está interessada na ancestralidade, Madame Ysabelle — continuou ele antes que ela inventasse um motivo para recusar e salvar o próprio orgulho. — O quanto sabe da minha?

Pelo visto, a pergunta a pegou despreparada, e ela hesitou mais uma vez antes de escolher uma resposta.

— Ouvi falar de sua família — admitiu Ysabelle com cautela. — Sua mãe é uma lenda.

Nós somos lendas também, ele queria retorquir. A reputação de Esther era a única que importava para seus propósitos, mas a existência de vampiros foi sua realização mais impressionante.

— Ela trabalhou o feitiço da imortalidade em mim e aqui estou, diante de você, vivo como naquele dia.

O lábio de Ysabelle se retorceu de nojo.

— Não é comum que uma bruxa tema tanto a morte — retrucou ela.

Para surpresa dele, a crítica feriu. Ysabelle ainda era muito jovem e não tinha marido, nem filhos. Como saberia o que uma mãe faria para proteger a família? Esther fugiu de uma praga apenas para descobrir sua família cercada por lobisomens. Ela fez o que acreditava que fosse necessário para manter os Mikaelson unidos.

— Sim, mas a reação dela aos próprios medos nos deu uma solução elegante aos problemas de ambos. — Ele tentou ser conciliatório.

— Duvido que um vampiro tenha muito a oferecer quanto a meus problemas particulares — disse Ysabelle. — Se é seu sangue maculado que me oferece, vá contrabandear este absurdo em outro lugar. Aqui desejo fazer magia pura e limpa, e não misturada com a coisa que mantém *vocês* neste mundo.

— Meu sangue não está disponível para troca ou comércio — respondeu rispidamente Elijah. *E, mesmo que estivesse, você não poderia pagar.* — O legado de que falo é um conjunto de livros contendo todos os feitiços em que minha mãe trabalhou ou que aprendeu. "A magia pura e limpa", como você diz... Pelo menos, a maior parte. Já ouviu falar de grimórios? Nunca soube se eram comuns entre os bruxos, ou apenas um hábito de minha mãe.

A boca de Ysabelle se abriu numa surpresa muda.

— Um grimório... O grimório de *Esther*? Já faz séculos; não passa de um mito.

— É uma herança de família — corrigiu Elijah. — Permaneceu com a família dela. Mas tenho certeza de que você pode imaginar por que achamos melhor deixar que o mundo acredite em seu desaparecimento.

— Se soubéssemos... As coisas que ela poderia ter nos ensinado... — Ysabelle torceu uma longa mecha de seu cabelo avermelhado, pensativa. Elijah quase podia ver o cálculo que acontecia em sua mente. — Compreendo que você não quisesse ser caçado por eles, mas os livros não são de utilidade nenhuma para vocês.

— São legados da família — repetiu Elijah, baixando a voz a um tom severo. Ela jogou os cabelos para trás dos ombros e uniu as mãos, uma demonstração estranhamente juvenil de que ouvia atentamente. — O que lhe ofereço agora é apenas o uso dele, e não sua posse. Pode ajudá-la no que está tentando realizar aqui, esta noite. Há um feitiço que permitirá falar com os mortos; alcançará tanto seus ancestrais como Hugo Rey, que me legou sua casa na noite passada. Você falará com ele e confirmará a história que lhe contei e depois, em troca deste feitiço, lançará outro para mim.

A expressão de Ysabelle denunciava êxtase enquanto ele enunciava os termos, mas, com a última condição, Elijah viu a dúvida aparecer através do maxilar cerrado da bruxa.

— Qual feitiço? — sussurrou ela, como se tivesse medo de ouvir a resposta. — A troca que você propõe é tentadora, mas *preciso* saber o que você quer. Não posso trair meu povo nem meus princípios, independentemente dos presentes que você prometa. — Apesar de suas palavras decisivas, ela lambeu os lábios e Elijah sorriu, confiante.

— É uma questão simples — garantiu-lhe ele. — Há outro feitiço no grimório... Um feitiço de proteção. Foi criado para uma habitação, para defender uma casa e aqueles dentro dela da surpresa ou dos ataques.

— E agora você tem uma casa — concluiu Ysabelle, demonstrando certo alívio.

Elijah sabia que ela temia ouvir algum preço terrível. Em sua avidez, já concordara que a casa fosse dele por direito.

As velas entre os dois de repente e inexplicavelmente se apagaram. Ysabelle avançou e estendeu a mão para apertar a dele, com a confiança que teria qualquer homem.

— Venha ao amanhecer com o livro de feitiços. Estarei esperando por você. — Por um momento, ela fez Elijah lembrar-se de sua sobrinha linda e atrevida, Vivianne. Mas ele tinha esperanças, por Klaus, de que Vivianne não estivesse tão ansiosa por abrir mão de seus valores.

12

Uma vez recuperados da surpresa inicial do ataque, não demorou para que os soldados franceses ganhassem vantagem. Rebekah sabia que os lobisomens eram astuciosos, usando seu conhecimento dos ambientes selvagens a seu próprio favor e armando uma emboscada depois de outra. Seu plano era inteligente, mas não bastava para superar o exército francês, maior, bem organizado e mais bem armado. Quando o sol nasceu vermelho como sangue, os lobos tinham se dissolvido no campo.

Quando o tinido de metal e as explosões de pólvora finalmente cessaram, Felix foi retirado da vigília de Rebekah. Precisavam dele, explicou, tenso, através da porta de sua barraca, para comandar os homens depois da batalha e supervisionar os cuidados aos feridos. Ainda remoendo as descobertas no quarto de Eric, Rebekah levou algum tempo para entender as implicações das novas responsabilidades de Felix. Ele descrevera o papel de um comandante, e não o de um imediato. E se Felix se encarregava do exército esta manhã, significava que Eric não estava no comando.

Ela sabia que os irmãos diriam que era melhor assim. O conhecimento que Eric tinha sobre os vampiros era perigoso e normalmente Rebekah teria concordado sem pensar duas vezes. Havia até a possibilidade de que ele soubesse especificamente da existência dos Originais e fosse um enviado da Europa responsável por encontrá-los. Era viável que o pai deles tivesse mandado espiões ao Novo Mundo para localizá-los — mesmo que ele provavelmente quisesse guardar a honra de abatê-los pessoalmente.

Se Eric encontrara um fim glorioso em uma batalha contra "rebeldes", ela devia ficar agradecida por ele tê-la poupado do esforço de matá-lo. Entretanto, sempre que Rebekah considerava a possibilidade da morte de Eric Moquet, sua garganta parecia se apertar.

Ela pensava incessantemente em suas mãos fortes e seus olhos sorridentes. Não acreditava que ele desejasse lhe causar algum mal. Se ela apenas pudesse perguntar sobre a sala, seu coração insistia que ele seria capaz de explicar. Ela via com tanta clareza todos os "talvez" que seria crueldade demais do universo simplesmente tirá-los dela.

Além disso... Ela precisava saber se ele verdadeiramente tinha uma esposa em Paris.

Arriscou-se para fora da barraca em busca de informações.

A cena do lado de fora era medonha e o atraente cheiro de sangue quase lhe sobrecarregava. Os danos se limitavam principalmente aos arredores do acampamento militar, mas a batalha fora arrasadora. Estruturas haviam sido derrubadas, pisoteadas e incendiadas. A cabana da prisão não passava de cinzas. Pela contagem de Rebekah, não perderam muitos soldados, mas dezenas estavam feridos e alguns ainda podiam morrer — e a ideia atiçou seu apetite. Já fazia dias que não se alimentava — quase uma semana. Ela *sabia* que devia ter secado também a mulher do carroceiro e agora se arrependia deste descuido. Era quase impossível evitar a extensão de suas presas. Seria pior na enfermaria improvisada, ela sabia, mas não havia outro lugar onde procurar por respostas. Se Eric estivesse vivo, estaria lá, e se estivesse perto da morte, talvez não houvesse outra oportunidade.

A tenda da enfermaria era quente, pouco ventilada e seu interior completamente rançoso. Havia sangue por toda parte, tão misturado com o cheiro de cada fluido corporal imaginável que Rebekah não sabia se sentia fome ou náusea.

Quando viu todos aqueles ferimentos recentes, sangrando, a fome venceu.

Rebekah segurou um lenço com perfume na boca e procurou por Eric. Era surpreendentemente difícil reconhecer qualquer um dos homens: misturavam-se em uma única visão de corpos e agonia. Queixavam-se, gritavam, rezavam e riam, e nenhum deles era parecido com ninguém que tivesse conhecido, apesar de ela ter visto a todos em uma ou outra ocasião.

Ela reconheceu o médico-chefe, um homem corpulento de cabelo curto que mais parecia um açougueiro. Aparentava preocupação e pressa e seu maxilar estava cerrado numa determinação severa. Rebekah o chamou, pedindo sua ajuda, mas ele ou não a escutou ou fingiu não ouvir. Ela observou por um momento enquanto ele passava de um paciente a outro, gritando ordens aos ajudantes e mantendo seu olhar preocupado nos ferimentos e não nos rostos.

Rebekah imaginou que Eric provavelmente estaria em algum lugar isolado dos homens sem patente, ou até mesmo em uma seção própria. Algumas partes da tenda comprida e baixa eram acortinadas, mas homens de expressão ansiosa, olhos vermelhos e mãos sujas de sangue a enxotavam sempre que ela se aproximava. Ninguém parecia ter tempo para tranquilizá-la ou mesmo dar-lhe respostas, mas pelo menos ninguém se importava com o motivo de sua presença ali.

Enfim, ela encontrou Eric em seu canto privativo. O ar escapou dos pulmões de Rebekah e por um momento ela ficou quase fraca pelo inesperado alívio. Não se permitiu pensar no quanto queria encontrá-lo vivo.

Os olhos castanhos e calorosos de Eric estavam sem foco e sua testa envolvida em um curativo que parecia sujo.

— Marion — sussurrou ele quando ela se aproximou de seu catre. — *Enfin, mon ange.*

Rebekah recuou abruptamente. Então a mulher no medalhão era mesmo a esposa dele. Um sorriso satisfeito brincou nos lábios de Eric e o fato de ele ver em Rebekah outra mulher era uma estaca em seu coração.

— *Je ne suis pas ta femme* — disse-lhe ela com frieza, afastando-se um passo de seu leito.

As pupilas de Eric oscilaram, depois entraram em foco.

— Não — concordou, a voz rouca. — Não a minha Marion. Você é um anjo inteiramente diferente. Estou feliz que esteja aqui comigo agora. — A parte inteligente dela queria ser cética, mas ele parecia fraco e confuso demais para mentir propositalmente.

Além disso, ele a considerava um anjo. Era irônico, certamente, mas também um elogio que podia subir à cabeça de uma mulher. Também significava que ele estava tão ferido que considerava a possibilidade de morrer, e isto trouxe de novo o medo a Rebekah.

— Machucou-se muito? — perguntou ela, quase temerosa de saber a resposta.

— Um arranhão — alegou ele com a maior dignidade que pôde. — Talvez alguns arranhões, uns calombos e um coice desagradável de um cavalo em pânico. — Ele sorriu com uma autodepreciação encantadora. — Vou ficar bem, é o que quero dizer. Os médicos me deram láudano, mas creio que sua presença por esses poucos minutos me ajudou mais do que todos os recursos deles.

Depois de um instante de indecisão, Rebekah encontrou uma banqueta próxima e puxou-a para junto do leito.

— Então, fale-me de seu anjo... de Marion. — Ela o instigou, pegando sua mão e apertando-a entre as dela.

Se sua companhia era um bálsamo para Eric, ele a teria. Além do mais, perguntar da mulher podia vir a ser a melhor maneira de tomar conhecimento de seus outros segredos; por exemplo, por que ele colecionava uma massa assustadora de objetos do oculto.

Eric agonizou ao virar a cabeça para que seu olhar pudesse reencontrar o dela.

— Seu cabelo é um pouco mais escuro, mas você estava parecida com ela, parada ali — explicou com uma lentidão aflitiva. — Pensei que ela tivesse vindo me levar.

— De volta à França? — perguntou Rebekah, sem entender o que ele tentava lhe dizer. Os humanos eram tão quebradiços, tão frágeis. Após um embate com alguns lobisomens furiosos, o outrora líder formidável mal conseguia compor uma frase coerente. Rebekah não havia dispensado muito tempo pensando sobre a vulnerabilidade de Eric e julgava toda aquela cena muito perturbadora. Tentou tirá-la da cabeça, para conversar como se ele não estivesse prostrado sobre um leito hospitalar. — Ela espera por você lá?

Os lábios de Eric se torceram num sorriso amargo.

— Não creio que ela espere por mim em lugar algum — disse ele em voz baixa. — Eu estudei e pesquisei, e agora só posso acreditar que a morte foi o fim para ela. Uma carroça disparou e a atropelou na estrada, um acidente sem sentido e fortuito que não precisava ter acontecido. Entretanto, naquele momento banal, ela passou da existência ao nada. Parecia impossível que alguém tão cheio de vida fosse tão completamente extinto. Antes disso, eu jamais acreditei que o mundo podia tirá-la de mim num piscar de olhos.

— Morte. — Rebekah suspirou, aliviada. A mulher do retrato estava *morta*; isto era muito melhor do que ela teria pensado. E então outra de suas palavras despertou-lhe a atenção. — Estudou? Você estudou... a morte?

Ele tossiu e ela deu um leve salto na banqueta, pronta para exigir imediatamente a presença do médico. Mas a tosse cedeu rapidamente e ela voltou a se sentar.

— Estudei as artes negras — grunhiu ele. — A morte e aqueles que alegam tê-la conquistado. Se é verdade que algumas pessoas andam na terra para sempre, intocadas pela mortalidade. — Ele parou para recuperar o fôlego e continuou: — Existem homens ricos e poderosos na Europa que dedicaram a vida e a fortuna para saber a verdade sobre tais histórias e eles viram futuro em mim. Um desses homens enviou-me aqui para buscar essas histórias. Ele pensa que o fim da morte chegou ao Novo Mundo e eu sou alguém que quer acreditar que a morte pode ter um fim.

O fim da morte. Rebekah era isso, então? Quantos milhares haviam morrido para sustentar sua vida eterna? Mas ela estava feliz por esclarecer uma coisa: a bagunça obscura na tenda do capitão não era uma obsessão, afinal. Era apenas uma missão.

— Ele lhe falou mais alguma coisa? — perguntou ela, tentando manter o tom sociável, na esperança de que não tivesse sido seu pai que mandara Eric. — Eu não saberia por onde começar a procurar o "fim da morte".

Ele sorriu novamente, os cantos de sua boca se enrugando daquele jeito que sempre dava em Rebekah a vontade de sorrir também.

— Você é modesta demais. Creio que pode encontrar qualquer coisa que decidir buscar. Sou apenas um viúvo curioso... Mal acredito na sorte que tive de meu empregador investir tanta fé em mim. Ele teria feito melhor escolhendo alguém corajoso e tenaz, como você.

Ela sorriu automaticamente com seu elogio, mas por trás do sorriso sua mente trabalhava, girando firme e incansável. Então era isso. Eric tinha interesse na vida eterna e isso o levou quase inocentemente à posição de inimigo. Como esperava Rebekah, toda a história era um mal-entendido. De certa forma.

Ainda assim, Elijah gostaria de saber sobre isto imediatamente e Rebekah tinha um dever com sua família que ia bem além de quaisquer sentimentos que cultivasse pelo capitão. O jeito com que ele sorriu para ela, a pressão de sua mão forte sob a dela, a luz de admiração nos olhos dele... Nada disso podia importar mais do que a segurança dos Mikaelson. Se Mikael estava envolvido com os militares locais, ela precisava alertar os irmãos, sem se preocupar com as possíveis decisões indesejadas que eles pudessem tomar com base nessa informação. Mesmo que Eric fosse inocente.

— Seu anel é lindo — disse ele de repente e ela se assustou ao vê-lo olhando atentamente para a mão que ainda segurava a dele. — Esta é uma pedra rara nas colônias, não?

Mais rara do que ele pensava, mas uma das poucas que existiam estava na tenda dele e Rebekah não podia explicar a presença de outra idêntica em seu dedo.

Ela deslocou a mão para que apenas uma lasca da pedra ficasse visível e escondesse metade do trabalho em metal. Talvez ele só a julgasse ligeiramente familiar, ou talvez nem mesmo a tivesse relacionado com aquela que possuía. Afinal, ele tinha um ferimento na cabeça e evidentemente recebera uma dose generosa de láudano. Não raciocinava com clareza.

Delicadamente, ela afastou a mão e a cruzou no colo.

— Bugiganga — respondeu ela com leveza. — Um presente de minha mãe quando eu era criança. Creio que seja um pedaço de vidro... Ela jamais disse.

Eric parou com a ponta da língua no lábio inferior, como se tentasse pensar num jeito de mantê-la a seu lado. Ela se viu desejando ser puxada, vista, tocada. Imaginou a sensação e o gosto da boca de Eric na sua. Mas a dor ou as drogas enfraqueceram a mente normalmente afiada dele e o silêncio se estendeu entre os dois. Os gemidos e queixas dos feridos à volta enchiam os ouvidos de Rebekah, parecendo aumentar até que ela não suportou mais.

— Você deve estar cansado. — Ela percebeu isso abruptamente, levantando-se num salto e ajeitando o lençol que cobria o tronco seco e forte de Eric. — Vim ver se você estava bem, mas não devo cansá-lo falando por tanto tempo.

— Não me cansa falar com você — discordou ele, e suas mãos agarraram o lençol, como se procurasse pelas dela. — Precisa me visitar novamente. Sua companhia melhorará minha saúde mais rápido do que qualquer médico.

O sorriso de resposta de Rebekah foi imediato e autêntico, apesar de suas perguntas e temores incessantes. Só o que ela *sabia* ser verdade era que se sentia à vontade com Eric e que ele sentia o mesmo. A vida feliz, amorosa e normal que ela sempre desejou estendia-se diante dela em uma cama de campanha de uma enfermaria fétida, cercado por homens à beira da morte. Entretanto, ele podia ter sido mandado por seu pai para matá-la. Rebekah não esperava nada menos do cruel destino.

Ela sempre escolhia o homem errado na hora errada. Ela se apaixonaria e seria tarde demais para desfazer seu erro.

— Eu voltarei — concordou Rebekah, sem saber se falava a verdade. Ficou de pé e sacudiu a saia, tentando não perceber como ele observava o movimento de suas mãos. — Agora, descanse.

Ela saiu da tenda, ignorando os gemidos dos feridos em seu caminho. Não era nenhum anjo de visita que se sentaria junto dos leitos enquanto eles morriam. Ela era a morte em pessoa e tinha seus próprios assuntos a resolver.

13

Klaus cambaleou contra a soleira da porta, xingando a longa escada que levava ao seu quarto de hotel. Em voz alta. Não tinha bebido, mas ainda assim sentia-se embriagado. Nos últimos dias, conseguira roubar algumas horas com Vivianne e o tempo que eles passavam juntos era mais potente que qualquer drinque.

Ela ainda não concordara em encerrar a farsa de seu noivado, nem prometera esquecer a cerimônia que faria dela um lobisomem completo. Mas desde seu primeiro encontro clandestino no jardim dos Navarro, ficou claro que ela também não estava disposta a desistir de Klaus. Sempre que ele a procurava, ela se iluminava como que por dentro. Nem o sangue podia dar a Klaus tanta satisfação, tanta plenitude, quanto as linhas de seu rosto perfeito quando ela o virava para ele.

Mas era um rosto diferente que esperava nas sombras de seu quarto de hotel — toques suaves de pêssego e creme em vez dos ângulos agudos e contrastantes de Vivianne. Klaus sentiu seus lábios se torcendo numa careta.

— Irmã — cumprimentou ele com a maior cortesia que pôde, dadas as circunstâncias. — Eu teria jurado que este era o *meu* quarto.

— Eu teria jurado que você estava embriagado demais para saber a diferença — respondeu Rebekah despreocupadamente.

Ela se estendia confortavelmente na cama de borlas dele, com os olhos em uma folha de papel que tinha na mão.

— Estou surpreso que você ainda se lembre em que hotel moramos — rebateu Klaus, avançando para ver melhor o papel.

Parecia familiar, embora fosse difícil ter certeza. Propositalmente, ele não fechou a porta. Queria que ela entendesse que estava livre para sair assim que desejasse. O quanto antes, melhor.

— Ainda não se alistou no exército francês?

Rebekah o olhou, a fúria em seus olhos visível mesmo no escuro.

— E com quem *você* esteve unindo forças? — Ela rosnou com desdém, sacudindo o papel como se ele tornasse a resposta óbvia. — Você certamente não está mais trabalhando com a *nossa* família.

Klaus acendeu uma vela, colocando a mão em torno da chama mínima para protegê-la até que o fogo vingasse. O quarto aqueceu-se em sombras de dourado e verde, com a mobília de nogueira pesada espalhada por um tapete de estampa elaborada. A luz também revelou o mau gênio de Rebekah, mas ele ainda não conseguia ver o que estava escrito do outro lado do papel. Klaus sentiu uma onda de frustração, mas não ia admitir nenhuma fraqueza.

— Não creio que você esteja em condições de determinar o que faço ou com quem — respondeu com frieza depois de colocar a vela em uma mesa —, considerando o tempo que você levou para se dar ao trabalho de nos informar. Onde está esse exército humano que você devia garantir para nós, Rebekah? Conseguiu a aliança deles para nossa causa ou só desperdiçou seu tempo com os soldados mais bonitos como uma meretriz?

Rebekah saltou da cama e lhe deu um forte tapa na cara.

— Ficou louco? — gritou ela e Klaus ouviu vozes agitadas reclamando dos quartos vizinhos. Rebekah parecia não se importar ao enfiar a folha de papel mais perto de seu rosto. — Explique isto — exigiu ela, num volume inteiramente insensato em vista da hora.

O sol ainda não nascera e a maioria dos hóspedes do hotel ainda não acordara. Pelo menos, quando Elijah lhes conseguisse uma casa, poderiam brigar em paz.

Os olhos de Klaus focalizaram no papel e ele sentiu crescer em seu íntimo uma fúria que afogaria a da irmã como o oceano tragando uma única gota de chuva. A letra longa e oblíqua no papel foi imediata e intimamente reconhecida e dispararam por sua mente todas as coisas particulares e praticamente *sagradas* que Rebekah podia ter lido. Ela não tinha esse direito.

— Isso pertence a mim — lembrou-lhe ele, sua voz um rosnado baixo de advertência. — Mostre algum juízo pelo menos uma vez em sua vida interminável. Largue e vá embora.

— Juízo! — Ela bufou, jogando a carta na cama como se os pensamentos e as palavras de Vivianne fossem lixo. O bilhete em que ela convidava Klaus a seu primeiro encontro era o tesouro mais importante em sua posse e Rebekah simplesmente o atirou de lado. — Fale-me de juízo, irmão. Fale-me de como seu caso tórrido com esta criança é apenas uma trama, e não uma completa traição à nossa espécie. Diga-me que juras de amor você sussurrou no ouvido dela para seduzi-la a se *casar com aquele maldito lobo* como já estava para fazer esse tempo todo!

— Meus assuntos não são de sua conta — argumentou Klaus. — Esta aliança maldita entre os bruxos e os lobisomens nunca foi o que você e Elijah pensavam. Deviam me agradecer por interferir e o teriam feito se não estivessem tão cegos por seu próprio otimismo estúpido.

— Meu "otimismo" não se aplica a nada feito ou dito por *você* — respondeu Rebekah com violência. — Você tem sido um desastre ambulante um século após o outro. Desisti de esperar que parasse e pensasse antes de destruir tudo à nossa volta, mas certamente até você pode enxergar que a essa altura seu comportamento é incrivelmente previsível. A vida fica fácil demais e você se entendia. As coisas correm tranquilamente e você faz o que pode para estragá-las.

— Chega! — gritou Klaus, perdendo o autocontrole. — Justo você, Rebekah... De todos no mundo... Eu esperava que você se lembrasse de que a paixão não pede nossa permissão antes de chegar.

Rebekah hesitou brevemente, mas depois seu maxilar se cerrou de raiva. Ela achava que ele a estava manipulando, Klaus percebeu, e era melhor deixar que acreditasse nisso. Ele preferia que ela o considerasse um canalha do que um tolo. De repente ele ficou arrasado com seus sentimentos; sentia-se possuído por eles.

— Só o que você deseja são *problemas* — zombou Rebekah. — Ver-nos lutar para limpar sua bagunça quando podíamos simplesmente seguir nosso plano desde o começo.

— E por falar neste plano — disse ele, sua voz um tom baixo —, eu *ainda* não ouvi seu relato sobre nosso exército. Mas *soube* de outra coisa interessante: o ataque de lobisomens, exatamente onde minha querida irmã deveria cuidar de nossos interesses. Assim, perguntei por aí. Imagine minha surpresa ao saber que esta mesma irmã esteve jantando com o belo capitão toda noite e o visitou na enfermaria como uma boa prostituta de campanha. Então, diga-me, Rebekah, onde seu plano falhou? Você tem as condições. Tem a confiança dele. Por que não agiu e assumiu o comando de seus homens?

A linda boca de Rebekah abriu-se de forma tão cômica que ele quase riu.

— Esteve me espionando? — exigiu saber. — Você se afastou de seu romance juvenil para me *espionar*? Podia ter destruído meu disfarce!

— Você *não tem* disfarce — lembrou ele com crueldade. — Tornou-se exatamente o que fingia ser... Uma patética donzela em perigo, vivendo das migalhas de afeto do capitão Moquet.

Rebekah mordeu o lábio e Klaus viu que suas palavras a atingiram em cheio. De fato *amava* seu soldadinho arrojado, se é que ela pudesse chamar qualquer uma de suas paixões condenadas de "amor". Agora que sabia a verdade, Klaus estava com ainda menos paciência para os casos exaustivos da irmã. Como sempre, seria trabalho dele arrastá-la, esperneando e gritando, de volta ao grupo. Será que ela jamais se cansava de resistir a seu destino e fracassar miseravelmente?

— É mais complicado do que você pensa — resmungou Rebekah. Jogou o cabelo cor de mel para trás e elevou a voz. — O exército sabe que existem seres sobrenaturais e podem até suspeitar de que estamos nesta cidade. Eu *precisei* agir mais lentamente para investigar e ter certeza de que nosso segredo não está exposto. Não espero de você nada sobre cautela, mas é disto que se trata.

A parte mais estranha e inexplicável de tudo era que ela realmente parecia acreditar no que dizia. A tola acabara de admitir viver em meio a um bando de homens armados que sabiam da existência de vampiros. E estava tão desligada, tão completamente perdida, que chamava isto de cautela!

Se alguém no exército sabia dos vampiros, mais uma razão para influenciá-los ou matá-los. O que não fazia sentido era esperar, investigar e se apaixonar... Entretanto, fora exatamente este caminho que Rebekah escolheu. Bem típico dela e totalmente *contrário* à cautela.

— Rebekah — começou ele, mantendo o maior controle possível da voz. Queria que ela entendesse que ele falava sério, que esta não era uma explosão de raiva. — Elijah acredita que é fundamental para nossa família permanecermos unidos e vejo mérito nesta crença. Mas se você insistir em colocar em perigo nossa existência, tenho uma estaca de prata com seu nome — avisou ele, aproximando-se. Ela se retraiu, a parte de trás de seus joelhos esbarrando na colcha de borlas. — Garanta o exército, destrua esta ameaça ou faça ambas as coisas, não me importa. Mas *não* fracasse. Se não pudermos confiar em você, se juntará a Kol e Finn em um caixão.

— Seu monstro — sibilou Rebekah. Mesmo à luz cálida das velas, seu rosto estava cinzento. — Como se *atreve* a me ameaçar enquanto anda pela cidade com essa... essa...

— Bruxa — completou Klaus tranquilamente. — Uma bruxa que é metade lobisomem. Que vantagens tem o seu capitão? Isto é, além da capacidade de revelar nossa localização a seu pai?

Rebekah riu sem nenhum humor.

— O *nosso* pai — corrigiu com secura. — A essa altura ele certamente odeia a todos nós igualmente.

— Ele me odiava desde o começo — resmungou Klaus, furioso com ela por virar a mesa com tal rapidez.

Esse tipo de raciocínio rápido era o motivo pelo qual Rebekah fora sempre uma aliada valiosa, mas ele não gostava de ser o alvo de sua perspicácia.

Talvez, porém, este fosse um sinal de que ela não estava perdida, que ainda podia se recuperar deste desastre. Talvez o medo que Rebekah tinha da adaga de Klaus pudesse ajudá-la a se lembrar de suas responsabilidades.

— Não desejo brigar com você. — Ela foi mais dócil desta vez, como se pudesse ler o abrandamento no rosto dele. — Nós dois queremos a mesma coisa, não? Amor?

Foi um pouquinho longe demais. Ele não *permitiria* que ela comparasse seu romance de adolescente com a revelação extraordinária de seus sentimentos por Vivianne Lescheres.

— Não queremos — lembrou ele num tom gélido. — Quero que você coloque nossa segurança acima de seus sentimentos e você espera que eu deixe que um lobisomem arrogante se case com uma mulher com quem ele não tem direito. Não hesitaria em colocar o bem-estar dela acima do seu, e você sabe que eu faria o mesmo com o meu próprio. Assim, componha-se e comporte-se como uma Mikaelson, ou viverá para se arrepender disso. Eternamente.

A expressão gentil de Rebekah tornou-se homicida num piscar de olhos e Klaus ficou feliz por ter sustentado sua posição. Ela era ao mesmo tempo o encantador e a serpente e todo cuidado era pouco.

— Farei o que devo — vociferou Rebekah, e ele notou que ela não explicou o que exatamente isso queria dizer. — Você não terá motivos para se preocupar com meu comportamento, mas aviso que não serei intimidada nem ameaçada desta maneira. Coloque seus problemas em ordem, Niklaus, antes de presumir que pode me criticar pelos meus.

Ela suspendia a barra da saia com as mãos, preparando-se para sair do quarto, quando foi interrompida pelo aparecimento repentino de Elijah à porta aberta. Klaus sorriu com malícia — era bem feito para ela ter sua saída teatral cancelada de forma tão constrangedora.

— De que se trata tudo isso? — exigiu saber Elijah, carrancudo.

Ele segurava um livro junto ao peito e, aos olhos afiados de Klaus, era um livro que não se deveria estar carregando por aí.

— Posso lhe fazer a mesma pergunta, meu caro irmão — observou ele num tom agradável, acenando para o livro.

Elijah olhou para ele e franziu o cenho. Klaus sabia que ele queria desesperadamente saber em que tipo de problema os irmãos estiveram se metendo, mas relutava em explicar os próprios atos.

— Tenho um plano que garantirá nossa segurança nesta cidade a longo prazo — respondeu ele vagamente.

— Assim como nós — garantiu-lhe Klaus.

Os primeiros sinais do amanhecer iluminaram a borda do livro nas mãos de Elijah, um volume do grimório da mãe dos três. Klaus sabia que Elijah enfrentava tantos problemas quanto eles e sentiu-se quase orgulhoso do trio ardiloso que formavam.

— Teremos de ver quem realizará mais nas próximas noites. — Rebekah bufou com desdém e passou por eles aos esbarrões, mas Klaus mirou suas próximas palavras para as costas dela, assim como para os ouvidos de Elijah.

— Você pode estar mais perto do que nunca de nos encontrar uma rara cabaninha, meu irmão, e Rebekah ainda pode nos conquistar o exército. Mas estou construindo um império para nós.

14

Elijah sabia que precisava ser mais rápido do que os irmãos, antes que criassem mais problemas do que ele pudesse impedir. Não entendeu inteiramente a cena que testemunhara de manhã, mas estava claro que ambos não estavam envolvidos em boa coisa. Ele não era o guardião de seus irmãos, não os vigiava para impedir suas prováveis catástrofes. O tempo e a experiência provaram que isto era inteiramente impossível. Só o que podia fazer era concluir sua missão antes que eles fossem longe demais com as deles.

Para tanto, precisava de Ysabelle e não havia tempo a perder. O sol já nascia no cintilante bayou quando ele esporeou impiedosamente o cavalo em direção à casa dela. A batida constante dos cascos marcava os passos seguintes na mente de Elijah e ele repetia consigo mesmo a lista enquanto corria.

O feitiço para falar com o fantasma de Hugo não devia levar muito tempo assim que Ysabelle estivesse com o grimório em suas mãos. O livro também continha um feitiço poderoso de proteção. Assim que ela visse que a casa de Hugo verdadeiramente pertencia a Elijah, ele a montaria em seu cavalo e correriam à propriedade, para que ela a transformasse numa fortaleza. Algo lhe dizia que, a qualquer momento, um de seus irmãos ou os dois precisariam de uma fortificação.

A porta de Ysabelle se abriu antes que ele pudesse bater. Ela lhe aguardava. Seu cabelo castanho-arruivado estava preso numa trança que se enroscava elegantemente em torno da linha do cabelo e o vestido creme acentuava a elegância de seu colo.

— Tem mais pressa do que antes? — observou ela alegremente, notando seu aspecto açoitado pelo vento com um olhar deliberadamente inquisitivo.

— Sinto uma nova urgência esta manhã — concordou ele, desejando simplesmente arrastá-la da casa. Mas ela estava a salvo de seu toque mais leve até que decidisse atravessar a soleira, então ele teria de se lembrar de suas maneiras corteses. — Tomei a liberdade de ler o feitiço e recolher o que você precisará — disse ele.

Ela apertou os lábios.

— Eu gostava mais de você quando era suplicante — foi sua tirada. — Mas muito bem. Se você tem tudo que é necessário, podemos começar.

Ela saiu e fechou a porta sugestivamente. Por mais entrelaçados que fossem os interesses dos dois, ele sabia que jamais seria recebido no interior de sua casa. O mínimo que ele podia fazer era lhe provar que não era um mentiroso, independente do que mais pudesse ser.

Elijah abriu o grimório na página certa, colocando-o com cuidado sobre o toco em forquilha de uma árvore seca da frente da casa. Como se já tivessem trabalhado juntos, ele e Ysabelle organizaram o feitiço com rapidez e eficiência. Contrariando as expectativas dele, não era assim tão simples e a inexperiência de Ysabelle com esse tipo de poder era evidente. Ele nunca pensou que sentiria falta das poderosas bruxas da Europa, mas sentia.

Lá pelo meio da manhã, estavam prontos. Ela assumiu seu lugar no centro do círculo que tinham traçado no jardim. Elijah afastou-se um pouco, sem querer que sua presença interferisse. Ysabelle sentou-se em silêncio, com os pulsos frouxamente pousados nos joelhos e os olhos castanhos fechados, pelo que pareceu um ano. Ele tinha certeza de que o sol alcançava seu zênite durante o tempo em que ela lutava para dominar as forças em jogo dentro de seu círculo. Nuvens cobriram o sol e a campina escureceu, conferindo a impressão de um crepúsculo.

Os passarinhos pararam de cantar e tudo ficou em silêncio. E então, de uma hora para outra, Hugo apareceu entre eles.

Elijah deu um pulo para trás, surpreso, depois avançou, ansioso para enxergar com mais clareza o rosto do fantasma. Nem acreditava, mas dera certo. Seu amigo humano postava-se na rasa tigela de ferro no meio do círculo.

— Fico feliz em vê-lo, espírito — disse Ysabelle numa voz tão baixa que Elijah mal conseguiu escutar. — Lamento perturbar seu descanso, mas você guarda verdades que preciso saber. Você me ajudará?

Os olhos azuis e inteligentes de Hugo encontraram Elijah antes de responder. Ele parecia muito mais novo do que Elijah se lembrava, mais perto dos 30 do que dos 70 anos. Fazia sentido, supôs, que uma pessoa não fosse obrigada a passar a eternidade exatamente como morreu... A não ser que a pessoa fosse um vampiro.

— Bruxa — disse Hugo num tom agradável o bastante para alguém que acabara de ser arrastado do descanso eterno —, o que quer de mim?

Os olhos de Ysabelle foram rapidamente de soslaio a Elijah e voltaram a Hugo.

— Este... Elijah veio a mim com a doação de sua fazenda — explicou ela, evitando qualquer palavra que escolhesse para descrevê-lo. — Ele deseja que eu faça um feitiço de proteção nas terras, mas tenho dúvidas sobre sua aquisição... Não posso permitir que um assassino se beneficie de seu crime — esclareceu ela quando Hugo não respondeu prontamente.

— Não houve assassinato — respondeu Hugo e Elijah ficou admirado ao ver um eco do velho que conheceu no jovem diante de si. — Eu sabia que a morte estava próxima e decidi fazer com que ela tivesse algum significado. Quando este rapaz ali chegou a minhas terras — ele gesticulou para Elijah, que ergueu uma sobrancelha irônica para as palavras que escolhidas —, vi uma chance de fazer exatamente isso.

— Você esperava morrer naquela mesma noite? — A expressão de Ysabelle era perturbada e seu olhar adejava entre Hugo e Elijah como se ela não estivesse inteiramente satisfeita.

O sorriso de resposta de Hugo foi sincero. Ele parecia desfrutar de alguma piada íntima só dele.

— Certamente sabia — concordou ele. — A previsibilidade é um dos benefícios de tomar os assuntos em suas próprias mãos. Ou em seu copo, como foi o caso.

Elijah ficou atordoado e então entendeu o que Hugo deve ter feito.

— Você colocou drogas na bebida? — perguntou ele, surpreso.

— Eu estava acabado. — Hugo deu de ombros. O sol brilhava na grama em volta de seus pés, mas, para Elijah, parecia que Hugo se colocava numa luz inteiramente diferente. — Entreguei muitos anos de minha vida a meu conflito com os Navarro. Com você, havia uma chance de atormentá-los pela última vez. — Ele sorriu com gentileza para Elijah. — Por acaso tornou-se um jeito bastante tranquilo de partir... Muito mais tranquilo do que as outras oportunidades que tive ao longo dos anos.

— Que desavença você teve com os Navarro? — perguntou Ysabelle com curiosidade.

Sua pergunta original *fora* respondida, mas Elijah acolhia a oportunidade de falar um pouco mais com Hugo. Ficava claro que ele não conhecia em nada seu benfeitor.

— Para alguém sem poderes sobrenaturais, eu os deixava estranhamente furiosos — disse o fantasma. — Certa época, tomei conhecimento de seus segredos, e a eles agradava meu canal para obter pólvora, balestras... Eu era um contrabandista de armas. Mas meus negócios precisavam se expandir. E o que há de conveniente numa guerra, para aqueles que negociam armas, é a existência de pelo menos dois lados.

— Hugo Rey. — Ysabelle franziu o cenho. — Agora este nome me parece familiar.

— Deveria — confirmou ele, parecendo muito satisfeito que ela finalmente o reconhecesse. — Montei um negócio paralelo, tratando com a sua espécie... Até mesmo importando acônito, graças à alta demanda. Os Navarro não ficaram nada satisfeitos quando descobriram. — Ele parecia pensativo por um momento, depois deu de ombros. — Eu era sua única fonte confiável de armas, assim eles me deixaram viver, mas eu sabia demais... Vivia no fio da navalha. E, pelo o que pude ver, a paz chegou à minha linda cidade e percebi que minha época se acabara. Eu não ficaria em segurança por muito mais tempo.

Hugo sorriu para Elijah mais uma vez, seus olhos azuis faiscando.

— Você terá de lembrá-los de mim quando puder, meu rapaz. Não sei quem você é, mas não tenho dúvidas de quem os Navarro sabem e não ficaram contentes ao ver que pretende ficar por aqui.

— Eles não são os únicos. — Ysabelle lembrou aos dois com acidez, mas Elijah ignorou a farpa.

Não havia nada que ela pudesse fazer a respeito disso; ele cumprira sua parte no acordo e agora ela precisava cumprir a dela.

— É mesmo? — perguntou Hugo. — Que bom que o porão está abastecido. Em épocas de dificuldade, dê uma olhada por lá. — Ele piscou para Elijah, que não conseguiu reprimir um sorriso. Nem mesmo o olhar furioso de Ysabelle podia abalar seu bom humor.

Logo ele conseguiria meter os irmãos atrás da barreira e bater suas cabeças teimosas até que eles voltassem a entrar na linha.

— Todavia, estou satisfeita — admitiu, por fim, Ysabelle. — Não me agrada inteiramente o rumo que esta vizinhança vem tomando, mas não há como negar que a casa é, por direito, de Elijah. Se não houver mais nada, agora podemos deixar que volte a seu descanso.

— Eu o mereço — grunhiu Hugo, mas Elijah teve certeza de ver o fantasma dar outra piscadela. — Cuide do lugar — acrescentou. — A porta do quarto menor agarra quando chove e há um toco de árvore nos fundos que acredito que tenha começado a apodrecer.

— Obrigado, Hugo Rey — disse Elijah com sinceridade, sentindo que havia muito mais que queria acrescentar, porém nada que realmente fizesse alguma diferença. — Isto significa mais para mim do que você jamais saberá.

15

Rebekah não sabia se tinha vontade de chorar ou de matar enquanto passava furtivamente pelas barracas pardas do acampamento militar. Não faria nem uma coisa nem outra, tendo mais autocontrole do que Klaus lhe creditava. Precisava cuidar deste probleminha com diplomacia, ou ela não teria o valor de que sua família precisava. Klaus podia muito bem meter-lhe uma estaca e acabar com o problema.

Assim, em vez de ceder a seus instintos mais fundamentais e massacrar a todos, Rebekah decidiu voltar a se dedicar à tarefa que tinha. Alimentara-se em mais de uma viela na noite anterior, recompondo suas forças e recuperando o foco. Não era seguro tentar cooptar o exército como antes planejara, mas não podia simplesmente dar as costas ao lugar.

Eric sabia da existência de vampiros e aceitava sua presença com demasiada facilidade — só podia estar procurando por uma verdade mais profunda a seu respeito. As perguntas inocentes e comentários banais que ele havia feito repetiam-se na mente de Rebekah. Eric pode ter decidido mantê-la ao alcance de seus braços enquanto a estudava, procurando seus pontos fracos. Talvez cravar uma estaca no lobisomem não tivesse sido nada além de um teste da determinação dela. Mas agora Rebekah estava decidida a tirá-lo do caminho a fim de garantir a segurança de sua família.

Os soldados ainda trabalhavam dia e noite para reparar os danos causados pelos lobisomens. Nenhum deles pareceu notá-la entrando de mansinho em sua barraca, onde deveria ter ficado o tempo todo.

Rebekah mal teve tempo para se colocar à vontade quando ouviu um pigarro do lado de fora. Atravessando os tapetes empilhados, abriu a aba da barraca para ver quem a esperava.

Eric se aproximou quando a viu, gesticulando para que seu guarda ficasse a distância. Um curativo branco e limpo, muito menor do que o primeiro, cercava sua cabeça de modo mais discreto. Agora que ele estava fora de perigo, o lembrete de sua cicatriz de batalha o tornava mais forte e austero. A mudança era atraente, ela notou a contragosto.

— Madame. — Ele a cumprimentou com a maior cortesia que pôde, o coração batendo tão forte que ela conseguia ouvir. Era quase trinta centímetros mais alto que ela e se curvou para beijar sua mão. — Rebekah. Eu estava ficando preocupado com você. Depois de sua visita à enfermaria, foi como se você tivesse desaparecido. — O coração dele se estabilizou e ela recuou um passo, convidativa, estimulando-o a segui-la para dentro. — Espero que eu não tenha dito nada...

— Preferi me resguardar — improvisou Rebekah. A distância entre eles parecia muito mais íntima dentro das paredes baixas de pano, como se as sombras da barraca empurrassem um para o outro. — Com tanta coisa acontecendo, não quis atrapalhar.

O rosto magro de Eric sorriu, compreensivo.

— Soube que você foi extremamente corajosa durante o ataque dos rebeldes. Também foi muito generosa em visitar os feridos. Mas uma batalha não é uma questão menor, nem para os soldados mais experientes. Não me surpreenderia que você precisasse de algum tempo para se recuperar.

Ela não conseguiu argumentar, por mais ridículo que isto lhe parecesse. Sozinha, causaria mais mortes do que aquela pequena confusão. Certamente não havia ficado entocada na barraca, em pânico, como uma donzela.

— Levei um tempo para processar — concordou, tentando parecer entorpecida e não entediada — e não me senti capaz de encarar ninguém depois disso.

— Sei exatamente o que pode fazê-la esquecer isso tudo — respondeu Eric, decidido. Curvou o tronco pela aba da barraca e gesticulou para os dois homens do lado de fora. Eles lhe passaram uma espécie de pano dobrado e um cesto, mas ela só conseguia se concentrar nas flores de verbena que ele lhe estendia. — São para você — anunciou o capitão. — E gostaria de convidá-la para um passeio a cavalo pelo campo, para lhe restituir o antigo jeito de ser. Nosso almoço está preparado.

Desta vez, era o próprio coração que martelava nos ouvidos de Rebekah. Será que ele a testava? Para ver o que a verbena venenosa faria com ela? As espigas roxas misturavam-se com outras flores e um pedaço de fita da mesma cor (onde ele encontrara uma fita roxa naquele lugar?) amarrava o buquê. Ele o oferecia, convidando-a para um passeio — que trama nova e perversa era essa?

Rebekah esforçou-se para se acalmar. Será que ele sabia que parte das flores a queimaria? Ele poderia ter suspeitas, até esperanças. Mas, se ela quisesse ser mais inteligente que ele, o melhor a fazer era continuar representando seu papel. Flores e um piquenique no campo. Por que não? Se ela os recusasse, causaria uma péssima impressão... Porém, se tocasse nelas, toda a farsa chegaria ao fim.

Eric a olhava com curiosidade, mas ela não sabia se era com avidez ou preocupação.

— Eu queria lhe agradecer — continuou ele com hesitação, como se seu silêncio o deixasse nervoso — por sua visita junto a meu leito. Deve ter sido muito difícil para você, mas foi profundamente comovente para mim. — Seu sorriso era cativante.

O lampejo tranquilo dos dentes, a felicidade autêntica em seus olhos castanhos. Mesmo contra a vontade, Rebekah ficou mais uma vez deslumbrada com aquele homem.

Se quisesse deixar este acampamento sem uma matança, teria de se controlar.

— Adoro a ideia de passar um dia longe deste lugar — concordou ela, procurando não pensar em como soava atraente passar o dia com ele.

Ela só concordava para evitar suspeitas, afinal. Se ela *quisesse* ficar a sós com ele, para ver aquele sorriso dirigido apenas a ela, para tocar nele... Não seria apenas mais útil para a credibilidade do seu faz de conta?

— São lindas. — Ela sorriu. — Mas quando foi que o capitão do exército teve tempo para colher flores?

Eric teve a elegância de demonstrar certo embaraço.

— Felizmente, tenho assistentes com uma ampla variedade de talentos — explicou, embora ela não soubesse se ele queria dizer que um de seus homens escolhera a planta assassina ou se cuidara do acampamento por ele enquanto o próprio Eric desempenhava a tarefa.

— É muita consideração sua. — Ela improvisou, curvando-se para a frente com cuidado e fingindo cheirar o buquê que ele ainda estendia. Acariciou o braço dele através da manga áspera da farda, na esperança de que Eric não notasse que ela tocava apenas nele, não nas flores. Rebekah sabia que se as posições fossem invertidas, ela não teria notado nada além da carícia de seus dedos. — Pode colocá-las ali no vaso para mim até voltarmos? Não posso carregá-las enquanto cavalgamos.

Ela pôde ouvir a instabilidade na respiração dele. Pensou ter visto os olhos de Eric olhando de relance as flores antes de voltarem a ela, mas não tinha certeza.

— É claro. — Ele recuperou a compostura e colocou delicadamente o buquê no vaso de barro vazio que ela indicara. — A salvo até nossa volta.

Sem água, as flores murchariam no calor do dia e, nesse meio-tempo, ela podia tentar arrancar cada informação possível, sem distrações. Não era sua culpa se teria de desfrutar da companhia dele ao fazer isso. Ela o mataria se fosse necessário, mas seus sentimentos, enquanto isso, não eram da conta de mais ninguém.

Rebekah lembrou-se de virar o anel da luz pouco antes de Eric ajudá-la a montar no cavalo. O local que ele tinha em mente para seu passeio ficava a cerca de uma hora de cavalgada, atravessando clareiras raiadas de sol e entrando em uma escarpa verdejante que dava para o rio. Quando Eric parou o cavalo, Rebekah se via mais relaxada e renovada do que julgava possível. Não importavam seus verdadeiros propósitos, ou os dele, aliás, um dia no campo com Eric Moquet era exatamente do que ela precisava.

Ele abriu a manta com um floreio e repousou o cesto no centro. Rebekah, que havia saciado razoavelmente seu apetite na noite passada na cidade, escolheu educadamente algo na refeição de frios, mordendo um pedaço de queijo em triângulos cada vez menores e jogando uvas no fundo da boca.

Havia vinho e uma garrafa mínima de absinto, das quais Eric se servia generosamente — tanto que ela começou a se perguntar se ele realmente pretendia apanhá-la numa armadilha com aquele buquê tóxico. Seria ele tão descuidado, se verdadeiramente pensasse estar a sós com um monstro?

— Detestei ser dispensado de meus deveres nos últimos dias — admitiu o capitão casualmente, tomando um bom gole do jarro de vinho. — Foi insuportável não saber o que acontecia em meu próprio comando.

— Sei como se sente. — Rebekah recostou a cabeça para deixar a brisa esfriar o rosto. — Certa vez fiquei... doente... por muito tempo e foi enlouquecedor despertar e perceber que a vida continuou sem mim.

— Nem imagino. — Eric a olhou atentamente. — Creio que o mundo *deve* ter parado de girar sem você plenamente presente nele.

Rebekah não tendia a ruborizar, mas agora não pôde evitar. Para esconder o quanto estava aturdida, ela se levantou.

— Quer dar uma pequena caminhada comigo? — perguntou ela. — Acho que o vinho está subindo à minha cabeça neste sol. — Ela mal tocara em seu copo, mas ele se levantou com cortesia e alisou os vincos de sua roupa.

— Adoraria caminhar com você — respondeu, formalmente, tomando seu braço.

Ela precisava desviar os olhos de sua boca. Os lábios eram ao mesmo tempo macios e firmes. Imaginava-os em seu pescoço, na cavidade abaixo dos ossos dos quadris... Em toda parte.

Rebekah manteve os olhos na meada cintilante do rio abaixo enquanto eles percorriam a beira da escarpa. Sentia que mudava de ideia de um minuto para o outro: simplesmente não sabia dizer se ele a caçava ou a cortejava. Devia ser capaz de descobrir, depois de séculos de vida. Era ridículo que ainda não soubesse a diferença entre um homem que queria levá-la para cama e um que queria matá-la. Entretanto, ali estava ela, com todas as provas apontando para um lado e todos os seus instintos apontando para o outro.

— Sabe quem foram os homens que nos atacaram? — perguntou ela, guiando a conversa de volta ao plano original.

Eric gesticulou com desprezo.

— Rebeldes. — Ele deu de ombros. — Organizados, apesar de quem eram, mas não havia sinal de que estivessem relacionados a um grupo maior. Sempre existirão descontentes quando uma terra sem lei é submetida a um governo formal. Eu não esperava menos, mas agora estamos mais próximos de uma Nova Orleans segura e pacífica.

Rebekah desejou que fosse verdade. Klaus estava prestes a submeter toda a região a mais uma caótica guerra civil e seria um combate que o exército não estava preparado para enfrentar. Rebekah certa vez imaginou os soldados franceses como bucha de canhão, como uma horda de corpos sem rosto, lutando entre sua família e os outros clãs. Agora tinha de admitir que seu líder tornara-se algo inteiramente diferente para ela.

— É uma cidade que anseia pela paz — respondeu ela com neutralidade.

— Sim, e quero proteger outros cidadãos do destino que caiu sobre você. — Ele evitou seus olhos.

Ela se perguntou se sua falta de jeito se devia aos sentimentos conflitantes a respeito de sua viuvez ou a qualquer desconfiança quanto a sua verdadeira identidade.

— É muito nobre de sua parte — disse-lhe ela, porque, de qualquer forma, era verdade.

Eles chegaram ao primeiro grupo esparso de árvores que indicava a mata mais densa e mais selvagem à frente. O sol brilhava suficientemente através dos galhos para nutrir a relva verde e lustrosa e os passarinhos cantavam. Rebekah sentia a vida abundante que os cercava, quase sufocante.

Ele caminhava tão próximo dela que conseguia sentir o calor de sua pele. De repente, segurou seu pulso, parando-a. Seria o início de uma luta? Não... Eric virou o rosto dela para o seu. Parou e falou em voz baixa:

— Espero que me perdoe. — Depois se aproximou ainda mais e a puxou pela cintura para beijá-la.

No início foi leve, investigativo, depois a boca de Eric encontrou a dela novamente com uma urgência renovada. Ele se apertou nela até que suas costas deram no tronco de um carvalho cujos galhos se abriam acima deles. E então ela também se apoiou nele, pressionando o corpo contra o dele, sabendo que nenhuma proximidade seria suficiente.

Minutos, horas ou dias depois ele rompeu o beijo, dando meio passo para trás e segurando-a pelos ombros.

— Eu quis fazer isso desde a noite em que nos conhecemos. — Sua boca se curvou num sorriso satisfeito. — Apenas tive medo de que fosse prematuro demais. E então, eu a vi a meu lado na enfermaria e entendi que não podia perdê-la.

— Fico feliz — sussurrou ela, desejando que ele logo a beijasse novamente. O erro nisso tudo; que ele pudesse ser perigoso para ela, que ela não devia correr o risco de confiar nele, que Klaus lhe cravaria uma estaca se soubesse o quanto estava gostando, tornava tudo ainda mais atraente. Talvez ela fosse mais parecida com o irmão do que qualquer um dos dois pensava. — Não foi... precipitado demais.

— Sei que sua perda ainda é recente — disse ele, e ela tentou encontrar uma expressão em algum lugar entre a tristeza e a fragilidade. — Mas também sei que a vida é terrível e incrivelmente curta. Não me sinto assim desde meu... desde...

— Desde que Marion morreu. — Ela concluiu por ele, desejando jamais ter fingido inadvertidamente partilhar da mesma perda que ele vivera. Parecia que ao fingir seu luto de algum modo desvalorizava a tristeza dele.

— Desde então — concordou Eric, aliviado por não ter de falar ele mesmo. — Nós dois somos sozinhos no mundo, Rebekah, e vivemos com um lembrete de que até aqueles mais próximos podem ser levados a qualquer momento. Não há tempo a perder. — Ela podia ver que Eric queria acrescentar alguma coisa, porém ele hesitou. Ela ainda sentia a doçura de sua boca e sentia-se quase embriagada.

— Então, não desperdicemos nenhum. — Ela o instigou, percebendo que não tinha medo do que ele pudesse dizer.

Ele podia falar de vampiros, ou até perguntar se ela era uma. Neste momento, podia ter dito qualquer coisa e ela teria aceitado.

— Não há tempo a perder — repetiu ele em voz baixa, erguendo o polegar calejado para acompanhar seus lábios, o assombro estampado no rosto. — Não sei se o que nos resta são anos, segundos, ou décadas, mas quero passá-los com você. Assim, espero que você compreenda e não suponha simplesmente que sou louco quando peço que seja minha esposa.

16

Vivianne estivera chorando. Ela havia limpado o rosto e escondido os sinais habilidosamente, mas Klaus via uma dureza em torno de sua boca e leves vestígios de inchaço abaixo dos olhos. Ele estendeu a mão para acariciar seu rosto, demorando-se na linha fina do queixo.

— Seja lá o que aconteceu, agora não importa — disse-lhe ele com suavidade. — Você sabe que só precisa falar e eu a libertarei desta dor. Não precisa continuar com essa vida dupla por mais tempo do que preferir.

Vivianne olhou o solar elegante do outro lado do jardim. Todas as janelas estavam escuras, como sempre a esta hora. Entretanto, ela parecia ter uma aguda consciência dos bruxos que ali estavam, da família que traía, encontrando-se com ele noite após noite.

— Tive uma briga com Armand — admitiu Vivianne, voltando aos braços de Klaus com a tranquilidade que vem da prática. — Uma briga horrível.

— Horrível o bastante para ter cancelado o casamento? — perguntou ele, otimista, passando o rosto em seu cabelo. Tinha cheiro de lilases.

Ela fingiu empurrá-lo, por reprovação, mas seu coração não estava nesse gesto e ele não se retraiu um centímetro.

— Ele dizia o tempo todo que a decisão era minha, querer me transformar em um lobisomem por completo, e que ele faria sua família respeitar qualquer que fosse minha escolha.

— Ele tem a cara de um mentiroso. — Klaus a puxou para mais perto. — Suponho que ele quisesse dizer que respeitaria sua decisão, desde que você tomasse a única que ele realmente considera.

Vivianne mordeu o lábio e virou a cara. Em seu rosto, ele via que ela não sabia se chorava de novo ou se ria. E ele não imaginava que Armand tenha visto este seu lado — de maneira alguma Vivianne sentia-se tão livre para ser ela mesma perto de alguém senão de Klaus. Por fim, ela compreenderia esses benefícios e concordaria em ser só dele, mas será que o faria antes que os lobisomens a atormentassem a se unir a sua espécie? Ele esperava que sim, mas ela demonstrava uma obstinação impressionante.

— Imaginei que assim fosse — disse ele em voz baixa, e ela não precisou falar para confirmar suas suspeitas. — Pelo andar das coisas, ele não dará um bom marido. Pelo que entendo, honrar a palavra é o que geralmente se espera de um casamento.

— Você não faz ideia do que é exigido em um casamento — rebateu ela. — Quantas centenas de anos viveu como solteiro, mesmo?

Klaus sorriu com complacência. Durante suas noites juntos, ele aprendera que quanto mais ela o combatia, mais o queria por perto. Era um hábito surpreendentemente encantador.

— Até conhecer você, querida — lembrou-a ele. — Não tenho sido um solteiro em meu coração, pelo menos, desde o momento em que tomei você nos braços.

— Aquela dança tediosa — sussurrou ela, mas o beijou de novo, e Klaus não conseguiu pensar em nada senão seus lábios macios e suaves até que Vivianne se afastou.

— Aquela festa tediosa foi a melhor noite de minha vida — admitiu ele com a voz baixa e rouca de emoção —, exceto por cada noite depois dela. — Klaus não conseguia mais conter toda a verdade de seus sentimentos e percebeu que sequer queria isso. — Vivianne Lescheres, você precisa saber que eu a amo.

Ela lhe sorriu e pela primeira vez não havia sinal de tristeza em sua expressão.

— Eu sei — respondeu, simplesmente.

Por um momento ele ficou perplexo — esperava que ela retribuísse suas palavras. Mas isto era típico de Viv... Tudo no tempo dela.

Ele sabia como Vivianne se sentia e podia esperar o tempo que fosse necessário para que ela o dissesse.

— Eu sou seu, amor — disse ele com completa convicção. — Dê uma ordem e obedecerei, exceto a de deixá-la sozinha entre os lobos. Isso eu não posso fazer.

— Deixe-me sozinha com *você* — sussurrou ela, passando os dedos de leve pelo peito de Klaus. — Leve-me daqui... agora. Quero que o mundo seja só nós dois esta noite.

Ele não a interrompeu para esclarecer o significado do que ela dissera — nem mesmo esperou o suficiente para lhe responder. Em vez disso, subiu no alto do muro, virou-se para alcançar seus braços erguidos e a levantou ao lado dele. Ele a segurou com força enquanto pulava ao chão do outro lado, depois correram de mãos dadas, pelas ruas calçadas de pedra, até chegarem ao hotel dos Mikaelson.

Felizmente, os outros dois Originais estavam aprontando em outro lugar. Assim, Klaus tinha certeza de que não haveria as interrupções da noite anterior. De qualquer modo, trancou a porta de seu quarto, virou-se e encontrou Vivianne, com novas lágrimas escorrendo pelo rosto, fitando com tristeza a mais recente pintura de Klaus, que ainda estava no cavalete.

Seu tom era mais claro do que a maior parte de suas outras obras, iniciada apenas poucos dias antes. Os azuis eram mais quentes, os verdes que os entremeavam, mais vibrantes. As árvores sugeriam que suas bordas estavam vivas e o vasto oceano era convidativo. Vivianne postou-se ali e olhou fixamente a prova de que ela era a alegria dele, e chorou.

— É o que faço quando penso em você — disse Klaus, e ela sorriu com tristeza.

— Você não se limita a bebedeiras e farras? — perguntou ela, uma leve tensão na voz. — Não sei se você corresponde a sua reputação.

Ele riu.

— Eu tentei, querida — argumentou ele num tom agradável. Agora que ela estava aqui, ele triunfava. Não havia nada a esconder. Ela tomara sua decisão e ele podia ser exatamente quem era. — Não deu certo. Não existe antídoto para você, exceto mais de você. E mais ainda depois disso.

Ele cruzou a distância entre os dois com a rapidez de um raio e beijou suavemente os vestígios de suas lágrimas. Deve ser assustador escolher o desconhecido em detrimento do que esperavam que se fizesse a vida toda, mas ele jurou que ela jamais se arrependeria disso, nem por um momento. Os lábios dele avançaram para a boca de Vivianne e ela sorriu, embora seus olhos permanecessem sérios.

— Desculpe — sussurrou ela. — Eu não queria ficar triste. Estou muito, mas muito feliz de estar aqui com você e não preferiria nenhum outro lugar esta noite. É só que é difícil esquecer... tudo. Todo o resto.

— Nada mais importa — garantiu-lhe ele, habilidosamente desamarrando seu vestido de seda branca enquanto falava. — Estamos aqui esta noite, você e eu. Pela manhã, nós iremos...

— Nada — interrompeu ela com firmeza. — Pela manhã, nada. Só fique comigo agora, esta noite. — Pela manhã, *tudo*, ele sabia, mas se ela ainda não estava preparada para falar sobre o futuro dos dois, ele não falaria.

O vestido de Vivianne escorregou para o chão, depois todas as camadas por baixo dele e ela mal parecia notar que tinham sido tiradas. Parecia mais magra e de certo modo mais forte sem ele. De pé ali, com o corpete, sua respiração era firme e segura e os braços despidos cintilavam à luz da lua. Vivianne já parecia a rainha em que ele a transformaria.

Depois ela o beijou novamente e seus dedos trabalharam as presilhas das roupas de Klaus, ao mesmo tempo em que ele tentava descobrir os segredos das vestimentas de Vivianne. Apressavam-se em silêncio, desfazendo ganchos, abrindo e desamarrando botões, enquanto tentavam manter as bocas unidas, os corpos próximos.

A mão dele pegou seu cabelo preto e o puxou gentilmente, levando a cabeça de Vivianne para trás e expondo seu pescoço branco. Sua língua a percorreu da clavícula ao queixo e voltou, e ele sentiu a vibração contra seus lábios enquanto ela ria.

— Não sou sua refeição esta noite, vampiro — lembrou-lhe ela com sarcasmo, e de algum modo mudou o peso do corpo enquanto entrelaçava os tornozelos nos dele para que Klaus caísse pesadamente na cama por baixo dela.

— Você é meu tudo — concordou o vampiro, virando-a para que seu corpo ficasse preso abaixo do dele. — Beberei apenas de você ou de qualquer um exceto você, conforme desejar. — Ele beijou sua clavícula e parou para sussurrar em seu ouvido. — Mas ordene-me rapidamente, meu amor, ou terei ideias próprias.

O riso dela era um ondular fluido em seu pescoço.

— Acha que eu me importaria com os tolos que você seca, desde que seu amor pertença só a mim?

— Eu me importo. — Ele sorriu e desceu pelo corpo de Vivianne, de modo que sua boca pousou na coxa cor de nata. Sentia o coração dela batendo pela artéria que passava ali, e a sensação era inebriante. — Creio que ficará curiosa em saber como seria criar e partilhar deste vínculo como todos os outros que partilharemos. — Ele a mordeu jocosamente, sem romper a pele nem deixar marca. Ela suspirou, arqueando as costas para ele. — Creio que ficará curiosa, depois me implorará para que a experimente e jamais desejará que eu prove outro sangue.

Ela voltou a rir, desta vez com mais ânimo. Os dedos dela se misturaram no cabelo de Klaus, mantendo-o próximo.

— Você sofrerá, com esta sua imaginação.

Ele correu a boca por seu corpo e ela gemeu baixinho.

— Não é meu objetivo sofrer — garantiu-lhe Klaus.

Seus lábios deslocavam-se levemente, provocadores, tocando-a apenas o bastante para que Vivianne ansiasse o próximo toque.

— Também não é o meu — sussurrou ela.

Embora o quarto estivesse aquecido, arrepios surgiam pela pele delicada de seu abdome. O corpo de Klaus ardia de expectativa pelo dela.

Com um brilho malicioso em seus olhos negros, ela segurou os quadris dele e o guiou para si. Ele sabia que ela ainda era pura e pretendia ser gentil e cuidadoso. Mas ela estava comprometida e destemida como sempre, e ele podia quase se sentir afogar no desejo dela.

Dali até o amanhecer, ele cuidou para que ela não conseguisse pronunciar uma só palavra com clareza.

17

A casa era tão rebaixada no terreno que sua silhueta mal causava impressão contra o céu noturno. Elijah sabia que Rebekah ficaria furiosa e Klaus seria petulante, mas pelo menos eles estariam em segurança. Depois que o feitiço de proteção fosse lançado, eles suportariam qualquer ameaça dentro daquelas paredes. Certamente esta era a única coisa que importava.

A expressão de Ysabelle era tensa e abatida. Ela devia estar nervosa, ele sabia. O primeiro feitiço havia funcionado e agora Ysabelle tinha uma prova do que o poder do grimório faria por ela. No entanto, precisava que este feitiço corresse com igual tranquilidade, ou voltaria à mesma situação de antes. A ansiedade crepitava à sua volta como estática e Elijah tinha esperanças de que isto a motivasse a fazer o melhor trabalho possível esta noite.

— Precisamos determinar o perímetro em volta das terras — disse ela e ele ouviu um leve tremor em sua voz. — Com fogo.

Trabalhando em direções contrárias, eles espalharam turfa do bayou em uma linha fina pelo chão arenoso. Era mais difícil do que ele inicialmente pensara manter a linha fluindo de forma constante e regular enquanto tentava se manter equilibrado no escuro, e ele perdeu de vista o progresso de Ysabelle antes de terminar todo um lado do largo quadrado irregular dos limites do terreno.

Porém, ele não pôde deixar de sorrir ao passar por um grande toco de árvore perto da margem dos fundos das terras. Desconfiou de que era aquele mencionado por Hugo durante a sessão, o que apodrecera e precisava ser arrancado. Ele chegara à conclusão de que supervisionar consertos e melhorias seria uma maneira de manter os irmãos ocupados, e Rebekah em especial teria algumas opiniões sobre o mobiliário. Todos teriam muito a fazer para tornar o lugar mais confortável.

Tarefas suficientes para que ficassem longe de problemas e a salvo na fortaleza. Ninguém seria capaz de colocar os pés neste pequeno pedaço de terra sem se anunciar. Nenhum bruxo ou lobisomem poderia entrar sem convite e nenhuma arma poderia tocar a casa ou aqueles nela abrigados. Não importava o que acontecesse, este sempre seria um porto seguro.

Ysabelle veio em sua direção, despejando o que restava de sua turfa. O perímetro estava completo e os dois pisaram em seu interior. Ysabelle murmurou algumas palavras e uma pequena chama se acendeu no lugar onde as duas linhas se uniam. O fogo pegou e começou a se espalhar avidamente para os dois lados.

— É agora que o trabalho realmente começa. — Ysabelle tocou delicadamente a capa de couro gasta do grimório de Esther.

Elijah sabia que ela estudara o feitiço e quase certamente o memorizara, mas todo preparo era demais.

Ela organizou antecipadamente a maior parte da poção necessária, mas alguns elementos precisavam ser acrescentados no último momento. Ysabelle ensaiou o encantamento enquanto triturava insetos secos com um pilão, depois despejou o pó resultante na mistura. Pegou uma pedra pequena no bolso do vestido e a jogou na poção, girando-a na tigela de ferro e respirando fundo pela boca como quem se prepara para um esforço físico intenso.

— Pronta — anunciou ela sucintamente, e Elijah sentiu cada músculo de seu corpo se contrair.

Ysabelle começou prontamente o encantamento e despejou um filete da poção nas chamas que dançavam para fora da linha. Levou um instante para observar o resultado, depois partiu em uma caminhada animada, mas firme, despejando ao prosseguir. O fogo cuspia e crepitava por onde a bruxa passava, embora ela tivesse o cuidado de não despejar com demasiada rapidez. Elijah a perdeu de vista quando ela passou para o lado oposto da casa baixa e ele viu-se contando seus batimentos cardíacos como se correspondessem aos passos invisíveis dela.

Pareceu uma eternidade até que ele a localizasse novamente do outro lado do terreno. Enquanto Ysabelle se aproximava, Elijah teve medo de que ela cometesse um erro e de que eles precisassem recomeçar. Certamente ela tropeçaria em uma raiz ou ficaria sem a poção em breve, ou sua mão se cansaria e tremeria... Mas, quanto mais próximo ele ficava do medo, mais perfeito tornava-se o desempenho de Ysabelle.

Ela terminou no local onde começou e interrompeu seu cântico. Havia uma quietude no ar — uma presença pesada e opressiva. O silêncio aumentou até que sua pressão era tão grande que Elijah ergueu as mãos para cobrir os ouvidos...

... E então o feitiço explodiu. Na força da rajada invisível, cada vidro em cada janela da casa de Hugo Rey explodiu para fora.

Por instinto, Elijah lançou-se na frente de Ysabelle, protegendo-a dos estilhaços. Sentiu um caco afiado penetrar em seu braço erguido e uma perfuração profunda pouco abaixo das costelas, com a ferroada de dezenas de cortes menores. Mas eles se curariam e ele precisava da bruxa viva.

Ysabelle tinha muito pelo que responder.

As chamas em volta deles sumiram e assim também até o mais leve tinido de magia no ar. O feitiço terminou e não havia dúvida de que fracassara. Elijah contornou Ysabelle, sentindo as presas se estenderem.

— Diga-me o que acabou de acontecer — ordenou ele — e aconselho a não tentar colocar a culpa no feitiço.

— Deveria ter funcionado — respondeu Ysabelle, intranquila, mas, em vez de encarar a expressão ameaçadora de Elijah, olhava fixamente a casa sem janelas.

De uma forma perversa, parecia maior do que quando eles começaram, quase assomando para eles, como uma face sem olhos e dentes.

— Deveria — concordou ele, furioso. — A não ser que você tenha o desejo de morte que leva uma pessoa a tentar enganar um

Original. — Ele não imaginava o que ela pensava que teria a ganhar fazendo-o passar por esta farsa, mas cuidaria para que lhe custasse caro.

— Enganar... — Ysabelle franziu o cenho, apreendendo toda a fúria dele. — Não, claro que não. — Ela se agachou e pegou o grimório onde havia caído durante a explosão. Folheou as páginas, mexendo os lábios enquanto lia e assentia, verificando as orientações. — Não é o feitiço — murmurou ela, mas seus olhos ainda percorriam as páginas, procurando pistas. — E também não é o nosso trabalho. — Ela fechou o livro com um estalo e olhou para Elijah. — Só pode ser o terreno.

— O *terreno*? — Ele jogou o corpo para trás, surpreso. — Não pode haver dúvida de meu direito a ele.

Ysabelle concordou com a cabeça, os olhos castanhos distantes.

— Foi corretamente transferido a você e Hugo confirmou o documento. Mas... — Ela apertou os lábios e se agachou para tocar a terra arenosa a seus pés.

— Mas? — Ele a apressou, impaciente.

Ela quase parecia ter se esquecido de que ele estava ali.

Os dedos longos de Ysabelle cavaram a terra. Ela tombou a cabeça de lado, como se escutasse.

— Isto aqui — murmurou ela, sua voz cantarolada distante —, um dia foi a terra de um bando. Terra de lobisomens.

— Era de Hugo — argumentou Elijah, quase rosnando de frustração. — Ele tinha os documentos. — Se as terras não eram de Hugo, então não poderiam ser de Elijah e isso era impensável.

Ele mataria todo o bando de lobisomens antes de admitir que sua nova casa na realidade pertencia aos Navarro.

A mão de Ysabelle estava enterrada até o punho ossudo e ele se perguntou que força ela encontrara para enterrá-la tão fundo.

— *Legalmente* as terras eram dele e agora são suas — concordou ela, distraída. — Não há dúvida disto. Mas a magia e a lei nem sempre andam juntas. O feitiço não reconhece seu direito de propriedade porque, pela lei *natural*, esta ainda é a terra do bando. Creio que o motivo para o nome de Hugo Rey ter me chamado a atenção é que me recordo vagamente de que ele era um lobisomem por linhagem... Mas preferiu não se transformar. Assim, os Navarro podem ter lhe dado estas terras quando o exilaram, mas, segundo a magia, ainda pertence aos lobisomens.

Elijah ia argumentar, mas não havia sentido. O feitiço fracassara e Ysabelle certamente não tinha controle sobre todos os detalhes da propriedade sobrenatural de terras. Seus ferimentos coçavam enquanto se curavam e só agravavam sua irritação.

— Não podemos mudar o que foi feito ou desfeito — prosseguiu Ysabelle. — Agora que entendo o problema, vejo que ingrediente faltava. Não será simples de conseguir, mas *fará* com que feitiço de proteção funcione para você.

Elijah levantou a cabeça, intrigado.

— Desembuche — vociferou ele.

Serviria bem a ela lembrar-se de que *acabara* de falhar com ele, mesmo que não fosse inteiramente culpa dela. Um pequeno medo era um motivador poderoso e um vampiro irritado era uma visão assustadora.

Ysabelle lambeu os lábios, nervosa, mas sua voz não se alterou.

— Você precisa do sangue de alguém do bando — explicou ela.

— Um lobisomem Navarro. — Elijah não pensou que seus problemas pudessem piorar, mas repentinamente assim acontecia. Como conseguiria tal coisa?

As palavras dela pairaram no ar enquanto retirava a mão da terra seca, espanando o vestido. Deixou uma marca escura e empoeirada no tecido creme que se destacava forte como sangue.

— Mais de uma gota, embora não o bastante para matar. Mas desconfio de que a morte seja o único jeito de obtê-lo e isto o colocará numa posição muito perigosa antes que possamos lançar o feitiço.

Elijah franziu o cenho. Estava muito perto e precisava existir um jeito de superar o contratempo. Esse último obstáculo também poderia ser o mais fácil se Elijah ficasse atento para a oportunidade certa. Afinal, os lobisomens caçavam e acidentes aconteciam na floresta. A lua estava apenas a um dia de sua plenitude, assim, ele não podia hesitar.

— Deixe comigo. — Ele viu os ombros retos de Ysabelle arriarem de alívio. — Terei o sangue na noite de amanhã. Esteja preparada para realizar o feitiço novamente quando o sol nascer daqui a dois dias e espere por mim aqui.

Depois que retirasse o sangue de um lobisomem, cada segundo importava para lançar o feitiço.

18

— Leve o tempo que precisar — insistiu Eric, puxando a cadeira de Rebekah como um cavalheiro. — Falaremos do que você quiser e também... não falaremos.

Ele dissera variações da mesma coisa tantas vezes desde sua proposta inesperada, que Rebekah sabia que a falta de resposta devia estar deixando Eric completamente louco. Mas ela não ansiava para ver a expressão em seu rosto quando dissesse não.

Ela ainda sentia o calor de seus lábios; ainda ouvia a paixão de sua voz quando a pediu em casamento. Ela dera a ele cada motivo para acreditar que correspondia a seus sentimentos e a verdade era que, de fato, correspondia. O que só tornava mais doloroso o que tinha a dizer a ele.

— Obrigada — disse ela, sentando-se à mesa belamente posta. — Você deve saber o quanto estou lisonjeada, mas agradeço por me dar tempo para pensar. — Era difícil acreditar que fazia apenas um dia desde seu passeio a cavalo no campo.

Cada minuto que ela esperava para dar sua resposta parecia outro dia inteiro.

O amor de Eric pressionava bem o centro de sua dor. Ela *queria* se casar com ele. Se ao menos pudessem cavalgar juntos para outra vida e se comprometer exclusivamente com a felicidade um do outro, ela poderia deixar seu passado torturado para trás.

Mais cedo ou mais tarde, porém, ele notaria que Rebekah não envelhece. Mikael não pararia de persegui-la só porque ela deixara de se importar e Klaus provavelmente lhe mataria mesmo que Eric não descobrisse seu segredo e a matasse primeiro. Havia muitos perigos e elementos desconhecidos para aceitar a proposta.

Porém, enquanto ele não soubesse disso, ela quase podia se convencer de que era possível, pelo menos por um tempo. E, por isso, ela não conseguia lhe dar uma resposta.

Um rapaz que não devia ter mais de 15 anos trouxe-lhes uma fatia de pão crocante e um jarro de um vinho aceitável e garantiu a Eric num sussurro que seu jantar ficaria pronto a qualquer momento.

— O acampamento parece quase novo — disse Rebekah, mudando de assunto. — Mas soube que o arsenal sofreu alguns danos que exigirão armas novas.

— Sim — concordou Eric, aparentando preocupação. — Tínhamos um fornecedor de munição na região que era muito útil para resolver rapidamente uma escassez dessas, mas não conseguimos encontrá-lo. Enviei alguns mensageiros rio acima e, com sorte, alguns dos outros postos avançados estarão bem abastecidos. Se tivermos de esperar por pólvora e artilharia da França, talvez tenhamos problemas para manter nosso posto aqui.

— Tem sido assim tão perigoso? — perguntou ela com curiosidade.

Além do ataque lobisomem que ela causara, a outra única fonte de diversão para os soldados eram os bandidos que encontravam durante as patrulhas. Os canhões não eram minimamente necessários.

— Estivemos bem armados o suficiente para manter a paz até agora — explicou Eric. — Se espalharem a notícia de que isto mudou, imagino que as facções rebeldes e os elementos criminosos desta região se tornem mais ousados.

Ele queria uma força decisiva e Rebekah aprovava a tática. Afinal, era a política que ela e os irmãos adotavam. Eles criaram sua lenda por meio de brutalidade excessiva e certificavam-se para sempre de estarem preparados para reforçar a lição. Por isso nem ela nem Elijah se esforçaram demais para reduzir a matança de Klaus quando chegaram ali. Ela acreditava em sustentar o poder a todo custo. Se Eric queria artilharia só para manter a paz, então ele era o tipo de homem com quem ela pensaria em se casar.

Se ela pensasse em se casar.

Ela abriu a boca para dizer a ele que sim — e que se danassem as consequências. Queria ser sua esposa. Em alguns anos, quando ela não tivesse envelhecido e ele se perguntasse por que havia sinais de mortes por vampiro a todo lugar que iam, e Elijah aparecesse de tempos em tempos para tentar arrastá-la de volta ao grupo... Bem, ela pensaria nesses problemas à medida que surgissem.

Seus pensamentos foram interrompidos pelo nariz de gancho de Felix aparecendo na porta da tenda, seguido por seu rosto tediosamente bonito.

— Senhor — cochichou ele, como se estivesse perto o bastante para falar apenas com Eric, sem que Rebekah entreouvisse as palavras. — Senhor, sua presença é necessária. Chegou uma mensagem de Baton Rouge, uma resposta a nossa... Minha senhora — ele enfim pareceu dar pela presença dela —, lamento muito interromper, mas o capitão é solicitado no posto de comunicações perto do rio. Imediatamente, senhor — acrescentou com um olhar culpado para Eric.

O capitão suspirou e se levantou.

— Eu voltarei, Madame — disse-lhe ele, formalmente, refreando qualquer intimidade maior na frente de seu tenente.

Felix já devia ter percebido haver algo mais do que polidez entre eles, mas se limitou a assentir com impaciência, ansioso para que seu comandante fosse cuidar de seu trabalho. Ao se aproximar da saída da tenda, porém, Eric hesitou.

— Fique, por favor, Felix, e faça companhia a Rebekah enquanto estou fora. — Ele a olhou uma última vez.

— Sim, senhor — respondeu Felix com ardor, batendo continência. — Minha senhora.

Felix era uma visão bem agradável, pensou Rebekah, mas de maneira nenhuma era um substituto aceitável para Eric. *Para meu noivo*, ela experimentou mentalmente e, embora soasse estranho, não desagradou.

Felix não se sentou à mesa com ela, atravessando o espaço para mexer em uma das gavetas da grande mesa de pau-rosa.

— Lamento interromper seu jantar — repetiu ele casualmente, com a atenção voltada para o que buscava.

— Ainda não havíamos começado. — Rebekah se levantou. — O que está procurando?

Felix franziu o cenho e fechou a gaveta.

— Não é nada, Madame — garantiu-lhe ele. — Só um objeto que o capitão provavelmente desejará ter à mão quando voltar. Por favor, me dê licença por um momento.

Antes que ela pudesse detê-lo, Felix entrou na câmara interna. Ela esperou por um tom de surpresa, mas não veio. Fazia sentido, percebeu Rebekah — como braço direito de Eric, a essa altura, Felix já devia saber de tudo. E isto deixava Rebekah particularmente desconfortável. Quantos humanos nesta área ouviram falar de vampiros? Por quanto tempo não haverá lugar no mundo onde eles ainda sejam um segredo?

Ela se aproximou da cortina e escutou atentamente, tentando acompanhar o progresso pelo revirar e arrastar ali dentro.

— Madame — disse ele repentinamente e ela se assustou. — Posso pedir sua ajuda? — A voz agora estava mais próxima, porque ele se aproximara da cortina, do outro lado. — Lamento ter de pedir, mas preciso de mãos mais delicadas do que as minhas.

Rebekah estreitou os olhos, desconfiada. Por que Eric saíra tão repentinamente e o que Felix estava aprontando? No início, ele resistira a sua influência, ela se lembrou com um pressentimento. Talvez, de algum modo, ele tenha se recordado da última vez em que estiveram juntos na tenda de Eric. Será que tentava apanhá-la em alguma mentira? Ela sentiu as presas se estenderem.

— Já estou indo — respondeu Rebekah com doçura. Passou confiante pela cortina e pegou o punho de Felix enquanto ele girava para ela. Torceu com força e a estaca de madeira caiu de sua mão. Ainda sorrindo, ela se virou para ele. — De que ajuda você precisava?

Ele lhe deu um chute, puxou o braço e ela o soltou.

— Demônio — vociferou Felix e ela revirou os olhos.

Não era bem o tipo de conversa que Rebekah procurava, mas já era um começo.

— Acho que você pegou a garota errada — sugeriu ela, embora seu tom informal saísse por entre os dentes cerrados. Estivera tão preocupada com o que Eric sabia que não parou para pensar que ele talvez tivesse um cúmplice. — Foi você mesmo quem me resgatou da mata escura e apavorante, lembra?

Ele sibilou entre dentes e partiu para cima dela. Rebekah deu um passo de lado, levando o pé erguido à perna dele. O barulho produzido pela fissura foi profundamente satisfatório. Mas devia haver um motivo para que ele tivesse ficado tão ousado em seu ataque... Será que Eric lhe armara uma cilada, pedindo-a em casamento, depois a largando-a numa emboscada?

— Sei o que você é — disse Felix, arfando, e ela lhe deu algum crédito rancoroso por não gritar.

Ele era um guerreiro treinado, mais forte do que aqueles do exército francês, e não ia desistir da briga com facilidade.

Mas ele era humano e os humanos fraquejam.

— Não acho que saiba — discordou Rebekah, enquanto ele atirava em seu rosto uma estaca de ferro de uma das arcas de Eric.

Ela a pegou no ar e a atirou no pé da mesma perna que já havia sido quebrada, prendendo-o no chão como uma borboleta.

— Isso eu posso ver — sibilou o tenente, puxando a estaca. Estava bem cravada na terra e ele não iria a lugar nenhum. — Sua cara bonita e seu coração cruel. Na Europa, fui treinado pelo mestre de todos os caçadores de vampiros e vejo que você tem as trevas em seu âmago. O homem que nos enviou quer sua espécie morta e desejo fazer a vontade dele.

Todo o corpo de Rebekah ficou imóvel ao compreender as palavras de Felix. Então foi seu pai — o mestre dos caçadores — que mandou Felix e Eric a ela. Só Mikael seria capaz de enviar homens numa travessia oceânica para matar seus filhos. Mas parecia que o tenente não compreendia inteiramente quem ela era, ou que seus irmãos também estavam ali. E isso podia ser a salvação de Rebekah.

— Seu empregador pode me querer morta — concordou ela —, mas creio que se ele quisesse que você fizesse isso, teria lhe dito como me matar.

Os olhos castanhos de Felix começavam a perder o foco e Rebekah sabia que não tinha muito tempo para obter respostas coerentes.

— Ele me ensinou a resistir a sua magia para combater você. Ele me recompensará...

As palavras dele traziam certa verdade. Mikael de fato ensinara Felix a resistir à sua influência, o que era em si uma proeza impressionante. Só conseguira curvar Felix à sua vontade após algumas tentativas. Apesar de tudo, talvez ele ainda tivesse alguma suspeita nebulosa sobre a noite em que ela entrou furtivamente na tenda de Eric. Ele pode ter levado algum tempo para se recordar das partes e entender que ela era vampira — mas qual era o papel de Eric nisso? Será que ele havia os deixado a sós esta noite de propósito? Se ao menos ela tivesse saído do acampamento militar — como partiu da Europa — e jamais retornado...

Rebekah pegou um crucifixo de prata na arca mais próxima, admirando a uniformidade da lâmina que alguém afiara lunaticamente.

— Agora temos a questão: você pretende surpreender este seu benfeitor com todas as boas novas ao mesmo tempo? Ou mandou mensagens em tempo real contando de suas descobertas?

Os olhos de Felix voltaram a se concentrar no crucifixo e ele o observou com cautela.

— O capitão reportou tudo que sabemos — disse ele, em desafio. Não podia mais lutar com ela, mas ainda podia feri-la e sabia disso. — Um relatório na manhã após sua chegada, outro quando seus amigos monstros atacaram meus soldados. — Ele sorriu com triunfo, apesar da dor que marcava seu rosto. — Sabíamos havia algum tempo que sua espécie estava aqui e até ouvimos boatos de que vocês se escondiam nestas redondezas. Agora vi a verdade... Havia um de vocês entre nós o tempo todo.

Era pior do que Rebekah pensava. Ela já sabia que Eric a caçava, que era um inimigo de sua espécie. Então, por que magoava tanto ouvir isto ser dito em voz alta? Era uma verdadeira tortura ouvir a voz tensa de Felix confirmando seus piores temores.

— Por que agora? — perguntou ela, detestando o tom de fraqueza na própria voz. A dor em seu coração custava-lhe o controle e então, em vez de interrogá-lo, ela era quase suplicante. — Por que tentar me matar agora, depois de eu estar aqui por tanto tempo?

— Eu a segui para fora do acampamento — explicou ele, sua respiração laboriosa entrando e saindo em silvos dos pulmões. — Quando você fugiu sem dizer nada a ninguém, segui-a até a cidade. Depois, vi você se alimentar e me lembrei de tudo. Vi quem é e o que você faz. Jurei manter a paz em Nova Orleans e não pode haver dúvida de meu dever. O capitão não sabia dos detalhes de meu plano, mas compreenderá o que tive de fazer. Você é uma assassina e merece morrer.

— Todavia, não morri. — Ela deu de ombros com frieza.

Não havia vitória a comemorar na derrota dele, em especial agora que o medo e a dor levavam-no a ter ilusões. Mas Rebekah estava magoada e isto lhe dava o desejo de machucar Felix. E Eric, especialmente Eric, porém ela só podia se preocupar com um caçador de cada vez.

— Matar-me não levará a nada, demônio. — As palavras de Felix transmitiam convicção, mas seus olhos eram delirantes. — A caçada só está começando. Seus dias estão contados.

Rebekah se curvou, desfrutando do pavor que aumentava no rosto dele com a sua aproximação. Isto a fazia se sentir forte.

— Matar você levará a muita coisa — discordou ela, marcando com a unha a gola do casaco de sua farda. — Sua pequena trama interrompeu meu jantar, Felix. — Ela sorriu para que ele visse suas presas com clareza. — Agora estou com fome.

Ele ainda tentou afastá-la, mas era inútil. Felix morreu com um grito estrangulado e ela bebeu dele. Nem se incomodou em tentar encobrir as marcas — não havia sentido. Eric encontraria o cadáver e saberia que era obra de um vampiro. Mesmo que não soubesse que Rebekah era a filha do mesmíssimo homem de quem ele recebia ordens, não importava. O pai dela queria matar todos os vampiros e seria apenas um bônus saber que enfim havia reencontrado os filhos. Se era verdade que Eric o informara sobre vampiros residindo em Nova Orleans, talvez Mikael já estivesse a caminho do Novo Mundo.

Sempre que as informações passavam pela mente de Rebekah, era como se ela os estivesse ouvindo pela primeira vez. Não conseguia processá-las, porque então precisaria acreditar nelas. A emboscada pode ter fracassado, mas ela ainda caíra na armadilha.

Eric era muito mais para ela do que apenas um homem atraente, ou mesmo uma oportunidade de escapar para uma nova vida. Ela o *amou*. Ainda o amava. A traição era insuportável, mas os pensamentos permaneciam, lembrando-a incessantemente de que ela permitira que Eric a fizesse de tola. Teria ele a elogiado, cortejado, pedido em *casamento* unicamente com a intenção de tê-la por perto até que Mikael chegasse para despachá-la?

Rebekah passou pelos fundos da barraca e partiu para o rio, correndo com tal velocidade que o olho humano não veria mais do que um borrão. Sua esperança era de que Elijah tivesse conseguido o feitiço de proteção naquela lamentável casa velha sobre a qual ele sempre tagarelava. Precisariam dela.

19

Klaus acordou no final da tarde, plenamente repousado pela primeira vez em muito tempo. Por puro instinto, estendeu a mão para Vivianne, precisando tê-la mais perto de novo, tocar cada centímetro. Mas sua mão nada encontrou além da roupa de cama fria e amarrotada e ele se colocou de pé num salto, alarmado.

Ela se fora. Seu vestido, os sapatos, até seu cheiro desaparecera. Ela se fora havia horas e horas e logo seria como se nunca tivesse estado ali. O que teria acontecido com ela?

Ele se vestiu rapidamente, pensando no que houve. Não importa o que haviam vivido juntos, era claro que algo dera errado. Ele deixou passar alguma coisa... Algo que ela não queria que visse. Quando ela se entregou a ele, também estava se preparando para se afastar e ele entendera tudo errado.

Klaus contornou a casa da família dela, rondando como um animal com cada sentido concentrado na mais leve alteração. Podia *senti-la* andando entre os cômodos, mesmo quando não conseguia vê-la. E assim ele soube quando ela fugiu da casa, embora a própria mãe não soubesse de sua fuga. Vivianne escapava do amor dele e agora da própria família, acreditando que eles jamais entenderiam o que ela estava prestes a fazer.

Ela estava enganada. Era jovem, impulsiva e sincera, e esta combinação a tornava incrivelmente vulnerável à manipulação dos lobisomens.

E as pessoas chamavam Klaus de monstro.

Vivianne usava uma capa longa e preta com um capuz grande que escondia seu rosto, mas ele não duvidou por sequer um momento de que fosse ela. Ele a seguiu sem fazer ruído algum, pelas ruas sombreadas, até virarem trilhas de terra. A jovem não hesitou e ele não tirava os olhos de sua forma oculta. Teria matado qualquer pessoa ou coisa que a incomodasse, mas não podia protegê-la de si mesma.

Ele conhecia Vivianne melhor do qualquer um. Se ela verdadeiramente queria fazer isto, era inútil bloquear seu caminho. Se ele não a impedisse, podia perdê-la, mas se a impedisse a perderia com certeza. Assim, só podia observar, na esperança desesperada de ter compreendido suas intenções de forma equivocada.

Não foi assim. Ele sentiu o cheiro dos lobisomens antes de vê--los. Dezenas e mais dezenas, todos esperando por Vivianne. Sua primeira presa não seria algum acidente em uma viela estreita — prepararam tudo para que sua unificação aos lobos fosse um espetáculo. Atraíram-na com sua celebração para que ela não fosse capaz de parar, depois estaria feito. Irrevogável. Ela se tornaria o lobo que ele não podia ser e depois seria aliada dos mais amargos inimigos de Klaus.

Eles haviam se reunido em um semicírculo perto da margem da floresta, esperando por ela com archotes e o sacrifício humano necessário. Klaus ficou repugnado com o altar improvisado, que tentava dar um ar de legitimidade aos procedimentos. Um homem inconsciente jazia ali, despido até a cintura, com as mãos amarradas às costas. Como Vivianne podia não se revoltar com aquilo? Revirava o estômago dele que ela acreditasse estar entre sua própria espécie.

Vivianne jogou para trás o capuz do manto e Klaus fechou os olhos por um momento, lembrando-se de cada sentimento que vira naquele lindo rosto na noite anterior. Não havia sinal algum de sorriso em seus lábios vermelho-sangue. Mesmo na suave luz dourada do sol poente, ela estava pálida e séria. Armand avançou para recebê-la, mas parou no meio do caminho, aparentemente notando sua expressão. Vivianne evidentemente não estava no espírito para ser reconfortada. Tinha vindo para matar.

— Minhas boas-vindas a todos — berrou Solomon Navarro, puxando o filho de volta ao semicírculo. — E seja bem-vinda, Vivianne.

Estamos aqui para recebê-la em nossa organização e para comemorar a união de nossas famílias. Será formalizada no casamento, mas todos sabemos que começa aqui, com esta ponte entre nossos dois mundos.

— Obrigada — respondeu Vivianne. — Quando menina, nunca pensei muito em minha herança de lobisomem e certamente jamais esperei me encontrar aqui. Mas não há como negar o que sou... O elo entre os clãs dos bruxos e dos lobisomens. E esta noite adotarei plenamente as duas metades de mim para tornar esta cidade inteira.

Klaus desejava sacudi-la para lhe arrancar algum juízo, mas um rugido de aprovação se elevou dos lobisomens. A energia deles era elevada, assim como sua tensão. Até agora, Viv dissera as coisas certas, mas na realidade ainda não matara ninguém. A verdadeira festa só começaria quando ela tivesse consumado suas palavras com um assassinato.

— Quem é ele? — perguntou ela, gesticulando para o homem no altar rústico de madeira.

— Um criminoso — garantiu-lhe Armand Navarro. — Esta morte é melhor do que a que ele merece.

Vivianne empinou o queixo.

— Preferiria ser a pessoa a julgar isto — disse ela. Klaus sorriu a contragosto; ela não conseguia ser meiga com Armand logo depois de ter estado na cama de Klaus. — Qual foi o crime dele?

Uma lobisomem avançou um passo. Era jovem, de cabelo louro e comprido puxado severamente para trás.

— Ele me atacou — respondeu ela, numa voz de aço. — Disse que não fui a primeira, que houve outras mulheres antes de mim.

Solomon atravessou a fileira de lobisomens para colocar a mão pesada no ombro de Vivianne.

— Ele cometeu crimes inumeráveis contra a humanidade — continuou Sol para a mulher —, mas é pelo crime contra um membro do bando que ele morre. Você, com o tempo, se acostumará com nosso estilo e eles a protegerão tanto quanto a qualquer um de nós.

Vivianne considerou as palavras, seu olhar fixo no de Sol. Por fim, abriu o fecho do manto, deixando-o cair numa poça de escuridão em seus calcanhares. Armand ofereceu-lhe uma faca e, à luz bruxuleante dos archotes, Klaus viu os estranhos entalhes correndo pela lâmina. Vivianne a pegou, deslocando o punho na mão como se testasse o equilíbrio.

— É por todos os seus crimes que ele morrerá — argumentou ela.

Sol assentiu, e Vivianne foi lentamente ao altar. Parecia examinar o homem que jazia atravessado ali, mas Klaus não tinha certeza. Esperava que isto fosse mais difícil para ela do que gostaria que os lobos soubessem e desejava que ela se virasse e fugisse. Eles a perseguiriam, mas Klaus estaria esperando. Ela só precisava sentir sua presença.

Em vez disso, ela levantou a faca.

Um uivo se elevou dos lobisomens e eles se fecharam em volta dela e do homem. Não havia mais a chance de hesitar e assim a faca faiscou para baixo, cortando a garganta do homem em dois pedaços, com tanta elegância quanto se o próprio Klaus o tivesse feito.

Por um momento o sangue do homem jorrou e o ar que deveria seguir para seus pulmões borbulhou pelo local do corte, e o tempo pareceu congelar. Klaus observava, aturdido. A fração de segundo durou mais do que o resto de toda sua vida. Ele tinha certeza *absoluta* de que ela fugiria. Imaginou passar vidas inteiras com Vivianne e, em um momento brutal, ela jogou tudo fora. Jogou *ele* fora. Não era quem ele pensou que fosse, em nada.

A resposta dos lobisomens foi ensurdecedora, como se todos tivessem enlouquecido. O uivo apagou qualquer voz individual, dominando qualquer coisa que Vivianne possa ter dito. Ela agora estava perdida, apenas mais um membro do bando. Podia muito bem ter cortado seu coração com aquela faca.

E então o bando se transformava, mudando, gritando de uma agonia que fazia par com seu êxtase. O sol se pusera completamente, percebeu Klaus, e a lua cheia nascia em Nova Orleans. Vivianne a receberia como um lobo.

Em volta dela, homens e mulheres transformavam-se em lobos, um por um, mas ela se contorcia no chão em sua forma humana, estremecendo e se rompendo. Porém, qualquer que fosse a dor que sua transição lhe causava, piores seriam seus sentimentos pelo que vinha depois. Ela não teria o luxo de isolar suas emoções, como poderia fazer um jovem vampiro. Teria de viver com sua condição muito depois de a transformação para lobisomem ter se tornado fácil para ela.

Era o mínimo que ela merecia.

Enojado, Klaus deu as costas à cena cada vez mais selvagem. A comemoração iria até o amanhecer, mas não havia motivo para que o vampiro ficasse. Ele a deixaria com sua nova família e encontraria outra forma de afogar as mágoas.

20

Parecia impossível que não se encontrasse lobisomem nenhum na noite de lua cheia. Elijah tinha certeza de que haveria pelo menos um rondando na mata perto da casa de Hugo. Por fim, ele entrou na floresta na esperança de atravessar o caminho deles e finalmente começou a procurar rastros, ao perceber que o amanhecer podia chegar sem que ele tivesse encontrado um só lobo. Pelo jeito, pensou, talvez não precisasse do feitiço de proteção — talvez todos os Navarro simplesmente tivessem saído da cidade.

Ele estava quase em cima deles quando percebeu seu erro.

Em uma campina curva, entre dois lados da intrincada floresta, centenas de lobisomens festejavam. Lutavam, acasalavam e se feriam em um jogo bruto com os dentes expostos. Havia um homem morto em uma plataforma de madeira no meio, cercado por archotes crepitantes, e Elijah pôde adivinhar o que estavam comemorando. Não conseguia se lembrar de ter visto uma cerimônia de transformação desta magnitude e a caça que eles partilhavam vinha de algum lugar.

Mesmo enquanto ele observava, quatro lobos separaram-se da comemoração. Tinham de ser um grupo de caça e Elijah agachou-se no mato. Antes que pudesse considerar bem as consequências, ele baixou a cabeça e correu.

O rastro deles era largo e claro, com galhos quebrados e folhas pisoteadas levando diretamente às profundezas da mata. Elijah seguiu com cautela, tentando entender e prever seus movimentos. Em certo momento o maior deles, uma enorme fera cinza, quase o surpreendeu. Parou enquanto Elijah rapidamente deslizou entre as árvores, erguendo seus olhos amarelos e raivosos diretamente para ele. Elijah não piscou nem respirou e, depois de um instante, o enorme monstro cinza partiu para se juntar à caçada.

Elijah achou o rastro de um dos dois lobos menores, uma criatura marrom de pés rápidos e orelhas nervosas e atentas. Caçava atentamente, e ele o perseguiu com o mesmo foco. Quando seus amigos estavam a uma boa distância, ele se agachou na terra macia, medindo os passos do lobisomem com os olhos.

Não havia mais tempo a perder e, assim, ele disparou. Passou a mão pelo focinho do lobisomem, para evitar que fosse mordido e que ele alertasse os outros. O lobo deu marradas e se contorceu, mas Elijah cravou as presas em seu ombro como o ataque de uma cobra. O lobisomem marrom guinchou pelos maxilares fechados e caiu desajeitado no chão, preso embaixo do peso de Elijah. Ele sentiu a umidade quente e pegajosa na mão e retirou o lenço do bolso, apertando no local.

O lobisomem se debateu de novo, mas, desta vez, sem energia. Elijah desconfiou de que ele se perguntava por què já não o havia matado. E ele o teria feito se precisasse, mas só era necessário um pouco de sangue, e não a vida da criatura. Ele rolou, afastando-se do lobisomem ferido, soltando seu focinho no último instante possível antes de sair de alcance.

— Fuja — gritou ele, na esperança de que o lobo não tentasse revidar.

Mas, em vez disso, ele se agachou bem e rosnou... E o mesmo fez um coro dos outros lobos. Elijah percebeu que estava numa armadilha. O gigantesco lobisomem cinza estava ali, de pelo eriçado, com o restante do grupo de caça.

Só que no início eram apenas quatro... E agora Elijah perdia a conta. Olhos amarelos encaravam de cada lado e os rosnados vibravam pela mata. Todo o bando estava presente.

Ele havia sido reconhecido. Eles apanharam um vampiro Original atacando um lobisomem e agora sua trégua frágil teria um final sangrento.

Ele se lançou por sobre o lobo marrom, diretamente ao grande e cinza. Eles tombaram um por cima do outro, rosnando e mordendo, e os outros lobisomens avançaram. Eram muitos e Elijah sabia que não devia ficar e tentar derrotá-los um por um. Desvencilhou-se do lobo cor de prata e partiu de novo em disparada, dando um chute no maxilar de outro lobisomem ao passar.

Ele era mais rápido do que os lobos, e mais forte, mas eles estavam em toda parte. Ele dava socos e mordia e, sobretudo, continuava avançando, mas sentiu dentes afiados rasparem seu braço. Ardeu como fogo e rompeu sua concentração por tempo suficiente para que a mordida de outro lobisomem o pegasse na parte de trás da coxa, tentando cortar seu tendão.

Ele procurou ignorar a dor e se obrigou a prosseguir. Não era possível repelir os ataques, e Elijah foi mordido repetidas vezes. Depois do que pareceram horas, ele cambaleou para a planície esvaziada, onde o morto ainda jazia no altar improvisado.

Sua visão começava a embaçar, mas ele poderia jurar ter visto um lobisomem branco como a neve, fêmea, a julgar pelo tamanho, deitado ao lado do altar, com a cabeça nas patas. Seus olhos amarelos o fitavam com ódio e as estrelas oscilavam no alto. Ela não o atacou.

Elijah ganhou um pouco de velocidade ao atravessar o terreno aberto e os lobisomens perdiam o interesse por sua perseguição com a proximidade do amanhecer e a transformação que lhes recairia. O sol nasceria em minutos e a força de Elijah diminuía quase com igual rapidez. De vez em quando havia uma mordiscada em seus calcanhares, quase zombeteira, mas a maioria dos lobisomens parecia satisfeita em deixar que seu veneno fizesse o trabalho. Com o veneno dos lobos ardendo em cada centímetro de seu corpo, seu último pensamento foi que ele devia ter deixado Klaus matar a todos. E então viu os primeiros raios de sol brilhando na água do Saint Louis e se atirou.

21

Não havia ninguém em sua casa "nova" e era ainda menos glamourosa do que Elijah descrevera. As roupas de Rebekah estavam encharcadas de sua fuga do acampamento do exército e ela não achou divertido que faltasse vidro nas janelas. O sol ainda não nascera e o vento grudava as roupas em seu corpo. Seus irmãos não estavam ali.

Ela acrescentou natação no rio à lista de insultos feitos a ela por Eric e seu falecido tenente. Felix pagou sua parte, mas a conta ainda aumentava. Ela torceu a água de fedor bolorento dos cabelos compridos, puxando as mechas embaraçadas com os dedos inquietos.

Pela prova do desastre que ocorrera ali, estava claro que a casa não tinha proteção. Ela não estava mais segura dentro dela do que em qualquer lugar de Nova Orleans. O único lugar em que *estaria* segura era com sua família e, assim, precisava parar de andar de um lado para o outro da minúscula sala de visitas e sair em sua procura. Ela tirou uma capa mofada de um gancho e bateu a porta ao sair, ignorando quando o guincho das dobradiças se soltou da madeira. Eles já estavam sem janelas — o que era uma porta a menos? Rebekah tinha coisas mais importantes com que se preocupar.

Havia sido lua cheia e ela ouvira uma quantidade incomum de uivos na mata ao norte. No fundo, desconfiava de que os irmãos estariam exatamente onde se localizava o pior dos problemas, assim, voltou ao rio, pretendendo seguir sua linha na maior proximidade possível, caso precisasse fazer uma retirada rápida. Desse jeito, ainda podia cobrir largas seções da terra arborizada e usar as profundezas da floresta como último recurso.

O sol se elevou sobre o bayou e o tocou com fogo, despertando o que era vivo em toda parte que alcançava. Por um momento breve e estonteante, Rebekah viu o que Elijah vira neste lugar: era tão selvagem e perturbador quanto eles. Daria abrigo e proteção e podia vir a ser um verdadeiro lar.

E então a luz do amanhecer, estranha e quase sem origem, brilhou em algo branco no rio e Rebekah aproximou-se, tentando ignorar a lama que sugava os sapatos. Certamente não pensara em se vestir para esse tipo de ocasião enquanto flertava com Eric, mas suas roupas já estavam estragadas pelo primeiro mergulho no rio, logo, um segundo não lhes causaria maiores danos.

A coisa flutuante não parecia madeira, e animais não usavam camisa engomada — nem mesmo do tipo manchada e rasgada. Com um leve grito, Rebekah mergulhou na água, atravessando a lenta correnteza para chegar ao corpo flácido de seu irmão.

Elijah havia sido estraçalhado. Não era só a camisa que estava em farrapos: sua pele era um mapa ensanguentado de cortes e rasgos. Um dos olhos tinha um hematoma tão inchado que ela não entendia como poderia se abrir e um talho sangrento em seu lábio estava em carne viva. Mas, pior do que tudo que ela pudesse imaginar, era a visão de um olho aberto e fixo. Parecia encarar o céu rosa e âmbar, sem nada ver, nem mesmo notando que ela estava a seu lado.

Os lobisomens haviam feito isso com ele, e ela reprimiu um grito de fúria. Sob a lua cheia, os animais rasgaram sua carne e o encheram de seu veneno. Mas por quê? O veneno de lobisomem mataria um vampiro normal, não um Original. Um Original podia sobreviver a qualquer coisa, pelo menos a qualquer coisa que não envolvesse uma estaca de carvalho branco. Ainda assim, a dor e as alucinações eram quase tão ruins quanto morrer pela segunda vez e Elijah deve ter ido para o rio na esperança de que parte do veneno escorresse para a água.

Era o fim da suposta trégua. A esperança de Rebekah era de que Klaus estivesse fugindo com a pequena noiva-troféu naquele momento.

Ela o puxou para perto e o arrastou para a margem, sentindo alívio com o fraco som de seu coração. Era mais fácil carregá-lo depois que chegasse à beira, embora a lama e o mato entrelaçado fizessem o máximo para contê-la. Ela se concentrava tanto que foi apanhada inteiramente de surpresa por um grito vindo do bayou.

Um homem de chapéu de aba larga e trajes de caça pardos olhava boquiaberto para os dois, depois ergueu a mão e gritou para ela de novo. Devia querer ajudar e Rebekah ficou feliz em aceitar sua oferta generosa. Colocando Elijah delicadamente entre os juncos, ela correu ao caçador antes que ele pudesse erguer seu rifle. Ela o atingiu com força na cabeça, lutando contra a energia ansiosa e selvagem em seu corpo que a instava a arrancar seu pescoço.

Mas precisava de seu coração ainda bombeando e assim, respirando fundo, ela se conteve depois do primeiro golpe.

Arrastou o corpo flácido até Elijah e abriu o pescoço do caçador com os dentes. O sangue vermelho e grosso escorreu livremente e ela o virou e ajeitou o corte até que jorrasse na direção da boca de Elijah. Esperou, torcendo para que ele revivesse o bastante para se alimentar, mas qualquer sangue que ele engolisse era ainda melhor do que nenhum.

Por fim, o coração do caçador desistiu. Elijah ainda se mantinha igualmente inativo, mas Rebekah pensou haver um pouco mais de cor em suas bochechas pálidas. Devia estar mergulhado nas alucinações do veneno e ela não invejava os demônios que ele combatia — com o tempo, ele voltaria. Ela o ergueu novamente e correu com todas as suas forças.

De volta à casa, Rebekah sentiu-se estranhamente exposta. Sem janelas, qualquer coisa ou pessoa podia entrar. Ela perambulou pelos dois andares da estrutura, tentando encontrar um lugar que parecesse seguro para abrigar o irmão ferido, mas, a toda parte que ia, sentia-se *observada*. Era como se alguém espreitasse, acompanhando seu progresso de um cômodo a outro. Parte do peitoril de uma janela em um dos quartos do segundo andar tinha se lascado e entortado para cima e, com violência, ela o arrancou e jogou para fora.

A raiva não ajudaria seu irmão, e assim ela cravou as unhas no vestido de lã ensopado e enlameado e recomeçou, desta vez percorrendo a casa de cima para baixo. Quando chegou novamente ao térreo, Elijah gemeu baixinho e ela saltou a seu lado para verificar a pulsação. Ainda estava terrivelmente fraca, mas, para seus ouvidos aguçados, um pouco mais firme. Ele se recuperaria, ela sabia, mas não tinha ideia do que o veneno faria com ele. Elijah precisava descansar em paz.

Rebekah procurou novamente no primeiro andar, tentando encontrar uma área protegida, por mais humilde que fosse. Abriu armários e guarda-louças, buscando qualquer espaço encerrado com tamanho suficiente para Elijah se deitar com conforto. Atravessou a sala de estar três vezes em sua busca até perceber que seus passos tinham um som diferente no meio do tapete de lã vermelha e alegre. Puxou-o de lado e embaixo descobriu um alçapão.

O porão era úmido e muito bolorento, mas ela não sentiu nada fedorento ou sujo. Engradados e barris ladeavam as paredes. Ela abriu um deles, depois outro, encontrando balas de mosquete, cartuchos de artilharia e espadas de aparência perigosa. Havia todo um arsenal abaixo de sua casa nova — era um pouco mais defensável do que ela acreditava inicialmente.

O porão era espaçoso e não entrava muita luz pelo buraco do teto, mas Rebekah encontrou portas curtas de madeira em cada uma das quatro paredes de terra. Empurrou de lado uma grande pedra de amolar que bloqueava um pouco uma das portas e a abriu, com o protesto ruidoso das dobradiças fatigadas.

Para além da porta havia um túnel estreito e, mais curiosa do que preocupada, ela o seguiu. Por outra porta baixa havia um porão menor, com uma escada irregular levando ao que devia ser outro alçapão. Ela subiu a escada e empurrou o teto com força. Ele se abriu, deixando entrar a luz fresca do dia. Este segundo porão foi cavado debaixo do toco do que deve ter sido um enorme carvalho, a certa distância da casa. Cinco barris grandes tomavam a maior parte do espaço e Rebekah lembrou-se vagamente de Elijah ter levado barris para um abrigo do proprietário.

O sol também revelou outras duas portas fechadas saindo desta câmara menor e ela percebeu que devia haver toda uma rede de túneis e alçapões. Da casa, era possível ter acesso a cada canto do terreno sem ser obrigado a sair e ser visto. Elijah agira bem, talvez ainda melhor do que ele tivesse percebido.

Um leve ruído veio das árvores próximas e Rebekah ficou petrificada, os olhos correndo de um lado a outro. Não parecia haver nada fora do comum e, naturalmente, havia todo tipo de barulhos nos arredores da civilização. Mas algo *parecia* errado e ela não podia ignorar seus instintos. Desceu ao subsolo, fechando primeiro o alçapão, em seguida as portas que bloqueavam o túnel atrás dela. Não era perfeito, mas certamente era a parte mais protegida da casa.

Ela primeiro levou alguma roupa de cama, depois levou Elijah, que gemeu de novo, mas ainda fitava daquele jeito vazio e horrível com seu único olho saudável. Rebekah concluiu que ele tinha o máximo de conforto que ela podia lhe proporcionar e o deixou para se curar.

O melhor a fazer, é claro, seria sair e encontrar mais sangue, mas a *coisa* invisível e desconhecida lá fora lhe deixava receosa em largar Elijah sozinho. Ela sabia que mais provavelmente eram apenas seus nervos agitados demais insistindo em gritar que eles eram observados, mas não perdoaria a si mesma se caísse em alguma armadilha.

Ela se ocupou consertando a casa, limpando a poeira e as folhas que sopraram para dentro das janelas faltantes e pregando cortinas esvoaçantes nos caixilhos para que houvesse pelo menos alguma barreira. Sentiu-se melhor depois que não conseguia mais enxergar a área externa, mas se sobressaltava a cada ruído e sombra que se deslocava pelo tecido.

Nenhuma pessoa em sã consciência atacaria um vampiro às cegas. Ninguém, por mais tolo ou furioso que estivesse, se aproximaria da casa e a invadiria sabendo que ela estava em algum lugar ali dentro. Não *uma* pessoa, mas e se fossem muitas? Elijah tinha marcas de dezenas de lobisomens. Todo o bando poderia estar lá fora, agora em forma humana, porém desesperados para concluir o que começaram. Ou talvez Eric Moquet de algum modo tenha seguido seu rastro, com seu exército nas costas.

Os Mikaelson haviam vindo para Nova Orleans em busca de um refúgio. Era para ser um lar, um abrigo. Mas a cidade transformara-se em uma armadilha. Eles estavam expostos, cercados de inimigos, constantemente alertas. Não havia porto seguro.

Rebekah espiou por entre duas cortinas de lona verde, mas a grama iluminada pelo sol estava intocada. Por mais que tentasse, não conseguia pegar um só vislumbre de alguém escondido entre as árvores. Só o que podia fazer era esperar que saíssem.

Ela arrumou os móveis, escolheu o maior quarto para si e tentou pentear os cabelos, livrando-os dos resíduos do rio. Pendurou o vestido na varanda desmantelada da frente e provou parte da bebida surpreendentemente aceitável do antigo dono, vestida apenas com sua camisa de algodão molhada. Esperou, observou e reprimiu a paranoia com toda a sua força.

Quando o sol enfim começou a baixar no horizonte, ela concluiu que era hora de ver Elijah mais uma vez. Ele podia estar forte o bastante para falar, ou pelo menos dividir uma bebida com ela. Talvez pudesse lhe contar o que aconteceu e o que eles deviam temer no futuro próximo.

Mas não haveria necessidade de sobrecarregá-lo com a notícia de *seu* recente desastre. Os despachos de Eric a Mikael levariam semanas para chegar, assim haveria uma hora melhor para contar a novidade. Eles teriam de ir embora, mas não importava realmente para onde fossem. Rebekah agora entendia que os problemas os seguiriam por toda parte.

Ela serviu um pouco da bebida em um frasco. Quando Klaus chegasse — se aparecesse —, ela estaria livre para encontrar alguma fazendeira roliça que ajudasse a acelerar a recuperação de Elijah. E Klaus sempre achava que estava sendo observado, assim a sensação sinistra que ela sofria não o incomodaria.

Rebekah abriu o alçapão e desceu. Houve um movimento nos lençóis onde Elijah estava e seu coração saltou de esperança de que ele estivesse finalmente desperto.

E então seus olhos se adaptaram e um sibilar selvagem escapou por entre seus dentes. Elijah ainda estava inconsciente, exatamente na mesma posição, mas seu único olho saudável finalmente se fechara. A respiração era superficial e havia gotas de suor na testa larga. O corpo lutava contra o veneno, como devia ser. O movimento que ela viu tinha uma origem inteiramente diferente.

Eric estava agachado no porão úmido, a mão erguia uma estaca de madeira. Ela rezou para que não fosse de carvalho branco, mas não podia depender de seu desejo. O capitão posicionava-se sobre a forma imóvel do vampiro, ameaçando sua vida, quando Elijah mal conseguia se agarrar a ela. Eric ficou boquiaberto de surpresa ao vê-la e Rebekah viveu novamente cada sensação de sua traição, em detalhes profundos, ao jogar o corpo contra ele.

Eles rolaram juntos, para longe de Elijah, e a arma caiu de sua mão paralisada. O corpo de Eric estava rígido como aço abaixo dela, os músculos tensos. Ele tentou falar e parte dela queria ouvir. Mesmo agora, sua visão e seu cheiro a atraíam, dando-lhe o desejo de ser fraca. Mas Eric já causara danos mais do que suficientes graças aos sentimentos traidores dela.

Ela passou a mão no entorno do pescoço de Eric, interrompendo a respiração do homem até que seus olhos castanhos fraquejaram e se fecharam.

Ela fantasiou com mil maneiras brutais de fazê-lo pagar por seu coração partido, mas a segurança de sua família pesava na balança e, assim, venceu o pragmatismo. Não havia necessidade de outra morte *violenta*, ou de um misterioso desaparecimento que coincidisse tanto com sua própria fuga. O corpo dele seria encontrado, afogado no mar, do outro lado de Nova Orleans. Seria uma morte comum e banal e isso teria de ser vingança suficiente.

22

Depois de dois dias inteiros despejando o líquido âmbar e pegajoso goela abaixo, Klaus começava a se sentir quase suficientemente embriagado. Se pudesse manter este nível inumano de embriaguez por alguns anos, talvez — *talvez* — ele pudesse começar a esquecer a imagem de Vivianne lhe dando as costas. Como sempre, as damas gentis do Southern Spot fizeram o máximo para desviar sua atenção dos problemas e uma morena de aparência saudável e exuberante assumira a missão pessoal de atenuar sua dor. Mantivera-o abastecido com um bom uísque, provocações encantadoras e toda a experiência com que ela exercia a profissão.

O melhor de tudo, não se parecia em nada com Viv. A não ser quando ele notou como as duas eram diferentes e então pediu mais uísque, e a dança recomeçou.

Mais cedo ou mais tarde, ele suspeitava, teria de sair desta névoa de felicidade e voltar à vida real, mas não havia pressa. Ele gostava dali e era um lugar que nunca o decepcionava. Seus irmãos provavelmente precisavam de resgate a essa altura — não tinham talento algum quando se tratava de ficar longe de problemas —, mas certamente preferiam tê-lo em sua melhor forma. Ele precisava de mais alguns dias de restauração antes de estar pronto para tirar a poeira de sua arrogância característica.

A morena completou seu copo e Klaus a pegou pela cintura e a puxou, rindo, para seu colo.

— Senti sua falta — disse-lhe ele vigorosamente, e ela acomodou o amplo colo convenientemente mais perto da boca de Klaus.

Ele provou o uísque, depois a mulher. Seria melhor uma semana, concluiu ele. O mundo podia existir sem ele por uma semana.

Vivianne Lescheres evidentemente podia.

Não lhe ocorreu nem por um momento, na noite que tiveram juntos, que ela estivesse se despedindo. Deveria ter ocorrido, talvez, mas cada sinal tinha uma explicação alternativa. Uma explicação *melhor* — que combinava com a visão de Klaus do mundo, de modo que ele havia ignorado o óbvio. Ele não quis enxergar que a teimosia implacável de Vivianne podia funcionar igualmente contra e a favor dele.

A morena tinha sardas adoráveis espalhadas pelo nariz arrebitado e Klaus dedicou toda a sua energia mental a contá-las. Tinha tudo o que precisava bem ali e, para ele, Viv podia ir para o inferno. De qualquer modo, ela não o havia valorizado. Ele se dispusera a reorganizar toda a sua vida por ela, tornar-se um homem novo e melhor. Se isso não era o suficiente para Vivianne, ela não era digna dele.

A cortina de sinos no vão da porta tilintou alegremente e algumas prostitutas soltaram gritinhos. A garota de Klaus sequer voltou os olhos para o barulho e ele tomou uma nota mental de não ficar bêbado a ponto de se esquecer de lhe pagar generosamente.

— É claro que encontraria você *aqui* — rosnou uma voz com arrogância e Klaus franziu o cenho, concentrado.

Era uma voz conhecida e estava ligada a um par de pernas com botas de couro preto. Ele acompanhou as botas para cima, continuando por uma linha de botões dourados que margeavam o paletó. Havia um pescoço comprido acima dele, com uma pulsação suculenta batendo ao lado de um grande pomo-de-adão. Klaus reconheceu que podia estar um pouco mais bêbado do que pensava enquanto seus olhos terminaram seu lento percurso no rosto presunçoso de Armand Navarro.

— Uma história provável — disse Klaus com cautela e a voz arrastada — alegar que entrou em um bordel porque procurava por *minha* companhia.

O sorriso de resposta de Armand *pedia* um murro na cara, mas as mãos de Klaus estavam ocupadas e sua mente, um tanto nebulosa. Ele suspeitava de que sua melhor chance de vencer uma briga agora fosse ficar fora dela. Talvez, se ficasse bem quieto, Armand se entediasse e o deixasse em paz com sua morena animada. Todos ganhariam nesta hipótese.

— Levante-se e enfrente-me como um homem — exigiu Armand. — Sabíamos que era só uma questão de tempo para que vocês, ratos, passassem dos limites, e quis ser aquele que garantirá que você pague por isso pessoalmente. — Talvez uma briga fosse inevitável mesmo.

Klaus estava pronto para livrar a cidade dos lobisomens depois que eles soubessem de seu caso com Vivianne, mas ter de fazer isso sem ela parecia triste e maçante.

O sorriso sumiu do rosto da prostituta e Klaus acariciou agradavelmente sua coxa, tranquilizando-a.

— Vá para nosso quarto — sugeriu ele, já se sentindo consideravelmente mais sóbrio. — Sei que você se lembra como eu gosto.

Ela assentiu e se levantou, retraindo-se para longe de Armand ao passar por ele. Olhou com ternura sua bunda bem torneada enquanto ela se afastava, depois voltou a atenção ao irritante lobisomem diante de si. A respiração de Armand estava acelerada; suas pupilas, dilatadas. Ele estava tenso e pronto para uma briga e Klaus imaginava apenas um motivo para isso.

— Não *precisamos* fazer isso — propôs Klaus com magnanimidade.

Certamente ele não se importaria de esmurrar Armand até virar uma polpa de cadáver, mas desta vez ele estava disposto a deixar o lobisomem para lá. Afinal, tivera uma noite gloriosa e perfeita com a noiva dele e isto devia ter sido ofensa suficiente. Se Armand estivesse disposto a ir embora, Klaus deixaria.

— Levante-se — rosnou Armand num tom ameaçador. — Você responderá pelo crime de seu irmão, queira ou não. Assim, receba seu destino como um homem.

As peças de nova informação se encaixaram lentamente na mente embriagada de Klaus. Afinal, parecia possível que não se tratasse de Vivianne — talvez Armand ainda não soubesse do que acontecera entre os dois. Talvez Viv tenha guardado seu segredo. Talvez ela ainda gostasse dele...

— O que meu querido irmão fez a você? — perguntou Klaus, levantando-se. Ficou satisfeito ao descobrir que seu corpo não vacilou.

O sorriso malicioso de Armand era tingido do brilho amarelo e feio de seus olhos.

— Ele nos atacou na floresta — explicou ele, parecendo ao mesmo tempo homicida e um pouquinho triunfante. — Sozinho, durante a lua cheia. O tolo morreu no rio Saint Louis e agora você se juntará a ele.

Ora, que bom para ele, pensou Klaus. Elijah enfrentara toda a população de lobisomens de Nova Orleans. Klaus percebeu que o meio-irmão devia ter interrompido a celebração de transformação e por algum motivo decidido lutar com os lobos. Apesar da garantia presunçosa de Armand de que Elijah não havia sobrevivido, Klaus sabia que era o contrário — o mero veneno de lobisomem não mataria um Original. Klaus sentiu um leve ardor de orgulho pelo irmão idiota.

Klaus não hesitou. Levantou o punho, esmurrou Armand em cheio no nariz e o sangue quente do lobisomem brotou em uma súbita torrente vermelha. Armand demonstrou surpresa por um momento, seus olhos ficaram inteiramente amarelos e então ele atacou. Klaus ouviu o barulho da madeira se partindo enquanto Armand o jogava primeiro em um relógio de pêndulo, depois em uma mesa baixa. Klaus pagaria muito mais do que o uísque e o tempo da morena antes de ser bem recebido novamente no Southern Spot.

Ele levou o joelho à barriga de Armand, aproveitando sua vantagem quando o lobo ofegou. Aproveitou-se da distração para pegar uma das pernas quebradas da mesa e atingiu a lateral da cabeça de Armand. O golpe o deixou tonto por um momento e Klaus aproveitou a oportunidade. Erguendo seus braços e pernas, ele arrancou Armand do chão e o jogou na parede atrás deles, o que produziu um estalo seco.

Armand caiu pesadamente no chão, mas de algum modo conseguiu ajeitar seus braços e pernas longos e desajeitados e se levantou com uma elegância improvável. Klaus ainda estava meio agachado quando foi derrubado no chão novamente e os dois lutaram por um momento sem que qualquer um obtivesse uma vantagem.

Elijah atacara os lobisomens quando estavam em seu estado mais forte. Embriagado ou não, Klaus certamente podia fazer sua parte. E embora Armand talvez ainda não tivesse percebido, ele também precisava pagar por Vivianne.

Klaus prendeu uma das pernas de Armand na dele e torceu, fazendo o lobisomem alto se estatelar de costas, e então se ergueu para sentar em seu peito. Ele atacou com os punhos, batendo repetidas vezes em Armand. Mentalmente, Klaus viu Elijah ferido e Vivianne transformando-se. O sangue escorria com fartura, até que era quase impossível ver o rosto de Armand sob ele, e seus olhos voltaram ao normal, azul opaco, e rolaram para cima.

Klaus o observou por um momento para ter certeza de que ele ficaria no chão, depois se levantou, cambaleando, sem nenhuma elegância.

— Senhoras — disse ele educadamente a algumas meretrizes que continuavam encolhidas junto das paredes. — Peço desculpas por qualquer inconveniência que este bruto lhes causou. Fiquem tranquilas que eu sempre estarei disponível para defender sua honra, como fiz hoje. — Ele tentou ajeitar a camisa e percebeu que estava ensopada com o sangue de Armand.

Pôs a mão no bolso e segurou a mão da garota mais próxima para largar um punhado de moedas de ouro, fechando seus dedos em volta delas, caso ela estivesse espantada demais para fazer isso sozinha. Ele lhe deu um beijo no rosto, sentindo-se mais do que nunca em sua velha personalidade. O uísque, a companhia de meia dúzia de boas mulheres e um lobisomem inconsciente à base de pancadas: era *esta* a receita para Niklaus Mikaelson.

Com um andar animado, ele saiu do bordel e virou os pés em direção à casa que Elijah conseguira. Estava ansioso para ouvir o lado do irmão dessa história bizarra. Se fosse metade da diversão que Armand descrevera, já estava mais do que na hora de os vampiros Originais botarem o papo em dia.

23

Elijah desistira de tentar distinguir o que era real. Rebekah se ausentara por tanto tempo que já não sabia se ela estivera ali um dia. Esther entrara e saíra do porão várias vezes, o que provavelmente não havia acontecido, mas o homem de casaco azul de soldado e a estaca de madeira na mão lhe parecia quase tão improvável.

Certamente, Kol e Finn não saíram de seus caixões para visitá-lo e seu dois irmãos mortais — e mortos havia muito tempo — não montavam vigília junto de seu leito. Mas isto significava que era possível que Niklaus também não estivesse ali. O veneno dos lobisomens provocava sonhos e visões desvairados que ele tinha certeza serem mais significativos do que a verdade, mas Elijah não conseguia compreender muito bem a mensagem. Talvez tudo fizesse parte das alucinações — a convicção de que os pesadelos deviam tentar lhe dizer alguma coisa.

Passaram-se horas, dias ou semanas desde que Rebekah empurrara o homem inconsciente e vestido de azul pelo teto, entretanto ela não havia voltado. Assim, talvez isto também não fosse real. Mas como podia Elijah ter chegado ali, àquele porão úmido, em uma cama feita de lençóis macios, se sua irmã não o tivesse trazido, depois o abandonado inexplicavelmente?

Havia algo a respeito de um nascer do sol do outro lado do rio e um homem sangrando no bayou, mas isso se confundia com a convicção de que ele havia fugido dos lobisomens e feito seu ninho ali como uma ave estranha e improvável. Ele não tinha ideia do que acontecera desde que fora atacado, mas cada hora era um pouco menos confusa do que a anterior e, assim, Elijah suspeitava de que vagava em direção à lucidez.

Tudo nele doía. Seus ferimentos coçavam ao desaparecer, dando lugar à pele lisa, e a cada mínimo movimento ele descobria um novo ponto sensível. Mas não havia dúvida de que estava se curando e a magia de Esther havia servido a seu propósito mais uma vez.

Ele abriu os olhos e piscou, tentando distinguir a fraca diferença entre a escuridão do porão e aquela por trás de suas pálpebras cerradas. Havia o mais leve contorno de luz pelas bordas de um alçapão e ele o olhou atentamente até ser tudo o que conseguia enxergar.

Quando o alçapão se abriu repentinamente, o banho de luz quase o cegou.

— Irmão — chamou uma voz irônica e Elijah perguntou-se se estaria alucinando novamente.

Klaus tinha um halo da luz do sol e estava coberto de sangue, o que não era o sinal mais encorajador de sua recuperação mental.

— Irmão — respondeu ele com cautela, erguendo-se com cuidado e se apoiando no cotovelo, descobrindo com alívio que não doía tanto quanto ele esperava. — Você me trouxe para cá?

Klaus pulou para dentro do porão e olhou fixamente para Elijah, avaliando.

— Você me parece bem — observou, demonstrando relutantemente estar impressionado. — Soube que lutou com todo o bando dos Navarro sob uma lua cheia, mas, se isto for verdade, detestaria ver a sorte que eles tiveram.

Elijah se sentou e suspirou.

— É verdade — garantiu ao irmão. — Alguns certamente se lembrarão de mim.

Klaus agachou-se amigavelmente ao lado dos lençóis, parecendo inteiramente inconsciente das próprias roupas ensopadas de sangue. Não devia ser dele, mas agitou algo perturbador no fundo do cérebro nebuloso de Elijah. Foi pelo sangue de outro que o vexame acontecera e ele tateou freneticamente em volta... sem encontrar nada. Faltava alguma coisa.

— Todas as suas partes ainda estão aí? — Klaus sorriu e Elijah o olhou feio.

Sangue! Era isso que ele precisava — sangue de lobisomem. E apesar de todos os seus cortes e hematomas, ele conseguira. Mas onde estava seu lenço? Ele apalpou as roupas de novo, procurou pelos farrapos, mas o tecido ensanguentado desaparecera. Era a única coisa de que precisava para que o feitiço de proteção funcionasse e ele havia fracassado.

Elijah fechou os olhos e respirou. Teria de se reorganizar e pensar em um novo plano — era sempre assim. Havia contratempos e depois soluções, em seguida mais contratempos. Seu plano seguinte teria de esperar até que ele absorvesse a magnitude deste fracasso.

— Onde você esteve? — perguntou ele a Klaus, em vez de responder. — Esse sangue todo é seu?

Klaus sorriu alegremente.

— Nenhum dele, pelo que me lembro. Aquele idiota do Armand decidiu me incomodar durante uma manhã que teria sido agradável. Ele teve a impressão de que você foi morto e que podia fazer o mesmo comigo. Acabou em sangue, para ele.

A boca de Elijah se abriu, depois se fechou, momentaneamente aturdido. Se ele não sentisse tão agudamente seus ferimentos se curando, teria jurado que estava sonhando. Mas quando estendeu a mão e segurou a camisa molhada de Klaus, entendeu o que realmente acontecia. De repente, seu sorriso acompanhou o do irmão.

— Você agiu bem — disse ele a Klaus, cujos olhos verde-azulados se arregalaram de surpresa. — Agora me dê sua camisa.

Ysabelle afastou-se um passo da nova linha de turfa e murmurou enquanto as chamas aceleravam pelo perímetro das terras dos Mikaelson.

— Belo truque — observou Klaus, de bom humor.

Elijah deu uma cotovelada em suas costelas.

— Concentre-se — lembrou ele a Ysabelle, com um olhar de alerta ao irmão.

— Lembro-me de como é feito — garantiu a bruxa.

Ela misturou sua poção habilidosamente, desta vez girando no sangue que tinha retirado da camisa de Klaus. Ensaiou o encantamento uma última vez antes de contornar a terra e despejar o líquido.

— Isto levará uma eternidade — resmungou Klaus, chutando um tufo de relva. — Ela foi lenta desse jeito na primeira vez?

— Não me importa quanto tempo leve, desde que funcione — argumentou Elijah.

Ele observou Ysabelle reaparecer do outro lado da casa e esperou, mal se atrevendo a respirar. Ela não voltou o olhar para eles, mantendo os olhos fixos na poção derramada pela longa linha de fogo. Permitiu-se um vestígio de um sorriso quando sua tigela de ferro se esvaziou justamente quando chegou ao final. Desta vez não houve explosão, mas o mundo pareceu ondular e a pressão aumentou. Em seguida, pareceu a Elijah que a casa absorvera o silêncio brutal e urgente e que as paredes o tragaram por inteiro.

Ela conseguira — e agora sua família, enfim, estava em segurança.

Elijah teria de providenciar o transporte de seus pertences do hotel para a casa. Sonhara em ver os caixões de Kol e Finn no porão com ele, mas havia sido uma ilusão. Era estranho, na realidade, que Rebekah não os tivesse transferido, a não ser que ela também tivesse sido uma alucinação. Essa parte de sua memória ainda era nebulosa. Tentar colocar os acontecimentos numa ordem correta fazia com que se sentisse voltando à febre venenosa.

Ele piscou à luz do sol, tentando situar o que havia mudado. A casa era exatamente a mesma, embora isto já fosse um progresso em relação à última tentativa.

Klaus se aproximou da casa, subindo na varanda baixa com a cabeça tombada de lado, procurando um sinal de que o feitiço realmente funcionara. Ysabelle foi para o outro lado, atravessando a linha extinta de turfa. Mexeu por um momento em seu corpete, depois retirou algo que faiscou prateado no indolente sol da tarde. Com um ondular ágil do ombro, ela o atirou diretamente nas costas de Klaus.

Elijah não se deu ao trabalho de se mexer. Se ela fracassasse pela segunda vez, era melhor mesmo que os matasse. Mas a faca ricocheteou, caindo na grama como se tivesse sido largada, e não atirada.

A cara de Ysabelle iluminou-se com seu triunfo e Elijah tocou seu ombro, em agradecimento.

— Obrigado — disse ele, mas sua mente já estava em outro lugar.

A ponta mortal de uma arma... Ele já vira isso e não fazia muito tempo. Arrastando-se pelas alucinações, ele distinguia a lembrança de um homem de casaco azul com uma estaca.

Ele se esgueirara de uma das passagens, com a arma preparada. Dissera algo, não? Algo sobre Rebekah. Sobre *pegar* Rebekah. E então ela aparecera, atacara o homem e o levara do porão.

Sendo assim, por que ela não estava de volta? Ele agora tinha certeza de que ela o resgatara do rio, mas isso já fazia um ou dois dias. Quem era esse homem e por que Rebekah simplesmente não se livrou do corpo e retornou?

24

Rebekah olhava o mar, observando as ondas se perseguirem e quebrarem, uma depois da outra. Podia ficar ali para sempre. Enfim se sentia inteiramente em paz.

Eric juntou-se a ela na pequena varanda, pousando a mão quente e possessiva em seu ombro. Ela sorriu para ele, lembrando-se da sensação de segurança que tivera na primeira vez que se encontraram. Ele esperava, e devia sentir que toda a sua vida dependia da decisão que ela tomaria. Mas ele parecia relaxado, simplesmente feliz de estar com ela neste pequeno chalé abandonado de frente para o mar.

Rebekah pretendia levar a cabo seu plano de afogá-lo, mas no fim foi dominada pelo medo e pela curiosidade. Queria saber os detalhes das mensagens dele ao pai e precisava compreender por que ele chegara a tal ponto para enganá-la. Ele podia ter fingido protegê-la *sem* fingir amá-la. Certamente não precisava propor casamento, então por que o fez? Que sentido tinha esse jogo perverso?

Depois de ter chegado à praia, esperou, impaciente, que ele despertasse para poder matá-lo. E então, quando ele respirou pela primeira vez, disse que estava muito aliviado por *ela* estar a salvo.

Seria demais que ele tentasse sustentar a farsa mesmo naquele momento. Mas algo na maciez dos lábios dele, a confiança em seus olhos, a fez parar.

— Como você se livrou daquele monstro? — Eric ofegou, depois olhou à volta, confuso. — Que lugar é este e como chegamos aqui?

— "Aquele monstro"? — repetiu ela. — Era *você* que tentava matá-lo.

Eric assentiu, depois estremeceu e esfregou o pescoço.

— Ele matou Felix — explicou com uma careta. — Voltei e encontrei Felix assassinado e você desaparecida. Eu sabia que a criatura estava nos castigando por nossa curiosidade. Soubemos que havia um ninho da espécie dele perto dali, então, quando percebi que você foi levada, dei uma busca pela área. Encontrei os rastros onde ele a carregou do rio. Um pedaço de seu vestido ficou agarrado nos juncos, e assim entendi que você estivera ali. Segui seu rastro até a casa. Observei das árvores e finalmente a vi.

Rebekah tentou entender seu discurso vacilante. Eric havia encontrado a casa deles e deve tê-la visto subir pelo alçapão enquanto ela explorava os túneis. Depois, acreditando que ela fosse prisioneira de Elijah, usou a mesma porta para tentar libertá-la.

Era uma explicação ridícula, mas ela descobriu que ainda queria confiar nele. Com o olhar que ele lhe dava, como se estivesse se fortalecendo com sua presença, ela podia de fato acreditar que ele a julgara uma vítima indefesa o tempo todo.

Só que Felix dissera o contrário antes de morrer.

Ela não suportava mais a quantidade de mentiras entre eles. Não servia para nada continuar fingindo. E o único jeito de entender a verdade era revelar o que ela era. Ali, à luz do dia, onde Eric pudesse ver.

— O homem no porão é um vampiro — disse ela abruptamente, depois se concentrou por um momento para que as próprias presas se estendessem e ficassem à vista. — É meu irmão. Sou uma vampira também e assim você entende por que não podia deixar que você o ferisse.

Eric continuou esparramado na areia, pensando bem nas palavras dela. Mesmo que ele soubesse disso o tempo todo, ela não esperava tal compostura da parte dele.

— Você não foi raptada — disse ele por fim. — Você... você matou Felix. — Ele não parecia furioso, nem amedrontado; parecia ter prazer.

— Felix tentou me matar — disse ela. — Tentou me pegar numa emboscada com a mesma estaca que você segurava acima de Elijah.

Vocês nos atacaram. Felix disse que você foi contratado para nos encontrar e que mandou relatórios a meu... a seu empregador.

Eric suspirou e fechou os olhos.

— O homem que nos contratou queria apenas informações, não assassinatos. Ele escolheu a mim porque tenho instrução e recursos, o que Felix não tem... Ele só tem o desejo fervoroso de caçar monstros. Nosso empregador tinha esperanças de que isto me levasse a vocês. Mas eu o enganei e menti também para Felix. Não quero que ninguém mais encontre vampiros... Quero que todos sejam só meus.

— Você não mandou os relatórios. — concluiu Rebekah. — Ou mandou relatórios falsos. E se não tem instrução, Felix não pode ter escrito nenhum, nem lido o que você escreveu. Assim, ninguém além de você sabe agora onde estamos. Mas por quê? — Não fazia sentido.

Porém, ele não ganhava nada inventando essa história; e se ele era a única pessoa que sabia do segredo dela, matá-lo garantiria sua segurança.

Felix havia assegurado Rebekah de que ela seria caçada e Eric podia ter lhe contado a mesma história, tentando obter alguma negociação com estes blefes. A probabilidade de ele sobreviver seria pequena, mas teria sido mais inteligente do que dizer que seu segredo exposto morreria com ele, bem ali na praia. Por mais bizarro que parecesse, ela se viu inclinada a acreditar no que ele lhe contava. Sentia que, como ela mesma, Eric estava disposto a simplesmente falar a verdade.

Os olhos castanhos dele se abriram mais uma vez e se demoraram nos menores detalhes do rosto dela.

— Seu irmão — repetiu ele. — Eu não sabia.

— Ele estava semimorto — vociferou Rebekah, irritada com a própria confusão, acima de todo o resto. — Como acha que ele pode ter me carregado naquele estado? Ele não era ameaça nenhuma.

— Os ferimentos dele confirmavam que ele havia lutado com Felix. — Eric tossiu e esfregou o pescoço de novo, depois tentou se apoiar nos cotovelos. Com a mão firme, Rebekah indicou que ele devia ficar onde estava. — E pensei que até um vampiro ferido podia raptar uma viúva assustada.

A contragosto, Rebekah riu alto.

— Você estava enganado em tudo. — Na verdade, era ridícula a ideia de que as feridas horríveis de Elijah viessem de uma briga com um humano. Rebekah não ganhou um arranhão em sua breve luta com ele.

Para surpresa dela, Eric lhe sorriu.

— Eu sabia que você era extraordinária — disse ele em voz baixa. — Entretanto, vejo-me constrangido por tê-la subestimado inteiramente. E igualmente envergonhado que meu tenente soubesse da verdade antes de mim, quando eu não estava lá para protegê-la.

É claro que ela *era* extraordinária, mas esta parecia uma reação muito estranha a tudo que ela acabara de revelar. A um humano.

— Você não parece tão alarmado quanto eu esperava — observou ela, mostrando de novo as presas para dar ênfase.

— De certa forma, tenho esperanças de que você me deixe viver — confessou ele.

Ela fechou a cara, mas seus olhos percorreram o peito magro e exposto pela camisa rasgada. Suas mãos fortes e como pareciam capazes...

— Se você não queria revelar nosso paradeiro a seu benfeitor, então, o que queria?

— Há anos tenho esperanças de conhecer um vampiro, mas não porque quisesse matá-lo — respondeu ele.

— Não entendo, capitão. Se não é para matar, que sentido tem? — Ela se lembrou da visão do lobisomem morto com a estaca de madeira se projetando do peito e estremeceu. — Não pode me dizer que não vem nos perseguindo, e uma caçada deve terminar com morte.

— Porém, a *minha* morte — argumentou Eric com urgência, sentando-se com esforço. Desta vez, ela deixou. — Desde que Marion morreu tão de repente e com tal insensatez, só consigo pensar em minha própria morte. Assombra-me saber que eu simplesmente chegarei ao meu fim, entre uma respiração e outra. Postei-me perante seu túmulo e jurei que não a seguiria com tanta facilidade. Não deixaria que uma doença, um ferimento, algum *acidente* me levasse do mundo. Quando descobri escritos sobre sua espécie, entendi que vocês tinham a chave para a vida e a morte. Preciso dessa chave,

Rebekah. Tenho procurado há anos, assim posso implorar a você que me torne seu semelhante. Mate-me, para que eu não possa morrer.

Ela se retraiu, a esperança e o medo em guerra em seu coração. Supusera que a obsessão dele pela morte era mórbida, que ele detestava ter de viver em um mundo do qual se fora cada vestígio de sua mulher. A morte era de fato sua inimiga, percebeu Rebekah, mas só porque ele amava estar vivo. Ela queria tanto acreditar que era quase fisicamente doloroso.

— Agora você dirá que não pretendia matar meu irmão — sibilou ela, sua voz ainda mais áspera do que esperava. — Só estava tentando ameaçar um vampiro a te transformar?

— Eu pensei que ele tivesse *levado* você — gritou Eric e estremeceu, voltando a baixar a voz. — Vi você sair daquele túnel, com medo demais para fugir. Entendi que eu precisava agir antes do pôr do sol, antes que o vampiro despertasse. Quando não vi outros sinais de você ou de seu captor, tentei segui-la. — Sua voz era rouca. — Foi tolice, mas quando o vi prostrado ali, pensei que o risco tinha valido a pena. — Ele franziu o cenho, enrugando profundamente a testa.

Levantou a mão para passar o dedo áspero pela face de Rebekah e o leve toque provocou arrepios por seu corpo. Ela se viu sem ter o que dizer.

— Não vou negar que planejava matá-lo por seus pecados contra você. Eu pretendia matá-lo se isto me custasse a vida, ou mesmo a chance da vida eterna. Do que importaria a vida eterna se eu lhe perdesse? — disse ele.

Ela ergueu a mão para cobrir a dele, e ele entrelaçou os dedos nos dela.

— Depois que a conheci, comecei a querer mais do que apenas a imortalidade. Queria partilhá-la com você — concluiu ele.

Rebekah sentiu um calor súbito cobrir a pele. Abaixou-se e o beijou apaixonadamente e ele passou os dedos por seu cabelo comprido para segurá-la ali. Naquele momento, ela entendeu que queria ficar assim para sempre.

* * *

Eles encontraram o chalé abandonado e perderam a noção do tempo. Conversaram sobre tudo — aprenderam sobre o outro desde o início, desta vez sem segredos.

Ele contou a ela o que sabia dos planos de Mikael e de seu paradeiro, o que, naturalmente, não era grande coisa. Eles se encontraram uma vez em uma estalagem nos arredores de Paris e, depois desse encontro, Mikael cuidava de seus assuntos por intermédio de associados. Rebekah, por sua vez, contou-lhe do passado de seu pai e ele a abraçou quando ela chorou, durante as partes mais amargas. Ela falou de sua curta vida como humana e ele se lembrou do breve tempo que teve com a esposa amada.

Sobretudo, porém, eles fizeram amor. Mesmo quando tiveram de parar, seus corpos continuavam em contato constante. Não conseguiam deixar de se tocar: cabelos, ombros, lábios, costas, tornozelos, tudo. Os dedos dela acompanhavam as cicatrizes de batalha de Eric e suas mãos calejadas exploravam a seda impecável da pele de Rebekah. Eles se grudavam e colidiam, entrelaçavam-se e se acariciavam. Ela bebeu sua parte do sangue dele, que implorou que ela tomasse mais.

Mas ela não podia, ainda não. Tinha prometido às bruxas de Nova Orleans, nove anos antes, e os acordos dos irmãos estavam ligados ao dela. Se permanecesse na vizinhança da cidade, não podia criar novos vampiros, ou eles seriam todos expulsos.

Elijah e Klaus não a perdoariam por esta desobediência, tampouco a absolveriam por abandoná-los. Ela passou horas pesando as duas alternativas, porque a única opção em que conseguia pensar era rejeitar Eric, e isto ela não faria. Depois de toda sua longa vida ela encontrara o verdadeiro parceiro e pretendia ficar com ele.

A mão de Eric desceu do ombro de Rebekah para vagar por sua clavícula e ele se curvou para beijar o pescoço de Rebekah. Ele tinha uma energia extraordinária para um humano e ela podia imaginar como seria como vampiro. Ela o puxou mais para perto, sempre mais perto, de decisão tomada.

— Partiremos juntos — disse-lhe ela com brandura. — Eu os farei compreender que você agora é minha família e então iremos.

25

Klaus estava inquieto. Levou apenas uma noite para descobrir que não era do tipo que vivia no campo. Achava-o tedioso e os barulhos do bayou, perturbadores. A casa, com seu novo e formidável encantamento, evidentemente era o melhor lugar para se estar quando cada lobisomem num raio de 80 km desejava matá-lo. Mas o confinamento o irritava e, assim, ele andou, reclamou e atormentou o irmão até o amanhecer, quando Elijah o mandou sair e cuidar do velho toco apodrecido perto dos fundos da propriedade.

Quase certamente teria de ser retirado, mas as explorações dos irmãos revelaram que suas raízes emolduravam uma das várias cavernas subterrâneas que pontilhavam a propriedade. Tinham valor estratégico, eles concordaram de imediato, e seria uma infelicidade perder uma delas, se pudessem evitar. Klaus examinou o rendilhado de raízes, tentando ver onde proporcionavam mais apoio. A madeira morta e apodrecida não se aguentaria para sempre, mas, se trabalhassem com cuidado, poderiam substituí-la sem fazer a câmara desmoronar por completo.

Um estranho lamento veio do lado da casa e Klaus endireitou as costas. Parecia mecânico, mas ele não conseguia pensar em nada na residência que produzisse tal ruído.

— Achei que encontraria você aqui — disse uma voz conhecida e Klaus ficou petrificado.

Era claro... O feitiço de proteção. Alguém entrara em suas terras e o feitiço tentou alertá-lo. Ele não compreendeu com rapidez suficiente e o preço de seu erro estava diante dele, fitando-o com os olhos negros e assombrados.

— Vim saber se você estava bem.

Vivianne parecia mais frágil do que ele se lembrava, como se algo de vital aos poucos fosse drenado de seu corpo. Usava uma capa pesada e funda de lã marfim que devia ser sufocante no calor do dia, mas ela a puxava no corpo como se não conseguisse se aquecer.

Klaus viu-se sem nenhuma solidariedade.

— Agora você me viu — observou ele asperamente.

Ele bateu a porta do alçapão e deu as costas a ela, caminhando a passos pesados para a casa.

Ela o seguiu pela grama alta, mas ele se recusou a reduzir o passo.

— Vi Armand também — gritou ela para Klaus. — Ele disse que foi você que o machucou. Seu irmão estava na mata outra noite e nos atacou também. E isso tudo está acontecendo por nossa causa? Klaus, é por... minha causa?

Ele chegou ao abrigo da varanda e se virou para que ela visse a amargura em seu rosto quando riu.

— Você! — exclamou Klaus. — O que *você* pode ter a ver com essas altercações, Viv? O que *você* pode ter feito para provocar toda essa briga?

Ela mordeu o lábio vermelho e cheio, ainda mais pálida à luz do sol do que sob a sombra das árvores.

— Armand não me contou nada — admitiu ela —, apenas que foi com você que ele brigou. Mas, pelo jeito como me olhou, acho que ele sabe. O que nós... O que eu fiz.

Klaus deu de ombros com indiferença.

— Se ele soube, não foi por mim. Eu não iria me gabar de ser abandonado ao nascer do sol pela mulher que amei a noite toda.

Vivianne deu a impressão de ter levado um tabefe.

— Pensei que seria a melhor maneira de me despedir — sussurrou ela. — Pensei que eu tinha de me transformar e queria ter uma última noite sendo eu mesma. Não entende o que isso significou para mim?

— Você "pensou" — repetiu Klaus lentamente. — Você "pensou" que precisava ativar o lobisomem dentro de você. — Será que ela já havia mudado de ideia? Seria uma guinada cruel do destino trazida pela lua cheia, se ela fosse assim tão inconstante em suas convicções. Mais alguns dias e talvez tivesse esquecido a ideia toda. Assim como se esqueceu dele.

Os olhos negros de Vivianne brilharam, esperançosos.

— Você tinha razão o tempo todo. — Ela suspirou ansiosa, correndo para estreitar o espaço entre os dois. — Eu jamais deveria ter feito isso. Você foi a única pessoa que se importou com o que era melhor para mim e eu fui uma tola por não confiar em você.

Klaus olhou, entretido, quando ela chegou à barreira de Ysabelle. Vivianne estava prestes a colocar o pé direito na varanda quando balançou para trás, quase perdendo o equilíbrio. Ficou boquiaberta para ele, confusa.

— Sua tia esteve aqui — disse-lhe ele num tom maldoso. — Ela nos ajudou a nos proteger contra visitantes indesejados.

Vivianne pressionou curiosa a barreira invisível, andando alguns passos de lado para ver até onde se estendia.

— Você precisa me convidar a entrar — deduziu ela, aturdida.

Klaus fingiu não entender o que ela disse.

— Na verdade, não preciso — lembrou-a asperamente. — Você pode ficar aí fora até que seu novo bando venha e a arraste para casa. Imagino que, se você sabia onde nos encontrar, eles também saberão.

A culpa era evidente no rosto de Vivianne. Elijah colocara a casa em ordem bem a tempo, porque os Navarro já haviam deduzido onde eles estavam. E então a culpa se transformou em raiva e ela jogou para trás o capuz.

— Eu não devia ter me preocupado — vociferou. — É evidente que você está *exatamente* como sempre foi.

Klaus sorriu com malícia.

— Se pensou que um encontro com um lobisomem poderia mudar *isto* de alguma maneira, meu amor, você me subestimou.

Ela o encarou fixamente e, embora estivesse furiosa, havia algo de calculista em sua expressão. Klaus via que ela controlava as emoções e, apesar do ressentimento que sentia, ele a respeitou por isso. Podia ser uma tola, mas era uma tola impressionante.

— Devo ter subestimado — concordou ela com frieza. — Quando você disse que me amava, eu acreditei. Quando disse que não queria nada além de ficar comigo, eu acreditei. Quando insistiu que não havia parte de mim — ela ergueu a mão para evitar a interrupção dele — *nenhuma* parte de mim que você não quisesse conhecer, eu acreditei. Evidentemente, subestimei sua capacidade para as mentiras.

Se ele não estivesse tão furioso, teria rido.

— A decisão foi *sua* — ele quase gritou. — Você saiu furtivamente de minha cama e decidiu se tornar uma *coisa* maligna que é minha inimiga mortal. Não pode distorcer isso e fazer parecer que eu jamais a quis, quando...

— Então você quer! — exclamou ela, aproximando-se o máximo que permitia a barreira mágica. — Está zangado, é claro que está zangado. Mas você foi sincero em tudo que disse e ainda me quer, mesmo agora.

Klaus Mikaelson raras vezes ficava sem palavras, mas a explosão de Vivianne o deixou sem fala. Era ousado — no lugar dela, não imaginaria ter tanta coragem. Mas, sobretudo, era verdade. Ele tentara a bebida, o sexo e as brigas para tirá-la da cabeça, mas vê-la parada à sua frente trouxe tudo de volta.

Ele ainda a amava e queria, desesperadamente, que ela dissesse o que o libertaria a dizer isso novamente.

— Qual o motivo real para ter vindo até aqui? — perguntou ele, sabendo que não podia responder à acusação dela antes de ter as próprias respostas. — Não acredito nem por um segundo que você estivesse preocupada com minha saúde. Nos conhecemos muito bem para uma farsa dessas.

Ela assentiu e mordeu o lábio mais uma vez. Ele se lembrava perfeitamente do gosto daquele lábio e desejou mais do que tudo que estivesse entre seus dentes.

— Cometi um erro terrível outra noite — disse ela, a voz baixa de emoção. — Entendi assim que foi feito. Acreditava que não podia viver com metade de mim reprimida, mas agora daria qualquer coisa para trancar esta porta. Não posso, mas farei o que for preciso para consertar as coisas com você e por isso vim aqui. — Sua boca atraente se torceu em um sorriso irônico. — Eu sabia muito bem que um lobisomem não deixaria nem um arranhão em você.

Ele quis responder com tal severidade que seria capaz de ver as marcas deixadas por suas palavras. Queria beber dela ali, onde estava, torná-la vampira e depois cravar-lhe uma estaca. Na névoa vermelha da fúria, ele sabia que não ficaria tão irritado se ela não tivesse razão.

Ela havia feito algo bem além da idiotice, mas não importava sua irritação, ele *ainda* a queria. Agora que Vivianne estava diante dele, cheia de remorsos, Klaus via sua raiva lhe escapulir. Percebeu que seu coração magoado jamais o deixaria em paz se ele ao menos não tentasse perdoá-la.

— Basta — disse ele, sua voz engasgada com as coisas que não diria. — Acredito que você tenha se arrependido do que fez, mas isto não torna o ato menos definitivo. Não posso viver com a incerteza de sua lealdade, Viv. Este vacilar entre o lado dos Navarro e o meu precisa terminar.

Ela ergueu os olhos aos dele, incredulidade estampada em cada linha de seu delicado rosto.

— Terminarei meu noivado. Eu não teria vindo aqui se quisesse me casar com outro homem. — Seu sorriso parecia o último brilho do sol poente; era como a visão das primeiras estrelas aparecendo no céu. — Agora conheço cada parte de mim, Klaus. Inimigos mortais ou não, não existe parte de mim que não ame você.

— Entre — sussurrou Klaus e ela avançou intempestivamente para seus braços.

Ele a beijou e a dobrou com força contra si, virou sua cabeça para trás para beijá-la novamente, desta vez de forma mais profunda. Ali, na sombra de sua casa, com a brisa cálida tocando a pele dos dois, ele se permitiu acreditar que podia ser assim tão fácil.

— Vou romper com esta loucura hoje — sussurrou ela no peito dele —, com tudo. Talvez eu esteja de volta até o cair da noite.

Ele acariciou seu cabelo negro, sua mente a mil. Esta revelação mudaria a paisagem política da cidade — se ele pudesse escolher quando tornar a notícia pública, podia ser uma vantagem poderosa. E a parte cínica e magoada de Klaus desejava saber se ela realmente cumpriria sua palavra depois que tivesse mais tempo para pensar.

— Hoje não — discordou ele, afastando-a gentilmente e beijando, de forma tranquilizante, a palma de sua mão. — Viv, se quiser se unir a mim sem reservas, quero provas de que você está de fato decidida.

Ela franziu a testa inquisitivamente.

— Mas acabei de dizer que vou...

— Isso não. — Ele balançou a cabeça. — Preciso que você faça o que eu pedir, e não simplesmente saia correndo e faça o que sente que é o melhor para você.

De novo, ele não acrescentou, mas sabia que ambos pensavam nisso.

Ela parecia insegura, mas não inteiramente relutante.

— Você quer que eu esconda isto — traduziu Vivianne. — Quer que eu minta, para que você possa controlar como a verdade será revelada.

— Temos uma base agora — explicou ele, tanto para si como para ela. — Podemos usar esta informação para saber mais. E se você foi sincera no que disse hoje, esperará até que eu diga que chegou a hora. — Uma semana antes, ele não teria se importado com os planos de Elijah; estava cego com seus sentimentos dominadores por Vivianne. Mas agora a linha de ataque de Elijah tomava forma e Klaus via-se sendo levado a torná-la realidade.

Porém, mais importante que tudo, o amor de Klaus já o cegara uma vez. Ele não seria tão descuidado numa segunda ocasião. Nem mesmo por ela.

26

O conselho se reunia todo mês na noite da lua nova. Klaus descobriu de algum jeito o local da reunião e Elijah ficou agradavelmente surpreso ao ver a dedicação renovada do irmão à causa da família. Trabalhar com Klaus era infinitamente mais fácil do que contra ele. Elijah não sabia o que o convenceu a agir com mais cautela, mas aprovava.

O grupo de bruxos e lobisomens na sala — os mais velhos, os mais respeitados — não pareciam satisfeitos ao vê-lo. Sentavam-se num semicírculo amplo na nave de uma igreja nos arredores a leste da cidade, que havia sido abandonada quando a congregação precisou de um espaço maior. Cada castiçal do local estava aceso e Elijah detectava o cheiro persistente de incenso.

De uma vez, ele entendeu que nenhum dos conselheiros esperava vê-lo ali e Solomon Navarro e seus dois filhos pareciam considerar seriamente tentar expulsá-lo.

— Você devia ter morrido — rosnou o mais jovem, de ombros largos.

Elijah lembrou-se dele empurrando outros lobisomens de lado para se juntar à pequena briga que irrompeu durante a festa de noivado.

— Eu certamente teria — respondeu Elijah com frieza —, se algum de vocês tivesse força suficiente para me matar.

— O que significa isto? — Ysabelle exigiu saber, levantando-se.

Seu cabelo arruivado brilhava vermelho à luz das velas e seu rosto estava tenso e temeroso. Elijah desconfiava que suas lealdades conflitantes não eram vistas como a mais sensata das ideias, agora que ela se via em uma sala com o vampiro que ajudara, os lobisomens que o queriam morto e os bruxos que exigiriam uma explicação para tudo isso.

Uma mulher de cabelos pretos, alta como Ysabelle e de feições semelhantes, colocou a mão no pulso de Ysabelle, contendo-a.

— Não é a primeira vez que este vampiro aparece diante de nós — lembrou ela à assembleia numa voz gentil. Ela não se levantou, nem precisava. Pelo silêncio que tomou a sala, era evidente que esta mulher tinha muita autoridade. — É possível que ele tenha outros assuntos aqui.

— O que eu gostaria — disse-lhe Elijah, ignorando os olhares malignos de outras partes do semicírculo — é de um assento neste conselho. Creio que é hora de meus irmãos e eu termos voz nos assuntos desta cidade.

A reação dos lobisomens foi tão violenta que por um momento Elijah pensou que eles, de algum modo, haviam se transformado.

— Ele nos atacou! — A voz de taquara rachada de Armand se elevou sobre a multidão e Elijah viu alguns leves cortes e hematomas que ainda se curavam no rosto do jovem lobisomem.

Klaus deve ter lhe dado uma bela sova, concluiu Elijah com um sorriso satisfeito. Ele se lembraria de contar ao irmão; poderia ser um pequeno consolo. Elijah ficou deliciado quando Klaus lhe disse ter desistido de sua perseguição a Vivianne, mas também respeitava a dor que essa decisão provocava.

— Um simples mal-entendido — mentiu Elijah. — Tenho dificuldade para comunicar nuances a lobisomens sob a influência de uma lua cheia. — Ele olhou as bruxas e arriscou uma piscadela irônica à de cabelos pretos. Pensou ter visto seus lábios se torcerem. — E não temos todos?

— Esse mal-entendido deveria ter custado a sua vida — rosnou Louis Navarro. — Estou certo de que podemos cuidar de corrigir este equívoco agora, se você preferir.

— Sentem-se — disse-lhes a bruxa, incisivamente, sem se dar ao trabalho de virar para eles. Para surpresa de Elijah, os Navarro se sentaram. — Declare seu caso — ordenou ela —, mas o faça com rapidez. Temos outras questões a discutir esta noite.

Enfim, ele conseguia situar a bruxa poderosa: era Sofia Lescheres, nascida Dalliencourt. O marido havia sido Quentin Lescheres, um lobisomem que havia sido por demais secundário no clã dos Navarro para criar a paz pela força de seu casamento. Morreu jovem, de qualquer modo, em um acidente de caça antes de Vivianne ter um ano de idade.

Sua viúva era uma das principais arquitetas da aliança com os lobisomens, naturalmente, uma vez que envolvia a própria filha. Mas Sofia não parecia gostar abertamente deles e Elijah tomou nota mentalmente para tirar de Klaus qualquer caco de informação sobre Vivianne. O romance condenado dos dois estava acabado, mas, se a mãe da garota tinha um papel-chave, Klaus podia saber algo de útil sem nem mesmo perceber.

— Madame Lescheres — cumprimentou Elijah educadamente, depois assentiu para os demais da assembleia. — É uma questão bastante simples. Represento uma fração dos seres sobrenaturais que residem nesta cidade. Estamos aqui há nove anos e agora somos proprietários de terras. Pretendemos ficar e merecemos um lugar entre vocês.

Desta vez, não houve como reprimir a reação. Gritos e acusações tiveram eco no teto abobadado e Ysabelle Dalliencourt ficou tão pálida que Elijah pensou que ela desmaiaria. Certamente a bruxa agora se arrependia da ajuda que dera, mas ele não pensava em desistir por causa de uma gritaria.

— Quem lhe vendeu as terras? — exigiu saber Sol Navarro.

Embora não fosse alta, sua voz atravessou o tumulto geral como uma faca. O rosto era tão vermelho que a cicatriz se destacava. As mãos estavam cerradas em punhos carnudos e Elijah viu a sensatez em manter essas reuniões o mais distante possível da lua cheia.

— Eu as herdei — Elijah sorriu com malícia — de um lobisomem. — Ele ergueu com orgulho a escritura da casa de Hugo.

Os olhos de Sol faiscaram, amarelos.

— Ele não era um verdadeiro lobisomem — resmungou ele, mas, para surpresa de Elijah, e alívio evidente de Ysabelle, não insistiu na questão.

— Só porque um pária qualquer lhe deixou suas terras, não significa que seu lugar seja aqui — intrometeu-se timidamente Armand, mas parecia não ter o que dizer além disso.

Elijah esperou, enfatizando a falta de argumento com seu próprio silêncio. Quando ficou aflitivamente claro que Armand não continuaria, ele deu de ombros.

— Entretanto, aqui estamos. — Ele sorriu com frieza para os lobisomens enfurecidos. — Todo o seu bando já teve uma boa tentativa de nos matar e fracassou. O que resta a fazer se não encontrar um jeito de coexistirmos?

— Podemos tentar novamente — sugeriu Louis, estalando os nós dos dedos.

Sofia Lescheres riu, ignorando os olhares de reprovação que os Navarro e vários outros companheiros bruxos lançavam para seu lado.

— Como eu disse, lobo, temos outros assuntos a resolver esta noite. Jamais chegaremos a eles se formos obrigados a perder tempo assistindo a este vampiro dizimar você e sua família. Por princípio, não há violência nestas reuniões e, portanto, se quiser manter o *seu* lugar aqui, deixará de lado tais ameaças inúteis e se concentrará na questão que temos a tratar.

— Porém, a questão a tratar é absurda — argumentou um bruxo idoso, as mãos paralíticas repousadas numa bengala pesada e adornada de pedras preciosas. — Fizemos um acordo com essas criaturas há quase uma década e agora ele tem a audácia de invadir este espaço e nos dizer que o acordo mudou. — Ele franziu a testa para Elijah. — Sua gratidão deixa a desejar, vampiro.

— Expressarei minha gratidão fortalecendo esta cidade, com vocês — disse-lhe Elijah educadamente. — Trabalhando juntos pela paz e pela prosperidade.

— Você não entende nada de paz — sibilou Armand. Elijah concluiu que começava a entender por que o lobisomem jovem e desengonçado irritava tanto a Klaus. — Você ainda não respondeu pelo ataque na lua cheia.

Sofia Lescheres o encarou atentamente, depois o pai dele.

— O que todo o seu bando fazia reunido na mata naquela noite, Sol? — Seu tom era sociável, mas os olhos negros estavam estreitos e desconfiados. — O que este vampiro encontrou?

Era uma pergunta justa e, pela expressão dos lobisomens, Elijah se questionou por que não pensou ele mesmo em fazê-la. O morto e o altar de madeira oscilaram em sua visão por um momento, com uma pequena loba branca encolhida abaixo dele. Quem era ela, que todo o bando se transformara para testemunhar a transição? A resposta que lhe veio era absurda e impossível... Mas, se fosse verdade, os Navarro não se arriscariam a dar um motivo para contar o que ele vira.

— Foi um mal-entendido — concordou bruscamente Sol, sem olhar nos olhos de Elijah. — O barulho da briga foi transportado e chegaram mais lobos. Certamente, a coisa saiu de controle, mas todos os envolvidos se recuperaram. Não devemos mais falar nisso. — Ele olhou incisivamente os dois filhos. Sofia entrelaçou os dedos, mas não insistiu na questão.

— Talvez — Ysabelle disse com a voz falha, deu um pigarro e recomeçou. — Talvez fosse útil evitar futuros mal-entendidos como esse... o que quer que tenha sido... se atendermos ao pedido dos Mikaelson. — Ela parecia tão nervosa que ele precisou de um momento para registrar que suas palavras pretendiam ajudá-lo.

É claro que as coisas já estavam oscilando um pouco a seu favor, mas ele apreciou o gesto. Certamente não a tornou benquista aos demais conselheiros, que resmungaram em graus variados de ultraje.

— Há alguma verdade no que diz minha irmã — refletiu Sofia, ignorando os olhares de raiva dirigidos a ela. — Se os vampiros estiverem dispostos a respeitar a paz nesta cidade, talvez seja hora de fazê-los tomar parte dela.

— Não só respeitaremos, como celebraremos esta paz — acrescentou Elijah rapidamente, ignorando o ruído de zombaria que vinha do lado de Armand. — Desejamos um lar que seja nosso e o fim da violência só pode nos beneficiar. Na realidade — improvisou —, gostaríamos de dar um baile para demonstrar nosso apoio entusiasmado ao casamento iminente. Que seja nossa parte na trégua mostrar que a honraremos com a mesma sinceridade dos senhores.

Até Sol parecia um tanto abrandado por esta oferta, embora Armand ainda estivesse gélido e não se convencesse.

— Um lugar entre nós em troca de uma festa? — resmungou Louis e algumas cabeças pelo semicírculo assentiram, concordando.

— Em troca da *paz* — enfatizou Sofia. — Agora sabemos o que os Mikaelson querem de nós. O que queremos deles é sua promessa de que não haverá mais violência... Nem outros "mal-entendidos". — Ela ergueu uma sobrancelha para Sol, que inclinou a cabeça, aquiescendo. — É mais fácil impor condições àqueles que estão sob seu teto do que a estranhos. Se quisermos pedir a eles que se juntem a nosso tratado, devemos estar preparados para convidá-los a entrar.

— Suas palavras são sensatas e justas, Madame — respondeu Elijah, avançando levemente para beijar a mão que ela estendia depois de um segundo de tensão. — A festa é apenas um incentivo para um acordo que beneficiará a todos nos anos futuros. Não consigo pensar em um jeito melhor de nossas espécies recomeçarem do que nos reunirmos para comemorar uma ocasião tão feliz.

O conselho se levantou como um só e o triunfo de Elijah foi quase vertiginoso. Ele havia conseguido, e os Originais jamais voltariam a ser andarilhos ou párias.

27

Rebekah sabia que teria de enfrentar os irmãos, mais cedo ou mais tarde. A harmonia que tinha com Eric se estendia alegremente, mas não podia durar para sempre. Ela ainda era uma Original, com laços e obrigações. E ele ainda era humano, com todas as vulnerabilidades perigosas envolvidas. Eric estava pronto para se tornar vampiro, mas ela não podia transformá-lo em Nova Orleans e eles não podiam partir antes de ela acertar as coisas com a família.

Eric mal conseguia conter a frustração, mas ela ainda a sentia. Ele foi obrigado a aceitar a decisão dela, uma vez que não podia negar que não compreendia as complexidades de ser um vampiro antigo e imortal. Mas ela via que as regras o irritavam e que ele estava ansioso para partir e ser livre com ela.

Mas era hora de visitar Elijah e Klaus, a fim de colocar seu futuro em ação.

Ela ouviu um estranho gemido quando eles se aproximaram da casa, como se houvesse um animal chorando. *O feitiço de proteção finalmente deve ter sido realizado*, percebeu Rebekah. Os irmãos estariam a salvo atrás desta barreira... E teriam sido avisados da chegada de um visitante: Eric.

Dito e feito: ao chegarem à varanda da frente, a porta se abriu.

— Irmã. — Klaus a cumprimentou com gestos largos, estendendo os braços para indicar todo o quadrado de terra em volta deles. Seu corpo musculoso tomava a soleira da porta e o sorriso irônico deu lugar a um brilho perigoso nos olhos claros. — Você enfim voltou a nosso lar feliz. — Klaus ainda estava chateado com ela, semanas depois, por seu encontro no quarto de hotel; agora ela trazia Eric diretamente para as garras do leão.

— Agora não — sibilou Rebekah, empurrando-o para o lado e arrastando Eric pela porta, seguida por um Klaus entusiasmado.

Com Klaus neste estado de espírito, ela precisava de uma cabeça mais fria para mediar a conversa.

Elijah estava à mesa rudimentar e baixou os papéis quando a viu. Ela ficou aliviada que não restassem vestígios do terrível ataque que ele sofrera. Depois ele viu a farda de Eric e deu um salto, surpreso.

— Você trouxe nossa prima de volta — inventou Elijah, seus olhos castanhos disparando entre Eric e Rebekah. — Soubemos que seu marido foi morto na floresta, mas...

— Ele sabe. — Rebekah o interrompeu, sem disposição para lidar com tantas mentiras. Não foi fácil explicar o carroceiro a Eric, mas ele entendeu que o preço da imortalidade era o sangue. — Ele sabe de tudo.

Klaus e Elijah ficaram inteiramente imóveis, encarando-a como se ela estivesse brincando.

— Ele sabe *do quê*? — perguntou Elijah, incrédulo, e seu rosto sério suplicava que ela voltasse a ser a viúva do carroceiro, ou lhe mostrasse que isto era apenas outra história.

— Talvez eu deva lhe dar algum tempo com sua família — sugeriu Eric e, ao lado de sua compostura, os irmãos pareciam à Rebekah dois brutamontes.

Rebekah concordou com a cabeça e ele gentilmente soltou a mão dela de seu braço, passou por Klaus sem estremecer e voltou à solidão da varanda. Rebekah se preparou para o que viria a seguir.

— Minha querida irmã. — Klaus deslocou o peso do corpo para bloquear a porta. — Parece que você esteve escondendo coisas de nós. Elijah, lembra se era parte do plano "contar tudo ao bom capitão"?

— Ela não quis dizer *tudo* — insistiu Elijah teimosamente, ainda tentando interpretar a expressão da irmã.

— Explique-se, Rebekah, porque no momento parece que você traiu nossos segredos mais profundos aos humanos que pretendia recrutar.

Colocado desta maneira, parecia ainda pior. Ela decidiu naquele momento que os irmãos não precisavam saber do breve envolvimento de Eric com Mikael. Já seria complicado o suficiente convencê-los a não matá-lo sem esse detalhe.

— É verdade que abandonei minha missão. — Ela lhes falou de queixo resolutamente erguido. — E também revelei nosso segredo mais profundo, mas apenas a *um* humano, e não a todos eles. Ele já sabia de nossa espécie e deseja... mais do que qualquer coisa... tornar-se vampiro. Eu o amo e pretendo fazer sua vontade.

Klaus fez menção de seguir Eric ao lado de fora. Rebekah o interceptou, dando-lhe um forte golpe na barriga antes que Elijah os separasse.

— Ele agora é um problema — rosnou Klaus, arreganhando as presas para Elijah. — Eu o matarei e cravarei uma estaca nela. Saia do meu caminho, irmão, ou serei obrigado a questionar sua lealdade além da dela.

— *Lealdade* — zombou Rebekah. — À nossa família ou a você, Niklaus? Como estão indo as coisas com a sua bruxinha?

— Acabou. — Os olhos de Klaus desviaram-se rapidamente dela, pelo mais breve instante. — Você não tem o direito nem mesmo de falar nela, traidora.

— É mesmo, Klaus? E o que você fez por nós, se não se meter nos assuntos dos bruxos e lobisomens e colocar a todos nós em risco, antes de tudo? E, enquanto você parecia decidido a deixar a casa cair em nossa cabeça, descobri algo mais. Algo *real*. — Ela se virou para Elijah, detestando as lágrimas que brotaram nos olhos. — Eu o amo — repetiu. — E ele me ama. Ele me pediu em casamento antes de saber o que eu era e agora sente que sou a resposta a todas as orações dele. Vou transformá-lo e ficarei com ele. Lamento lhe dizer isto desta maneira, mas não importa como ou quando eu disser, vai acontecer.

Klaus partiu de novo para cima da irmã, mas Elijah o conteve.

— Rebekah, o que você quer é impossível — ele a lembrou com gentileza. — Fizemos um importante progresso com as facções locais em sua ausência, mas as regras fundamentais de nossa presença aqui permanecem inalteradas. Se você criar um novo vampiro, o inferno se abrirá.

— Eu sei — sussurrou ela e viu Klaus parar de lutar. Ele a olhou atentamente e, embora ela falasse com os dois irmãos, era a ele que pretendia atingir. — Não há futuro para mim e Eric aqui e, portanto, teremos de partir.

— Partir — sussurrou Klaus, como se pensasse ter ouvido mal. Ele sacudiu e ajeitou o colarinho, um movimento treinado e automático. — *Partir?* Depois de tudo que fizemos nas últimas semanas... Sabe quão graves foram os ferimentos de Elijah em sua briga para ficarmos aqui?

— Eu o encontrei e o trouxe para casa — lembrou-lhes Rebekah, e o queixo de Elijah se abrandou um pouco. — Gostaria de poder estar disponível sempre que vocês precisarem de mim. Os dois — destacou ela, colocando a mão cautelosa na manga de Klaus. — Prometi que ficaria com vocês para sempre, mas a eternidade ainda mal começou. Sei que voltaremos a nos ver, mas não posso ficar aqui com Eric. E vocês conquistaram coisas demais para partir agora.

— Então, é o único jeito. — Klaus escarneceu. — As circunstâncias atrapalharam seu juramento... Ah, ora essa. Quando me apaixono, sou um louco perigoso que precisa ser disciplinado, mas você é apenas uma romântica sonhadora cujo abandono devemos aceitar.

— Você quer outras coisas, Klaus. — Rebekah lembrou a ele. — Quer poder, admiração e notoriedade além do amor, e não será feliz se não tiver tudo isso. Minha vida é a *única* coisa que eu verdadeiramente quis desde que foi arrancada de mim. Tenho ansiado pelo amor que devia ter tido há séculos e enfim o encontrei. Lá fora está um homem que me ama, que não deseja ficar sem mim jamais.

Talvez por tê-la ouvido, ou talvez simplesmente impaciente com a espera, Eric reapareceu, parando bem à porta. Parecia destemido, preparado para qualquer golpe que viesse.

— Lamento conhecê-los nessas circunstâncias — disse Eric aos irmãos Mikaelson. — Tive a impressão de que Rebekah não tinha familiares vivos quando lhe propus casamento, ou primeiro teria procurado sua aprovação.

— Como ele se expressa bem — observou Klaus com uma sobrancelha erguida. — Você disse *vivos*... E não disse *pedir*.

— Não disse — admitiu Eric, ignorando a artimanha de Klaus. — Sua irmã sabe o que quer. Ela os ama muito e preferia partir com suas bênçãos, mas eu não rebaixaria nosso amor fingindo que ela não pode viver sem a sua permissão.

Klaus parecia colérico, mas Elijah riu. Foi um som baixo e estranho no ar tenso da casa e Rebekah perguntou-se quantas vezes o ouviria de novo. Porque ela sabia, antes de Elijah avançar para trocar um aperto de braços com Eric como um irmão, que eles a deixariam partir.

Como se a cautela de Elijah fosse a última coisa a manter sua própria raiva, a fúria de Klaus se dissolveu em um sorriso tristonho. Ele assentiu de má vontade primeiro para Eric, depois a Rebekah, que por impulso jogou os braços em volta do irmão e o abraçou com força. Ele beijou o alto de sua cabeça como fazia quando eles eram crianças e ela ficou na ponta dos pés para lhe dar um beijo no rosto.

— Devemos beber à sua felicidade. — Klaus sorriu sugestivamente para o pescoço de Eric, antes de entrar na sala de jantar para servir o uísque em quatro copos.

Eles beberam e conversaram até que o sol estava baixo no horizonte, seus últimos raios vermelhos entrando pelas cortinas caseiras. Depois que a tensão entre eles foi resolvida, Rebekah percebeu, com uma pontada de amargura, que os irmãos e Eric se entendiam bem. Ela vira que Elijah gostou dele e Klaus foi atencioso e bem-comportado o bastante para que ela entendesse que ele indicava sua aprovação. Se ao menos eles pudessem ficar aqui...

— Isto não precisa ser para sempre. — Elijah lembrou a ela quando a garrafa de vidro verde na mesa entre eles estava vazia. — Agora temos uma voz na cidade e a usaremos. A proibição dos bruxos contra criar novos vampiros não pode durar pela eternidade. Com o tempo, eles vacilarão e nós avisaremos a você.

— Nós voltaremos — prometeu Rebekah e Eric apertou amorosamente as mãos dela.

— Voltaremos — concordou Eric. — E se encontrarmos outro lugar em nossas viagens em que os vampiros sejam bem recebidos e fiquem a salvo de caçadores, avisaremos a vocês.

As palavras pairaram no ar por um bom tempo até que Rebekah percebeu que não restava mais nada a dizer. Seus irmãos dariam sua festa cintilante para solidificar seu lugar em Nova Orleans enquanto ela ia embora. Não havia nada que a prendesse, agora que se despedira dos irmãos. Ela e Eric podiam partir de barco naquela mesma noite.

Ao olhar os irmãos, ela entendeu que a culpa pela separação da família partiria seu coração se ficasse mais um dia que fosse.

28

— Meu amor — disse Klaus em voz baixa, puxando Vivianne de lado em um corredor vazio. — Está pronta?

Ela estava magnífica com um vestido longo e prateado que se fundia em tons inesperados de renda. Até agora ela havia cumprido sua parte no trato, que exigia que guardasse o segredo deles enquanto se desenrolava a manobra pelo poder dos Mikaelson. Mas as medidas seguintes provavelmente seriam mais complicadas.

— Estou pronta desde a manhã depois da lua cheia — respondeu ela. Um estrondo de risos se infiltrou do salão principal e a cabeça de Vivianne se voltou para lá por um momento. Por baixo da maquiagem, dos cachos e sedas que compunham sua armadura elegante, ela estava tensa. — Estão todos muito felizes esta noite. Não imagino que muitos desejarão ver o meu lado, depois que eu lhes contar.

Klaus passou amorosamente o polegar pela linha de seu queixo.

— Estou a seu lado, Vivianne — lembrou-lhe ele. — O que o resto da cidade faz não nos diz respeito, desde que fiquemos juntos.

Ela se inclinou para mais perto dele, todo seu corpo procurando contato com o de Klaus.

— Sei que você *preferiria* se mostrar numa briga em um salão de banquete cheio de inimigos. — Ela o provocou com um sorriso brincando nos lábios. — Mas, como você disse, agora somos nossos próprios aliados. Assim, serei sua embaixatriz nisto e manterei você mais seguro do que fariam seus próprios instintos.

— Um pouco — concordou ele com falsa relutância. — Não vou abrir mão de toda minha diversão, mas é verdade que os Navarro têm muito mais pelo que responder do que vocês, os bruxos. Se eles estiverem preparados para aceitar a nova ordem, ainda melhor.

Ele puxou o rosto dela para o seu, beijando-a em cheio desta vez. Ela reagiu com avidez por um minuto, depois colocou as mãos em seu peito e delicadamente os separou.

— Vamos esperar — disse ela seriamente. — Só até que tenha oficialmente terminado o noivado.

— Você quer estar livre de Armand, contar a ele primeiro.

— Então, você entende. — Ela demonstrou tal alívio que ele hesitou em lhe dizer não. — Não importa o que mais ele seja, tecnicamente ainda é meu noivo. É simplesmente o certo contar-lhe primeiro, antes de fazer um espetáculo com a notícia.

Um espetáculo era exatamente a surpresa que Klaus desejava para Armand Navarro, mas Viv estava decidida.

— Muito bem — concordou ele. — Conte a ele, depois anuncie aos demais, e vamos lidar com o que vier. As coisas sairão de controle com muita rapidez se ele tiver tempo de espalhar a notícia.

— Por que a pressa? — perguntou Vivianne, enlaçando os braços em seu pescoço. — Ainda podemos ter mais alguns minutos de paz. — Klaus a curvou contra ele, respirando a fragrância de lilás de seus cabelos.

— Eu sabia que você era uma meretriz infiel, mas me trair com esta *coisa*? — A voz de Armand era fina e estrangulada. — Como pôde, Vivianne? — Ela arquejou e saiu dos braços de Klaus com um giro de corpo.

Enquanto Klaus havia ficado de olho na porta do banquete, Armand deve ter se aproximado furtivamente pelo outro lado. Ele deve ter notado que os dois estavam ausentes e deu início a uma busca deliberada. Era um momento pavorosamente inconveniente para ele tirar conclusões sozinho, e Vivianne ficou completamente abalada com o rompante.

— Armand — exclamou ela, tentando avançar enquanto Klaus a detinha. — Eu ia lhe contar esta noite. Daqui a alguns minutos. Você não devia ter visto isto.

— Esta noite? — perguntou Armand, num tom amargamente zombeteiro. — E quanto a todas as outras noites que você passou "tomando ar" em nosso jardim, ou saindo de mansinho pela janela de seu quarto? Nunca pensou em me contar então?

— Você sabia — sussurrou ela, a vergonha ruborizando seu rosto a um vermelho escuro. — Esse tempo todo, você sabia.

— Eu não sabia que era *ele* — cuspiu Armand. — Não tinha nada além de fofocas e boatos. Ninguém sabia que você estava abrindo as pernas para um morto.

Antes que qualquer um dos dois pudesse responder — embora Klaus certamente tivesse umas coisinhas a dizer sobre *isso* —, Armand correu para o outro lado, na direção das luzes e da música da festa. Vivianne desvencilhou-se dos braços de Klaus e correu atrás dele. O vampiro viu algumas cabeças se virarem para os dois antes mesmo que eles tivessem saído da relativa privacidade do corredor. Ele estava perdendo o controle da situação, mas não podia interferir sem causar danos ainda maiores.

Vivianne segurou Armand pelo braço pouco além da brilhante redoma de luz de velas, onde todos podiam ver Armand se recompondo e dando-lhe um tapa na cara. Klaus podia ter lhe cortado a garganta bem ali por aquele insulto, mas prometera tentar evitar uma guerra. Alguns olhos se viraram para o casal supostamente feliz. Era improvável que o brutal assassinato que Klaus tinha em mente passasse despercebido.

A música parou e Klaus viu Elijah gesticulando intensamente para a banda. Elijah havia organizado uma festa espetacular, notou Klaus, com atraso. O salão brilhava de milhares de candelabros e lustres, e cada espaço era apinhado de flores e trepadeiras. A música era animada, o vinho era distribuído livremente e, até esta interrupção infeliz, todos pareciam estar se divertindo. Os músicos voltaram à sua animada canção, embora um pouco mais abalados do que antes. Klaus se interpôs entre Vivianne e Armand, pronto para defendê-la de outro golpe, se não podia vingar o primeiro, mas Vivianne estava apenas começando.

— Nós nunca nos amamos, Armand — gritou ela com imprudência. — Você me cobiçou e me dispus a cumprir com meu dever. Mas depois que compreendi o que você exigia de mim, pelo que você deixou sua família me fazer passar... Eu nunca o amei, Armand, mas depois disso eu sequer consigo respeitar você.

A gargalhada de Armand foi fria.

— Perdeu o respeito por mim? É recíproco, Vivianne. Você se apaixonou por esta abominação na noite em que anunciamos nosso noivado, assim terá de me perdoar se eu não estiver preocupado demais com a opinião que tem de mim.

— Se ele é uma abominação, o que sou eu? — perguntou ela e Klaus via um desespero verdadeiro em seu rosto. Ele não tinha pensado na próxima lua cheia, mas percebeu que isto não sairia da mente de Vivianne. — O que vocês fizeram comigo?

— Nada que você já não fosse antes. — Armand deu de ombros. — Nada parecido com o que seu amante morto-vivo a transformará.

Klaus viu a luz brilhar nos olhos de Vivianne quando se voltaram para ele. Armand tocou num assunto que ainda os dividia. Vivianne agora era tremendamente poderosa, mas ainda era mortal. Ela um dia desejaria se tornar vampira, ele tinha certeza... Mas ela, não.

— Ele não pediu nada de mim — retorquiu Vivianne, sem mostrar sinais de que o golpe de Armand a atingira. — Ele me ama como sou, não por como pode me usar.

O riso de Armand foi cruel.

— E quando ele usar? Você mudará de ideia de novo e o enganará também? Tenho certeza de que o fará. Não importa como chame a si mesma, Viv: é *isto* que você é.

Ela retribuiu com um tabefe e agora se acabara qualquer pretensão de uma discussão particular. Convidados encaravam abertamente, a curiosidade e a suspeita misturadas em suas expressões. Vivianne notou a presença deles tarde demais e ficou petrificada, apanhada no fulgor da atenção. A música parou e desta vez não retornou.

— Eles podem muito bem saber de tudo agora, Vivianne — observou Armand, deixando que sua voz se elevasse, provocando. — Creio que esta farsa já tenha durado o suficiente.

Ele se afastou e os convidados se separaram para deixá-lo passar. Vivianne e Klaus ficaram sozinhos, expostos, cada par de olhos fixos neles. Não era de maneira alguma o anúncio que ele esperava fazer. Se tivesse de lutar para sair do baile, ele o faria, e desfrutaria imensamente. Mas xingou Armand por colocá-lo nessa emboscada.

— Senhoras e senhores — começou Vivianne corajosamente e, embora Klaus preferisse se colocar altivamente ao lado dela, ela sabia que ele tinha de se afastar, dar a impressão de que fazia parte da plateia, e não ser um participante deste desastre. Se eles pensassem que tinha sido uma decisão dela, se não conseguiram ouvir parte das palavras de Armand ou não entenderam seu significado, talvez a situação ainda pudesse ser contida. — Quero agradecer a todos por comparecerem esta noite, mas também lhes devo um pedido de desculpas. Como talvez tenham deduzido, Armand Navarro e eu terminamos nosso noivado esta noite.

Os sussurros transformaram-se em um zumbido furioso de conversas. Klaus evitou deliberadamente olhar para o irmão, porque não lhe faria bem nenhum ver a expressão de Elijah.

— *Você* não tem nada a dizer, vampiro? — provocou Sol Navarro, sua voz disfarçadamente branda.

Klaus tinha muito a dizer, mas, em um momento de inspiração, concluiu que o capitão Moquet já dissera tudo da melhor forma naquela mesma manhã.

— Ela tomou sua decisão — disse ele, desejando que Rebekah estivesse lá para ouvi-lo. — Não faço parte desta aliança... Isto deve ser resolvido apenas entre vocês.

— Não faz parte da aliança, mas não pode negar sua parte em seu término — argumentou Sol, seu tom transparecendo raiva.

— Eu o terminei — disse Vivianne —, embora *vocês* também tenham participado disto. Estou farta de ser um peão neste conflito e não sacrificarei mais uma parte de mim por ele.

Os olhos de bola de gude de Sol se estreitaram e, ao lado dele, as íris de Louis ficaram perigosamente amarelas. Vivianne os encarou e abriu as mãos, incluindo todos os convidados.

— Por favor, continuem a desfrutar da festa — anunciou ela numa voz alta e clara. — E peço desculpas novamente por qualquer prejuízo que meu comportamento possa ter causado.

Decidida, deu as costas à multidão. De onde estava, Klaus sabia que os olhos dela estavam tão cheios de lágrimas que mal conseguia enxergar. Vivianne seguiu para a saída, mas Sol avançou até ela com tal rapidez que Klaus teve que se meter no caminho do grande lobisomem.

— Ela disse tudo que precisava ser dito — avisou a Sol, mas ouviu Vivianne hesitar atrás dele.

Ele queria que ela simplesmente partisse, mas ela era orgulhosa e obstinada. Estava preparada para ir embora, mas *não* para fugir.

Era isso que ele amava nela e também o que poderia garantir a morte dos dois.

29

Estava acontecendo tudo de novo. Uma festa cheia de bruxas e lobisomens, uma jovem e linda noiva e Klaus. Sempre, sempre Klaus. Elijah deixou-se fantasiar por um momento que simplesmente mataria o próprio irmão quando a briga inevitavelmente irrompesse. Isto tornaria tudo muito mais fácil.

Rebekah deveria estar ali — este fiasco não teria ficado tão descontrolado sob seu olhar atento. Ela teria distraído Armand, contido Klaus e ainda teria tempo para apavorar os três criados que haviam fugido com uma das melhores garrafas de vinho.

Mas não havia tempo para pensar no que poderia ter sido. Num piscar de olhos, Elijah se meteu entre Solomon e o irmão.

— Tire-a daqui — ordenou ele a Klaus. — *Vá.*

Ele via que Klaus queria discutir, mas, pela primeira vez na vida, ele lhe deu ouvidos. Devia verdadeiramente amar esta pobre garota, se estava disposto a abrir mão de uma briga para mantê-la em segurança. Os dois dispararam pelo corredor estreito, o vestido prateado de Vivianne reluzindo até que finalmente sumiram de vista.

No salão, o caos crescera a um pandemônio. O focinho furioso de Sol estava a centímetros do nariz de Elijah e este precisou de todo seu autocontrole para não enterrar o punho ali.

— Você já tentou me matar uma vez — lembrou-lhe Elijah, mantendo a voz baixa e brutal. — Não creio que se sairá melhor esta noite.

Sol cerrou os dentes, mas recuou.

— Você nos fez de tolos — gritou Louis Navarro. — Procurou-nos com todas aquelas palavras elegantes, falando de paz, sabendo que seu irmão destruía a aliança por nossas costas.

— Ninguém jamais sabe o que meu irmão está aprontando antes que esteja feito — disse Elijah. — Negociei com todos vocês de boa-fé e estou preparado para cumprir minha parte no trato. Quero que haja a paz.

— Mas agora seu irmão fugiu com nosso prêmio — grunhiu Sol. — Eu a quero de volta a seu lugar de direito.

— Seu prêmio — repetiu Elijah, revirando uma ideia preocupante. Não podia ser verdade, podia?

Sol recuou outro passo, sem saber se tinha falado demais. Elijah passou os olhos pela multidão, procurando por Sofia Lescheres, perguntando-se se ela descobrira a verdade antes dele. Aquela loba pequena e branca que ele vira... Os malditos lobos devem ter convencido a garota a se transformar. A mãe jamais teria permitido se soubesse, mas era tarde demais para isso.

Ocorreu a ele que Klaus já devia saber da transformação de Vivianne. Naturalmente, o irmão não teria se dado ao trabalho de contar algo tão importante, ocupando-se de ter um caso com a única mulher sobre a qual toda a cidade parecia alegar ter direitos.

— E por que o lugar de direito de Vivianne é com vocês, Sol? — Sofia exigiu saber, aproximando-se mais do lobisomem. — Ela não deseja se casar com seu filho; então, por que você pensa que ela ainda pertence a vocês? *O que* vocês fizeram com minha filha? — Ela observava atentamente o rosto do lobisomem, esperando que ele dissesse o que ela já sabia.

— Ela fez o juramento — argumentou Sol, frustrado por Sofia tê-lo encurralado. — Evidentemente a aliança não é tão importante para ela — continuou ele —, ou para qualquer um de vocês. Se não pretendem cumprir sua parte do pacto, não existirá pacto algum.

Louis sorriu com malícia e uma onda de energia percorreu os lobisomens à volta dele. *A parte deles nesta paz nunca teve verdade alguma*, percebeu Elijah — provavelmente por isso eles tiveram tanta disposição em arriscá-la. *Poderia estourar uma guerra agora e eles a acolheriam.*

— Se a aliança morreu — sugeriu Elijah, elevando a voz naquele zumbido ameaçador —, espero que desta vez os bruxos tenham inteligência suficiente para nos querer a seu lado. — Se ele não poderia ter uma cidade pacífica, pelo menos desta vez, os vampiros podiam ter o apoio de uma das facções. E se Klaus tivesse permissão de voltar a suas antigas práticas de caça, a luta seria rápida.

— *Vocês?* — Exigiu saber uma bruxa de cabelo branco e voz estridente. — O que teriam a nos oferecer que substituísse a boa vontade dos lobisomens?

— Os lobisomens nunca foram seus aliados, para começo de conversa — disse Elijah aos bruxos, embora mantivesse o olhar atento no bando enquanto falava. — Eles estão se rebelando. Só o que resta fazer é decidir se vocês querem lidar com eles sozinhos ou se querem ajuda.

— Eles só estão se voltando contra nós por culpa de vocês! — gritou outro bruxo.

— Por culpa de seu irmão — disse o terceiro. — Se ele não tivesse ficado no ouvido de Vivianne, convencendo-a a desonrar sua palavra, ainda estaríamos comemorando.

Isto era provavelmente verdade, refletiu Elijah, *mas a felicidade deles teria tido vida curta.* Klaus, por mais perturbadoramente egoísta que fosse, pode ter feito um favor aos bruxos por mero acaso.

— Entretanto, os lobisomens já haviam violado os termos da aliança antes mesmo que o casamento acontecesse — declarou Elijah, decidindo que era hora de revelar a verdade; seu ás na manga contra os lobisomens. — Na última lua cheia, eles convenceram Vivianne a tirar uma vida humana, para que ela fosse mais deles do que dos bruxos. Eles não se contentavam com um casamento entre iguais... queriam possuí-la.

O clamor foi renovado, mas desta vez Elijah deixou que a cacofonia crescesse sem tentar interromper. Sofia Lescheres, lívida, estendeu a mão para segurar seu braço.

— Então, é verdade? — sussurrou ela.

— Eu a vi — respondeu ele suavemente, depois voltou a elevar a voz. — Eu a vi depois de ter se transformado e os lobisomens tentaram me calar. — Não era bem a verdade, mas chegava perto.

— Você me atacou sem motivo algum! — gritou uma lobisomem baixinha e morena, esforçando-se para ser ouvida com a gritaria dos outros. — Você atacou primeiro.

Mas não importava. A versão dos acontecimentos dada por Elijah já tomara a imaginação de todos.

— Não pode haver paz se você transformou minha filha — gritou Sofia.

Elijah puxou Sofia consigo ao grupo de bruxos, que se fechou em torno deles de forma protetora. Ele sentiu uma estranha energia no ar e viu a boca de alguns bruxos mexendo-se em um ritmo firme e concentrado.

— Era com isto que vocês pensaram estar aliados — lembrou ele a todos impiedosamente. — Estas criaturas corruptas e desleais romperam o contrato e transformaram Vivianne, e querem casá-la com Armand contra a vontade dela. Querem escravizar vocês, e não governar com vocês. Não haverá paz numa cidade onde eles possam viver.

— Basta! — gritou Solomon.

Porém, antes que ele pudesse dizer mais alguma coisa, uma taça de vinho foi atirada em sua cabeça. Seus olhos, e dezenas de outros, adquiriram um amarelo homicida e Elijah ouvia o entoar ponderado dos bruxos em volta dele.

— Vamos — insistiu Elijah com Sofia, que o olhava fixamente, chocada, e forçou para que ele largasse seu braço.

— Matarei todos eles — sibilou ela numa voz estrangulada, com os olhos negros arregalados e redondos.

Esta traição deve ser duplamente amarga a Sofia, uma mulher que um dia amou e criou a filha de um lobisomem, jamais imaginando que no futuro a parentela dele voltaria para reclamá-la. Sofia tinha toda razão em sua fúria, mas não faria bem a ninguém se morresse defendendo a honra da filha.

— Vivianne precisa da mãe agora — disse ele com urgência enquanto rosnados e gritos começavam a encher o salão de banquete. — Deixe-me levá-la à segurança.

Ysabelle apareceu do outro lado de Sofia e segurou seu braço, tentando empurrá-la para a saída. Sofia se desvencilhou por tempo suficiente para lançar um feitiço a um lobisomem que Elijah nem vira se aproximar. O lobisomem caiu no chão com um gemido agudo e Elijah arrastou as duas mulheres — uma mais disposta do que a outra — para a porta.

Do lado de fora estava estranhamente silencioso. Os barulhos do salão quase passariam como resquícios da festa. Bruxos e lobisomens fugiam em grupos de dois e três, mas não se demoravam nem faziam nenhum ruído que chamasse a atenção para sua saída. Simplesmente se perdiam no labirinto de ruas enluaradas, desaparecendo por vielas de pedra e pelos muros de jardins.

Elijah relaxou seu aperto nas duas bruxas e Sofia apoiou-se, infeliz, contra a irmã.

— Eu sabia que era um erro. — Ela chorava. — Mas ela pensou que já era um deles. Queria confiar que eles não a machucariam e eu queria que isto fosse verdade.

Ysabelle acariciou o cabelo preto da irmã e olhou incisivamente para Elijah. Ele entendeu — este momento era familiar e ele tinha de cuidar da própria família. Precisava encontrar Klaus.

30

Rebekah nunca pensou que a culpa lhe pesaria tanto ao sentir os borrifos do mar no rosto e ouvir as gaivotas gritando sobre o porto. Quando prometeu ficar ao lado dos irmãos para sempre, mal havia sentido o gosto da imortalidade. Quem realmente esperaria que uma promessa dessas fosse cumprida por séculos? Mas todos acreditaram nela e o que piorava a separação era que parte de Rebekah verdadeiramente queria ter ficado. Ela lutara por uma vida só dela, mas nem sabia mais o que significava a liberdade depois de todo esse tempo.

Eric colocou-se ao lado dela na proa do barco e pôs o braço protetor em seus ombros. Seu calor era reconfortante, mas ele não seria quente — nem mortal — por muito mais tempo. Com Eric a seu lado, ela devia a si mesma descobrir como era a vida quando se desvencilham do passado. Precisava explorar esse amor, essa paixão. Rebekah se aninhou nele, desfrutando de seu corpo se moldando ao dele. Ela merecia essa felicidade, mesmo que lhe custasse um juramento eterno.

Se ela e Eric mantivessem a discrição, podiam atravessar o mundo sem ser detectados — algo que sempre foi impossível tendo Klaus por perto. Ela podia ficar em segurança e anônima, enquanto seus irmãos continuavam o trabalho interminável de construir, negociar, lutar e fugir. Nem imaginava querer nada mais quando tinha Eric consigo.

Podia ouvir o coração firme dele e subiu a mão por seu peito magro. Era estranho vê-lo sem a farda de capitão, mas ela o achava igualmente bonito em trajes civis. O exército sentiria falta dele, sem dúvida, mas não seria a primeira vez que um oficial seria dado como desaparecido no Novo Mundo. Homens sumiam o tempo todo, em busca de ouro, mulheres e terras, e em breve o desaparecimento de Eric seria esquecido.

— O capitão disse que a maré está mudando — disse-lhe ele gentilmente. — Se desejarmos partir esta noite, não há mais tempo.

Apesar de suas convicções, Rebekah via-se hesitando, procrastinando, verificando a bagagem dos dois e o documento da embarcação muito depois de ficar evidente que tudo estava em ordem. Eles pretendiam navegar ao Caribe e se perder em meio às ilhas, fazendo bom uso do anel da luz de Rebekah e daquele que Eric obtivera durante seus estudos. Ela imaginava nitidamente: praias brancas e intermináveis, localidades repletas de frutas e peixes e uma pequena cabana onde eles podiam se abrigar do vento, das tempestades quentes.

Mas eles não podiam ter tudo isso se não partissem. Ela não sabia o que esperava. Alguém que os impedisse? É claro que não, mas era tão estranho e desconhecido partir para o mar sem os irmãos... Ou pelo menos sem tê-los em seu encalço para levá-la de volta.

Porém, eles agora tinham a própria vida para cuidar, assim como ela.

— Diga a ele que estou pronta — disse Rebekah em voz baixa, beijando levemente a boca de Eric.

Ele sorriu, sua felicidade descomplicada e pura. Depois que Eric saiu para procurar o capitão do navio, Rebekah foi à popa da embarcação e olhou Nova Orleans pelo que desconfiava ser a última vez. De longe, não conseguia distinguir o salão onde a festa de Elijah certamente era um sucesso retumbante, mas escolheu um ponto de luz especialmente luminoso e decidiu acreditar que era ali.

— Adeus — sussurrou aos irmãos, que no passado haviam sido tudo para ela, enquanto os cabos eram recolhidos e o barco começava a se mover pelas ondas escuras.

Eric, então, voltou a seu lado, um novo tudo que valia a perda do antigo. A brisa noturna era leve, mas firme, e a embarcação preparada fez bom uso dela. Eles viajavam rapidamente e deixaram o pequeno porto, entrando no lago estrelado além dele. A maré lhes daria tempo de sobra para que chegassem à passagem estreita ao próximo lago e depois ao mar aberto.

Ela se apertou junto de Eric e entrelaçou os dedos nos dele.

— Sinto-me livre, Eric... Enfim, eu me sinto livre.

Ele baixou a cabeça para apoiar o rosto em seu pescoço.

— Nós somos livres — concordou ele. — A cidade ficou para trás e podemos fazer o que nos agradar.

Ela hesitou, deslocando as mãos para segurar a madeira lisa da amurada do barco. Rebekah havia entendido o que Eric queria dizer. Sabendo o quanto ele desejava ser imortal, ela valorizava ainda mais sua paciência. Ela ansiava por começar a nova vida juntos assim que fosse possível, mas ainda podia ver as luzes de Nova Orleans e tinha uma última obrigação com os irmãos.

— Quando estivermos no mar — disse ela. — Pode parecer seguro aqui, mas ainda não estamos verdadeiramente afastados. Enquanto pudermos ver a cidade, enquanto estivermos em suas águas limítrofes, os bruxos saberão se um novo vampiro for criado.

— Os bruxos... — refletiu Eric, e ela ouviu a centelha familiar de sua curiosidade incansável. — Meu mundo ficou cheio de magia graças a você, Rebekah. — Ele a beijou de leve pelo queixo até chegar à boca, onde seus lábios se demoraram. O vento soltou dos grampos algumas mechas do cabelo e ele colocou uma delas ternamente atrás da orelha de Rebekah. — Então, vamos esperar até estarmos fora de alcance desses bruxos, para que não causemos nenhum mal aos seus irmãos. Não quero jamais que você se arrependa de me dar este dom.

— Sempre chamei de maldição — sussurrou ela, tão baixo que talvez ele não tivesse conseguido ouvir. — Até conhecer você.

O céu escuro estava coberto de camadas intermináveis de estrelas e a lua crescente acabara de surgir acima das nuvens a leste. Rebekah recostou-se no corpo firme de Eric e observou o bayou ficar para trás. Os milhares de archotes, candelabros e lustres de Nova Orleans se embaçaram em uma só ilha luminosa que ficava cada vez menor aos olhos dela. Logo sumiria inteiramente de vista, tragada pelo pântano escuro e fértil dos dois lados.

— Podemos esperar lá embaixo — sugeriu ele depois de uma curta pausa. Quando ela desviou os olhos da margem para se voltar para ele, o sorriso de Eric era sugestivo. — Sei que podemos encontrar um jeito de passar o tempo.

Sobre isso, não havia dúvida. Ela pegou sua mão e o levou à pequena cabine, com o coração martelando ao descer a escada estreita. Por um breve momento, lembrou-se de outro barco, a caminho de outra vida nova, com homens anônimos morrendo diante de uma escada idêntica a esta. Mas só haveria uma morte neste navio esta noite, e seria um começo, não um fim.

No entanto, seria verdade que os marinheiros não chegariam vivos a seu destino. Eric ficaria voraz depois da transformação. A influência impediria que os sobreviventes notassem o desaparecimento dos companheiros e, quando eles pelejassem para o porto, não restaria ninguém para notar. Justo por este motivo, ela pagou a mais ao capitão para viajar com mais do que o mínimo necessário de tripulantes.

Na cabine dos dois, Eric colocou a mão em suas costas, puxou-a pela cintura e ela trocou uma fome por outra. Rebekah começou a se virar, mas ele a manteve onde estava, beijando levemente seu pescoço e ela estremeceu. Depois sua boca ficou mais ardorosa e ele habilidosamente desfez a longa fila de laços que descia pelas costas do vestido de Rebekah.

Impaciente mesmo com o trabalho rápido que ele fazia, ela arrancou os últimos para simplesmente retirar a roupa, depois fez o mesmo com a camisa engomada dele. As demais vestes dos dois seguiram ao chão e Eric a ergueu pelos quadris, jogando-a gentilmente na cama. A embarcação balançava um pouco conforme ele a seguia ao leito, e ela riu quando ele perdeu o equilíbrio e caiu por cima dela.

Eric sorriu, um brilho malicioso nos olhos castanhos, mas não riu. Em vez disso, tirou pleno proveito de sua posição para provar cada centímetro da pele de Rebekah, bebendo-a como se já fosse um vampiro provando o primeiro sangue. Sua boca explorou a clavícula, depois atravessou pelos seios e a barriga, descendo cada vez mais enquanto ela suspirava de prazer. Ele não se demorava muito, embora ela desejasse que assim fosse... Eric continuou a explorar suas coxas até os tornozelos, apreciando cada nova paisagem de seu corpo.

Depois ele se ergueu, cuidando do prazer de Rebekah com tal detalhamento que ela pensou que os marinheiros no convés ouviriam seus gritos. E, quando ele finalmente a penetrou, foi com a necessidade desesperada de um homem que sabia que era a última coisa que faria na vida. Ela o acolheu e se mexeu com ele, tirando proveito do balanço do barco e resistindo-o até que ambos estivessem inteiramente exaustos.

31

Esporeando o cavalo, Klaus sentia-se feliz com a busca ridícula de Elijah por segurança. Vivianne se agarrava firmemente a sua cintura e, juntos, eles se esforçavam para continuar sentados no animal agitado. Ainda não ouviam o barulho da perseguição, mas era apenas uma questão de tempo. Nem mesmo a diplomacia de Elijah manteria os lobos afastados por muito tempo.

A casa se ergueu diante deles e seu cavalo arisco refugou. Klaus pulou ao chão, puxou Viv para baixo e deu um tapa no lombo do animal. Ele correu agradecido para a floresta, ansioso por deixar para trás sua carga sobrenatural.

Dentro da casa, Vivianne examinou a porta, querendo trancá-la, mas Klaus a pegou pelo braço e a levou a uma cadeira.

— Ninguém pode entrar além de nós dois e Elijah. E também nossa irmã, mas ela não está mais na cidade. — Ele se perguntou se havia um jeito de excluir alguém da casa depois que tivesse permissão de entrar.

Se Rebekah não quisesse mais chamá-la de seu lar, não podia simplesmente entrar sem se fazer anunciar. Talvez Vivianne soubesse de algum truque; era bom ter por perto uma bruxa que realmente gostasse dele.

Ele podia ouvir uma gritaria do lado de fora; ainda estava a uma boa distância, porém aproximava-se. Rebekah havia pregado cortinas nas janelas sem vidro e Klaus abriu aquelas perto da porta. Ainda não conseguia enxergar nem lobisomem, nem bruxo. Mas nuvens pesadas se aproximavam rapidamente, bloqueando as estrelas, e Klaus sentiu os pelos da nunca se eriçarem quando as viu.

Elas se deslocavam rápido *demais*. A noite estava seca e tranquila, com nada além de uma brisa leve e cálida. As nuvens não tinham lugar ali e pareciam vir para ele com a velocidade dos gritos dos lobisomens. Nesse ritmo, poderia muito bem ser ele e Viv contra o mundo.

— Que venham — sussurrou ele, e Vivianne sobressaltou-se ao ouvir sua voz.

— Eles virão — alertou ela num tom vazio. — Estão vindo.

Ele se virou rapidamente e a beijou, incapaz de tolerar o vazio na voz de Vivianne. Faria qualquer coisa para mantê-la a salvo consigo, mas ela precisava *ficar* com ele. Não podia sucumbir ao medo ou à dúvida. Klaus não permitiria isso. Ela foi lenta na resposta a seu beijo, mas depois de alguns instantes seus lábios se separaram e ele sentiu o gosto de parte de seu fogo habitual.

Quando Klaus se desvencilhou gentilmente, os primeiros archotes eram visíveis entre as árvores. Logo havia dezenas de pessoas do lado de fora e a gritaria era próxima o suficiente para ele distinguir algumas palavras aqui e ali. *Traidora* tinha muito destaque, junto com *monstro* e *vingança*. Parecia que já se fora o tempo para a negociação, embora mesmo Elijah entendesse que a coexistência nunca fora uma possibilidade real.

Os lobisomens caçavam sua família desde que eles eram humanos e a violência furiosa de Mikael tornou o sangue igualmente amargo dos dois lados. Mikael começara esta guerra pela traição da esposa, lembrou-se Klaus com desprezo, não por alguma intenção nobre. Mesmo depois que os lobisomens mataram um dos filhos dele — um de seus filhos *verdadeiros* —, ele nem sonhava em atacá-los. Apenas quando soube que Esther se desgarrara é que finalmente ficou furioso e letal.

Talvez agora Armand sentisse a mesma traição de Mikael tanto tempo atrás, percebeu Klaus, e a possibilidade amarrava um nó pequeno e amargo de satisfação em seu peito. Um ponto para os Mikaelson, mesmo depois de todos esses anos. Porque, por mais furiosos que estivessem, os lobisomens não podiam cobrar o mesmo tipo de vingança que o padrasto de Klaus cobrara no passado. Matar um vampiro Original já se provara demasiado para todo um bando. Matar dois seria impossível e a tentativa lhes custaria muito caro.

Eles cercavam a casa, mas agora pareciam mais cautelosos. Não podiam saber do feitiço de proteção, mas tinham de saber que era insensato invadir a casa de um vampiro. Rondavam o terreno, a luz dos archotes brilhando estranhamente em seus vestidos e casacas formais. A maior parte do tecido refinado mostrava alguma mancha ou rasgo, e Klaus percebeu vários ferimentos em meio à turba. Parecia que os bruxos se aguentaram, pelo menos por um tempo. Até que os lobisomens lembraram-se de que seu verdadeiro inimigo já saíra da festa.

Solomon Navarro rondava o perímetro, parecendo mais animal que humano sob a lua. Ele devia saber que a casa tinha defesas, mas relutava em atacar, sem saber exatamente quais. Klaus só podia imaginar o ultraje de Sol com a ironia; uma bruxa podia ter contado tudo sobre o feitiço de proteção — se existia alguma vulnerabilidade, se havia um meio de atacar sem perder metade de seus lobos para uma armadilha invisível. Mas naquela mesma noite Sol perdera a boa vontade dos bruxos.

Ainda assim, Klaus não gostava de sua posição nesta briga mais do que Sol parecia desfrutar da própria. Havia lobos em número suficiente para armar um longo cerco em volta da casa e por fim Klaus ficaria com fome. E é claro que eles fariam o que pudessem para enfraquecer o feitiço de proteção enquanto esperavam. O mais importante de tudo, Vivianne *podia* ser morta. Klaus faria o necessário para protegê-la, mas os lobisomens saberiam disso e ele tinha certeza de que tentariam usar este fato em proveito próprio.

O primeiro lobisomem avançou por seu terreno e um gemido pareceu emanar da própria barreira. Era um alerta sinistro e anormal e Klaus ficou aliviado quando parou.

— Eles não podem entrar — lembrou ele a Vivianne, que ficou de uma palidez cadavérica ao ouvir o som.

— Não precisarão — disse Vivianne, e ele sabia que os pensamentos dela corriam em paralelo com os dele. — Eles nos matarão de fome ou nos expulsarão com alguma armadilha. Só precisam esperar, se é que será necessário esperar tanto tempo assim. Feitiços podem ser quebrados.

Por um momento, ele se perguntou com tristeza se de fato *precisava* ter se apaixonado por uma mulher tão inteligente, mas agora não havia o que fazer a respeito. Vivianne tinha razão: eles precisavam de um plano. Algo melhor do que apenas ficar sentado na sala escura, esperando pelo pior.

Os lobisomens tinham um exército, o que eles certamente não tinham. Rebekah fracassara completamente nesta tarefa menor antes de velejar para onde quer que tenha ido. Mas Klaus lembrou-se subitamente que eles não estavam desarmados. O proprietário anterior da casa negociava armamento e Klaus vira provas do próspero negócio quando encontrou Elijah no porão. Talvez pudessem diminuir o tamanho do bando sem ter de sair da segurança da casa, o que aumentaria consideravelmente suas chances.

— Precisamos examinar o porão — anunciou ele, feliz por ter o que fazer. Não gostava de ver Vivianne sentada, tão imóvel; isto o deixava aflito. Um trovão rolou ao longe, mas não tão distante. — Tem algo que podemos usar.

Ele ergueu o aro de ferro engastado nas tábuas do piso e uma escuridão ainda mais negra se abriu aos pés dos dois. Nenhum deles precisava de velas para enxergar no escuro — Vivianne agora tinha a visão aguçada de um lobo — mas Klaus acendeu uma, mesmo assim. Sua luz seria reconfortante para ela.

Seu vestido prateado cintilou dourado na luz, mas não aqueceu a palidez abatida de seu rosto.

— Devemos falar com eles — sugeriu Vivianne, no que mal passava de um sussurro. — Se eles entenderem que não vou voltar, que não tem nada a ver com você...

— Eles não terão mais nenhum uso para você — explicou Klaus, abrindo a tampa de uma caixa de balas de mosquete. Os mosquetes deviam estar em algum lugar e ele procurou por uma caixa com o tamanho certo. — Viv, eles só queriam te usar o tempo todo. Convencê-los não seria melhor do que atirar seu pescoço nas garras deles.

— Eu sou *um* deles. — Ela agora parecia furiosa em vez de assustada. — Mesmo depois da morte de meu pai, Sol sempre disse a minha mãe...

— Mentiras — interrompeu Klaus brutalmente. Odiava magoá-la, mas precisava alimentar aquela raiva, para mantê-la preparada para a luta. O medo e o torpor eram tão perigosos quanto os lobisomens lá fora. — Ser metade uma coisa e metade outra não faz de você nem uma delas, nem as duas. Sol mentiu para sua mãe porque queria que você fosse lobisomem em vez de bruxa.

Ele ouviu o silvo da respiração entre os dentes de Vivianne; havia sido mais áspero do que pretendia.

— Deve ser fácil ter esse cinismo quando você sabe que viverá para sempre — rebateu ela e, por mais absurdo que fosse levar um sermão de uma mulher com uma fração de sua idade, ele ficou satisfeito ao ouvir alguma vida voltando à voz dela. — O resto de nós tem de viver e morrer um *com* o outro, e assim não podemos simplesmente fechar portas como você faz.

Ele enfim localizou um esconderijo de mosquetes, prontos para serem carregados e disparados. Mas os deixou de lado e a pegou firmemente pelos ombros. Pareciam muito leves entre suas mãos e ele foi lembrado de como Vivianne era frágil.

— Admiro sua fé nas pessoas — reconheceu ele. — Desconfio de que fui o beneficiário dela. Mas, se quiser continuar viva, ficará dentro da casa. Se levantar esta ideia de negociação mais uma vez, eu a trancarei aqui até ter matado cada lobisomem que está lá fora esperando para fazê-la em pedaços.

Ela olhou desafiante por um momento antes de assentir com a cabeça.

— Compreendo. — Não era exatamente um acordo, mas teria de servir, por ora. Ele podia cumprir a ameaça, embora preferisse não ter de travar uma guerra em duas frentes.

— Ótimo. — Ele mudou a posição das mãos para puxá-la para perto, beijando primeiro cada uma de suas pálpebras, depois os lábios submissos. — Porque esta minha vida infindável não tem significado algum sem você.

Ela então abrandou um pouco, sabendo que ele fora inteiramente sincero. Vivianne jamais admitiria que ele estava certo sobre os lobisomens, é claro. Seu orgulho não lhe permitiria e talvez ela acreditasse que ainda podia ser encontrada uma solução pacífica. Mas Klaus sabia que ela via o quanto a amava. Talvez pudesse até ter um vislumbre do quanto seria apavorante para ele vê-la andar pelo mundo, vulnerável, como uma criança que ainda não aprendeu a ter medo do escuro.

— Estarei aqui com você — jurou Vivianne, pousando a testa confiante no peito dele. — Jamais o deixarei, Klaus. Eu te amo.

Neste momento, o que esperava por eles lá fora, o que eles teriam de atravessar, valeria a pena, desde que ficassem juntos.

32

Os lobisomens saíram primeiro do salão de banquete, parecendo os mais desgastados, porém com a fúria ainda inabalada. Elijah esperou que o último deles partisse e entrou furtivamente. Estava quase certo de que encontraria todos os bruxos mortos, mas torcia desesperadamente para que alguns tivessem sobrevivido.

Havia mais vivos do que ele esperava e ele se perguntou o que seduzira os lobisomens para fora. Ainda restavam combates a travar ali, se era o que eles queriam. Mas, então, percebeu o que podia estar esperando por eles em outro lugar e cerrou os dentes, frustrado.

Klaus quase certamente precisaria de sua ajuda logo. Teria levado Vivianne para a casa dos dois, a fim de se reorganizar. Elijah se juntaria a eles, mas teria de lutar para passar pelos lobos.

Elijah via as baixas espalhadas pelo salão, mas os bruxos não pareciam derrotados. Aqueles que ficaram, na realidade, estavam completamente prontos para um combate. Alguns entoavam no meio da sala longa e iluminada por velas e, até mesmo enquanto Elijah observava, outros se juntavam a eles.

Ele pegou pelo braço uma bruxa loura e baixa que ia para o círculo, mas ela se desvencilhou com raiva e avançou. Alguns outros passaram por Elijah sem olhar, tão concentrados em seu feitiço que nem se importavam com a presença de um vampiro. Ele podia não entender as palavras que eram entoadas, mas toda a energia e atenção deles era dedicada a este único feitiço e ele sentia seu poder crescendo como estática no salão. O que quer que estivessem fazendo, os instintos de Elijah lhe diziam que era algo maior do que a simples vingança contra os lobisomens.

Um trovão rolou ao longe e várias cabeças se voltaram para ele. Elijah não esperava uma tempestade naquela noite, mas parecia-lhe que os demais presentes no salão sabiam que ela viria.

Ele segurou pelo casaco roxo e imaculado um bruxo jovem e alto, com o pomo-de-adão proeminente. O jovem tentou se soltar, como a loura, mas desta vez Elijah estava preparado e o segurou com força.

— Não quero problemas — explicou ele, vendo o bruxo começar a sussurrar alguma coisa. — Não há necessidade disto.

O homem hesitou, mas a perspectiva de um vampiro colérico foi suficiente para que concordasse com um gesto de cabeça.

— O que eles estão fazendo? — Elijah apontou com a cabeça o círculo crescente de bruxos.

O jovem o olhou com uma hostilidade renovada.

— Estão limpando a sua sujeira — disse ele e Elijah relaxou a mão só um pouco no colarinho. — Fazem o que precisa ser feito.

— Está sendo muito vago — grunhiu Elijah, ameaçador. — Você pode dar uma resposta melhor do que essa.

— Eles estão limpando a cidade — explicou o jovem com relutância. — Já estamos fartos de vocês, dos lobisomens... De tudo isso. A fundação deste lugar está podre; não há nada que possa ser salvo aqui. Vamos destruir Nova Orleans e recomeçar. — A trovoada voltou a soar, desta vez muito mais próxima, e o bruxo abriu um sorriso mórbido. — Não sobrará nada além do pântano.

— A tempestade que se aproxima — percebeu Elijah. — É obra de vocês?

— Não é uma tempestade comum — escarneceu o jovem, desvencilhando-se da mão de Elijah, que não opôs resistência. — O que vem agora é um furacão como esta cidade jamais viu. E eu vou ajudar — acrescentou ele, ajeitando o paletó e se juntando ao cântico dos bruxos.

Elijah não sabia se o feitiço de proteção de Ysabelle resistiria a um furacão, mas não tinham lugar melhor para suportar a tempestade. Ele se virou e correu.

Do lado de fora, viu que as nuvens rolavam numa velocidade anormal. Tentou ser mais rápido do que elas, precipitando-se entre as árvores numa velocidade vertiginosa. Mas as primeiras gotas de chuva bateram em suas costas quando ele avistou os lobisomens em volta da casa.

Elijah cerrou os dentes, lembrando-se de sua última briga com estes mesmos lobos e a dor aparentemente interminável que se seguira. Mas os lobos agora estavam de costas para ele, dando-lhe o elemento-surpresa como vantagem, e estavam presos em sua forma humana. Ele se lançou ao lobisomem mais próximo, rasgando sua garganta antes que o corpo batesse no chão.

Eles se viraram e uivaram, correndo na direção de seu algoz em uma massa indistinta, rosnando, brandindo archotes, de olhos amarelos. Elijah era um borrão, quebrando braços e pernas, partindo pescoços e evitando os dentes e o fogo. Eles não podiam ter esperanças de matá-lo, mas podiam reduzir seu ritmo e ele não permitiria isso.

Sem a influência equilibrada de Vivianne, sua mãe, ou a tia, os bruxos cumpriam com sua ameaça de arrasar a cidade. Se a casa não resistisse ao furacão, ele queria impedir os lobisomens antes de ficarem completamente vulneráveis de novo.

Ele abriu caminho em direção à varanda pequena com dentadas e golpes, incapaz de calcular quantos lobisomens mutilara ou matara. A certa altura registrou os ombros largos e os lábios carnudos de Louis e parou por tempo suficiente para quebrar seu pescoço volumoso com as próprias mãos. Os Navarro haviam lhe causado problemas suficientes e seu clã devia pagar o preço. Elijah fez o que pôde durante *anos* para compreender e se adaptar, mas, se eles não valorizavam seus esforços, podiam começar perdendo os filhos.

Ele notou Armand ao fundo do bando, gritando com os demais, porém guardando uma distância segura da verdadeira luta. Ele teria sua vez, mas não agora. Em vez disso, Elijah rodou, seu punho atingindo a mandíbula de um ruivo e, com um chute cruel, quebrando a coxa de uma jovem coberta em seda. Ela gritou e caiu, e Elijah passou por cima de seu corpo contorcido, chegando à varanda.

Outro uivo se elevou quando os lobisomens perceberam que não podiam mais alcançá-lo e Elijah sorriu com malícia. Pelo tempo que durasse, o feitiço de Ysabelle era uma obra de arte. E então um braço disparou da porta da frente, arrastou-o para dentro, e ele se viu encarando os olhos ardentes do irmão. Seu fogo verde-azulado, com o queixo cerrado, mostrava que Klaus estava colérico. Era Elijah quem deveria estar furioso, mas o irmão tinha a tendência de reescrever a história. Klaus sempre preferia ver as coisas à própria maneira.

— Já não era sem tempo — reclamou Klaus e Elijah respirou fundo para não bater nele. — Estamos cercados, e Viv está cheia de ideias de *conversar* com eles.

— Pode dar certo. — Vivianne intrometeu-se de mau humor na sala de estar e os dois vampiros viraram-se, incrédulos, para ela. Seu vestido prateado a fazia parecer sobrenatural na sala escura, como o fantasma de uma rainha há muito esquecida. — Eles só estão aqui por minha causa, antes de mais nada — começou ela, e Elijah concluiu que já ouvira o suficiente.

— Não — informou, sucintamente. — Estão aqui porque Klaus matou algumas dezenas deles há nove anos. Estão aqui porque nosso pai matou outras dezenas há muito mais tempo do que isso. Estão aqui porque está em seu sangue nos odiar e porque Armand foi humilhado e Louis está morto. Isto é muito maior do que você, Mademoiselle; assim, você nos ajudará a lutar ou nós três podemos morrer esta noite. Se não os três, certamente *você*.

Vivianne empalideceu e mordeu o lábio inferior, mas não respondeu. Elijah entendeu que Klaus não tivera a coragem de declarar a verdade com tanta objetividade. *Devia* ser amor verdadeiro, o que, estranhamente, fez com que ele se sentisse melhor em relação à miserável desventura. O irmão era o único familiar que lhe restava agora e seu apuro quase poderia valer a pena, se Klaus encontrara uma parceira tão digna quanto o companheiro de Rebekah.

Pensar na irmã importunou sua mente por um momento — seu barco havia partido naquela noite. O furacão das bruxas parecia se aproximar do oceano e Elijah esperava que ela ganhasse mar aberto a tempo. Mas não havia nada que ele pudesse fazer para ajudá-la.

Decidira partir sozinha e teria de lidar com furacões e, o pior, sem o apoio da família.

— Há um arsenal no porão — informou Klaus, com entusiasmo, seu estado de espírito renovado por Elijah colocar-se a seu lado contra Vivianne. — Podemos mantê-los fora da casa por um tempo, embora precisemos de um plano melhor ao fazer isso.

— Eles não vão esperar lá fora para sempre — concordou Elijah. — E a casa talvez não dure a noite toda, assim este plano terá de surgir para nós rapidamente.

A cabeça de Vivianne se ergueu de repente.

— O que quis dizer a respeito da casa? — perguntou ela. — Klaus me disse que é protegida.

— Contra armas e invasores — lembrou Elijah aos dois severamente. — Duvido que o feitiço aguente o mau tempo que seu povo, minha senhorita... seu *outro* povo... levanta contra nós neste exato momento.

O estalo de um trovão pontuou suas palavras e os outros dois se retraíram.

— O *mau tempo*? — disse Klaus, incrédulo.

— Os bruxos. — Vivianne compreendeu. — Eles podem fazer isso. — Seus olhos negros investigaram o rosto de Elijah e ele viu que a esperança de Vivianne minguava rapidamente. — Tem certeza?

— Tenho a informação direto da fonte — confirmou Elijah. — Devemos cuidar dos lobisomens agora, antes que o furacão nos atinja.

Klaus assoviou, apreciando.

— Um furacão — repetiu, impressionado, embora de má vontade.

Então seus modos se alteraram e Elijah entendeu que ele se preparava para a luta à frente.

— Tenho algumas ideias, irmão — disse ele. — Mas é melhor que você não fuja de novo para fazer política.

— Chega de política — garantiu Elijah. — Fizemos o que foi possível. Agora dependemos de suas habilidades, não mais das minhas.

Klaus sorriu e Elijah viu-se sorrindo também.

— Eu sabia que você teria bom senso — disse o irmão mais novo, e o mais velho lhe deu um soco afetuoso no ombro.

— Um arsenal no porão, é o que diz? — perguntou ele, sentindo-se confiante, apesar das circunstâncias. Eles agora estavam em terreno conhecido e tinham o apoio um do outro. — Mostre-me.

33

A tempestade veio mais rápido do que Rebekah jamais vira. O capitão foi pego inteiramente desprevenido, gaguejando que isto não podia estar acontecendo. Eles perderam minutos preciosos pela estupidez dele, mas não importava. Jamais conseguiriam chegar a mar aberto antes que o furacão os alcançasse. Não seria nem mesmo uma disputa acirrada.

— Temos de voltar — insistiu Eric, com a testa franzida de preocupação. — O capitão está colocando todo mundo em perigo. Precisamos dizer a ele que não há necessidade de assumir um risco desses.

— Não podemos ultrapassá-la — disse Rebekah, agarrada à amurada enquanto os raios cortavam o céu. Não deveria haver uma tempestade naquela noite e não podia ser tão ruim como parecia. — É só um pouco de chuva. Você verá muito pior do que isso se ficar comigo.

Eric desviou os olhos do furacão para puxá-la para um beijo.

— É claro que ficarei com você — disse ele, o rosto em seus cabelos. — Passando por isto ou por coisa pior... Passando por tudo. Mas a tripulação do barco não fez tal juramento e para eles isto é muito mais do que um pouco de chuva. — Ela percebeu que ele deixava sua vida toda para trás a fim de ir com ela, mas não conseguia abandonar seus hábitos.

Ele era um líder. É claro que pensava nos marinheiros comuns, mesmo numa hora dessas.

— Todos estão sendo muito bem pagos e compreendem os riscos — respondeu Rebekah, mas não tinha tanta certeza. Os marinheiros alternavam entre o verde e a palidez, agarrando-se ao cordame e fitando as nuvens com angústia. O capitão, que ganharia mais por partir e chegar no horário, era o único que parecia pensar que eles deviam prosseguir. Além de Rebekah, naturalmente, que não temia tempestades desde que era criança.

— Podemos voltar — insistiu Eric. — Depois disto, teremos todas as noites juntos, minha amada. Assim, de que importa se começarmos hoje ou amanhã?

Não, ela não voltaria — não podia. Se eles hesitassem, talvez estivessem perdidos.

A água ficava mais revolta a cada minuto. Enquanto eles olhavam, uma onda quebrou pouco acima da proa e alguns marinheiros gritaram, alarmados. Onda após onda golpeava a embarcação e o vento gemia e vergastava a todos numa fúria incessante. Eles eram jogados de um lado a outro feito brinquedos e o barco girava na correnteza brutal das águas. Até o capitão começava a ficar nervoso. Por fim, Rebekah percebeu que um barco quebrado e uma tripulação afogada não a levariam muito longe e que eles tinham de voltar.

— Espere aqui — disse ela a Eric, dando-lhe um beijo ao deixar seu lado. — Por favor, onde eu possa ver você, e segure-se firme.

Outra onda quebrou sobre a amurada, desta vez mais alta, e um cabo se soltou do mastro e assoviou pelo ar acima da cabeça deles.

Quando ele balançou a cabeça, concordando, Rebekah correu até a proa, onde o capitão lutava para controlar o leme. A embarcação parecia cada vez menos inclinada a reagir a suas ordens, assim como a tripulação. Aos poucos a tempestade arrancava o domínio de todos e ela amaldiçoou o tempo que perdeu com sua obstinação.

— Não se preocupe, Madame — gritou o capitão, a voz pouco audível com o guincho do vento. — É uma ninharia. Parece pior do que é.

Rebekah se posicionou diante dele e impiedosamente o olhou nos olhos.

— Vire o barco — ordenou ela, a voz zumbindo de influência. — Vamos voltar a Nova Orleans e velejar novamente quando o clima estiver melhor.

— Voltaremos agora — concordou ele, entorpecido, depois se sacudiu, entrando em ação.

Começou a gritar ordens, que os marinheiros lutaram para obedecer. Naquele momento, uma onda a cada três subia e ensopava o convés, e a tripulação se esforçava para permanecer a bordo.

Um raio desceu do céu perto deles e uma árvore pouco depois da margem explodiu em uma chuva de faíscas. Perto demais, percebeu Rebekah — eles estavam muito atrasados. A embarcação jamais conseguiria voltar ao porto, não intacta. Enquanto esta ideia lhe ocorria, um tripulante foi jogado na água, suas mãos tentando se agarrar à amurada até que desapareceram abaixo das ondas espumantes.

— Eric! — gritou Rebekah.

Foi um erro terrível sair de seu lado. Precisava voltar a ele. Ela tentou correr, mas o convés jogava e oscilava. Outra onda banhou a embarcação, puxando avidamente seus tornozelos. Ela limpou os borrifos dos olhos e o viu. Ele se segurava firme no cordame central, como Rebekah lhe pedira, mas mesmo assim ela subestimara a cólera do furacão. Os pés de Eric derrapavam pelas pranchas de madeira do convés, só a força de suas mãos o mantinha a bordo.

No fundo de sua mente, Rebekah contava o intervalo entre cada onda. Ela conseguiria; podia se aguentar. Ela o alcançaria antes que ele fosse jogado na água e podia carregá-lo em segurança para a terra. Ela o transformaria no segundo em que eles estivessem em terra firme e o pacto que se danasse. Não conseguia viver com a ideia de perdê-lo.

Podia prever o crescimento e a quebra de cada onda, mas o raio seguinte a pegou inteiramente desprevenida. Atingiu o mastro e o barulho da madeira se lascando e das trovoadas foi ensurdecedor. Ela cambaleou com o estremecer do convés sob seus pés.

Custou-lhe dois segundos, no máximo, talvez apenas um. Uma viga do tamanho de seu tronco desabou pelo barco, dividindo o convés da popa à proa. E ela não via mais Eric.

Seu grito se perdeu em um segundo trovão. Rebekah não acreditava na violência da tempestade e, por um momento, permitiu-se crer que Eric estava apenas oculto por uma forte cortina de chuva.

Mas ela sabia, mesmo antes de alcançá-lo. Pensou que podia escapar de seu destino — fugindo de sua família para criar uma nova. Por alguns curtos dias, acreditou que uma vampira Original podia ter uma vida de sua própria escolha, mas tudo havia sido uma fantasia juvenil. Seu crime e seu castigo eram Eric Moquet.

Ele jazia, flácido e sem vida, abaixo da viga pesada. Os olhos castanhos vidrados fitavam o vazio e a boca estava frouxa. Não restara nada além de seu corpo. Todo o resto, tudo que o tornava real, humano e dela, se fora.

— Eric — gritou Rebekah —, Eric, volte para mim.

Ela mordeu violentamente o próprio pulso, sentindo o gosto das lágrimas que escorriam pelo rosto enquanto rasgava a pele clara e de veias azuladas. Manteve a ferida sangrando nos lábios dele. Cada batida de seu coração mandava o sangue garganta abaixo de Eric e ela estava decidida que ele engolisse.

Ela sentia a água correndo no porão e vozes, em número cada vez menor, agora gritavam a sua volta. Os marinheiros estavam mortos ou moribundos, ou haviam abandonado a embarcação. O barco afundava e ela precisava levar Eric para a segurança, para que seu sangue pudesse funcionar. Precisava salvá-lo para que ele a resgatasse.

Ela puxou seus braços, mas o corpo estava preso. Puxou novamente, desta vez com mais força, e sentiu um dos braços se soltar da articulação do ombro. Arriscou-se a um olhar mais atento de como ele estava preso.

A barriga e a pélvis de Eric foram completamente esmagadas e não havia como retirá-los sem levantar a viga. Isto apressaria a ruptura do barco, ela sabia, mas o risco ainda valeria a pena... se Eric não estivesse completa e definitivamente morto. Ela entendera isso antes de lhe dar seu sangue, mas também era difícil compreender a verdade. Ele estivera ao seu lado um minuto atrás. Ela o beijara.

Querendo desesperadamente recuperar os últimos momentos doces, Rebekah o beijou de novo e passou a mão sobre seus olhos. As pálpebras se fecharam e ela reprimiu um choro histérico. Ele agora parecia menos morto, como se estivesse apenas dormindo. Ela se lembrava dele dormindo de uma dezena de maneiras diferentes e pousou a cabeça junto da dele, tentando capturar mais uma vez a própria felicidade.

Não havia respiração, batimento cardíaco ou milagre algum. Ele se fora e assim continuaria. O barco se rompia abaixo deles, a água os empurrava para baixo e os destroços os cercavam e cobriam. Eles caíram juntos na água turbulenta, ele morto e ela incapaz de morrer. Ela não sentia a tempestade no fundo do oceano, mas outra rugia em seu interior.

Por fim, ela teve de bater as pernas, nadar, e ele continuou no fundo. Partiu seu coração ter de soltá-lo, mas Rebekah sabia que seria melhor deixá-lo ali, nas profundezas silenciosas. Se ela o carregasse de volta naquela noite infeliz, podia abraçar seu cadáver para sempre, esperando que voltasse à vida. Enlouqueceria de tristeza pelos erros que cometera e pelas chances que havia desperdiçado, e no fim não lhe faria bem algum. Eric não voltaria, por mais que ela esperasse.

Ela subiu à superfície, ofegante, e partiu para a margem. Em um momento pensou ter visto um marinheiro agarrado a uma madeira flutuante, acenando freneticamente para ela, mas o ignorou. Arrastou-se para os baixios do bayou e se sentou por um tempo em um outeiro lamacento, envolvendo os joelhos com os braços, chorando ao mesmo tempo como uma criança perdida e uma viúva de luto.

Uma hora teria de se levantar, ela sabia. Teria de tomar decisões novamente. Teria de se reunir à família e talvez até falar de sua perda terrível. A ferida seria coberta e depois oculta sob outras novas até que ela mal se lembrasse de sua forma, porque teria de viver com esta dor para sempre.

Mas, por enquanto, Rebekah apenas ficou sentada ali, açoitada pela chuva e vergastada pelo vento, chorando.

34

Hugo Rey fora brilhante e Klaus desejou ter conhecido o homem antes de sua morte. A rede de túneis e câmaras que se irradiava do porão principal lhes permitia andar despercebidos no subsolo sob os pés dos lobisomens. Infelizmente, nenhum dos túneis parecia se estender para além dos limites da propriedade, e assim eles não podiam escapar, nem mesmo flanquear adequadamente seus sitiantes. Mas havia uma oportunidade ali, Klaus tinha certeza disso. Só precisavam decidir como aproveitá-la melhor.

Ele defendia a ideia de disparar de um alçapão enquanto Elijah saltava de outro oposto, surpreendendo os lobos em duas frentes e, com sorte, criando baixas suficientes para convencê-los a ir embora. Mas Elijah observou, com muita sensatez, que depois que os alçapões estivessem abertos, talvez os lobisomens conseguissem entrar no porão. Suas câmaras amplas não podiam ser cobertas pelo feitiço de proteção e sua única vantagem, depois que os lobos as encontrassem, estaria perdida.

Vivianne não foi de utilidade nenhuma, porque todas as suas sugestões envolviam o mínimo de mortes. Ela parecia convencida de que uma solução pacífica era possível e até desejável, apesar das provocações e ameaças gritadas pelas janelas quebradas. Klaus espumava com a inutilidade de sua ameaça anterior — ele não podia trancá-la no porão quando eles precisavam acessar as armas guardadas ali.

Klaus preferia que Vivianne não assistisse à carnificina e a colocou no quarto do segundo andar, onde ela concordou em esperar pela batalha e a tempestade.

— Fique em segurança, meu amor, e voltarei logo — disse ele com um beijo que era mais uma mordida em seus lábios vermelhos e grossos.

Ela lhe abriu um sorriso que o derreteu por dentro, sussurrando um "sim" em seu peito. Maldição, ele jamais se fartaria desta mulher.

De volta ao porão, eles examinaram a munição.

— Isto não é tudo — declarou Elijah, os olhos castanhos e afiados percorrendo as caixas. — No dia que Hugo morreu, desci alguns barris para ele, mas devem estar em um dos porões externos. — Ele se virou lentamente, resmungando algo sobre "o canto sudeste" e aparentemente verificando mentalmente cada porta.

— Aquela — disse Klaus, decidido, indicando uma porta à esquerda dos dois e atravessando o piso de terra úmida para abri-la. Deixou que Elijah passasse primeiro e o seguiu.

Os barris esperavam no final do túnel, cinco deles, cada um praticamente da altura dos dois. Elijah já abria a tampa de um deles quando Klaus o alcançou. Ele ergueu a cabeça com um estranho brilho nos olhos.

— Pólvora.

— Em todos? — perguntou Klaus, mas não esperou por uma resposta.

Em vez disso, arrancou a tampa do barril mais próximo enquanto Elijah avançava a outro. Sentiu o cheiro mesmo antes de ver. Os cinco barris estavam repletos de pólvora. Havia o suficiente para um ano, se atirassem nos lobisomens continuamente, noite e dia, mas Klaus sentiu que seria um terrível desperdício de um suprimento tão extraordinário do material.

— Cada um desses produziria uma explosão potente, se deixássemos como estão — refletiu Elijah, e Klaus sabia que eles seguiam a mesma linha de raciocínio.

— Quatro destas câmaras e quatro barris — concordou Klaus — e um quinto que podemos usar como pavio. Nenhuma explosão prejudicará a casa, mas podemos estourar o chão abaixo dos pés deles.

— Sempre invejei o número de lobisomens que você conseguiu caçar quando chegamos. — Elijah sorriu, posicionando um barril nos degraus rudimentares de terra e voltando para examinar o efeito.

Klaus virou seu barril na base do barril do irmão e começou a despejar a pólvora preta e pesada em um fluxo constante. Quando a espessura lhe pareceu correta para um pavio improvisado, foi recuando pelo túnel pelo qual tinham chegado. Elijah pegou o segundo barril e tomou a porta mais a leste, para outro dos porões externos. Com um barril cheio em cada canto da propriedade e a pólvora solta do quinto barril ligando todos ao meio, eles podiam virar a mesa para cima de seus agressores com uma simples fagulha.

Klaus correu o pavio para o centro do porão principal, pouco abaixo do alçapão aberto. Contou os passos enquanto continuava em linha reta até a porta. Por sua estimativa, levaria menos de um minuto para que as linhas ardessem em cada direção, alcançassem os barris cheios e os explodissem através da terra.

Elijah encontrou-se com ele abaixo do alçapão central, sorrindo. Klaus só percebeu o quanto eles se estranharam nos últimos nove anos quando estavam mais uma vez do mesmo lado, combatendo ombro a ombro — como sempre deveria ter sido.

— Não tem sentido esperar — observou Klaus, acendendo uma faísca e gesticulando para Elijah ir à escada. — Podemos limpar a infestação de lobisomens antes que chegue o pior da tempestade, depois descer para escapar dela, se for necessário.

Elijah lançou um olhar cauteloso à madeira na mão de Klaus antes de subir para a casa. Klaus se agachou e tocou a chama onde as quatro trilhas de pólvora se uniam. Ela estalou e pegou, e ele observou por um momento para ter certeza de que se espalhariam para cada lado, seguindo então Elijah escada acima.

— Estou impressionado, irmão — disse Elijah ao fechar o alçapão com um pisão firme.

— É um bom plano — concordou Klaus, presunçoso. — Mas é uma sorte que estivéssemos tão bem abastecidos. — Era fácil dividir parte do crédito quando havia tanto para dividir e eles estavam prestes a arrancar todo o bando dos Navarro do conforto de sua própria casa.

— Isso também — disse Elijah. — Mas eu quis dizer que Vivianne ficou quieta quando você disse isto a ela.

Klaus riu e assentiu, depois sentiu uma súbita pontada de dúvida. Porque Viv obedecera com tanta placidez? Elijah tinha razão — isto não era característico dela. Ele correu escada acima, chamando seu nome e abrindo de rompante a porta do quarto.

Ela desaparecera. Desaparecera, mas não havia descido ao porão para discutir com eles. Ele não ouviu, não viu, nem mesmo sentiu o cheiro dela em nenhum lugar no andar térreo e agora não havia vestígio de Vivianne também no andar superior. Ela simplesmente sumira.

Ele precisou de segundos — não sabia dizer exatamente quantos — para entender. Ela não estava na casa e, deste modo, devia ter saído. Vivianne o desafiou e partiu para o único lugar seguro que lhe restava, uma multidão de lobisomens furiosos debaixo de um furacão enfeitiçado. Se sobrevivesse a esta noite, ele próprio a mataria.

Ele foi à janela e um clarão de raio lhe mostrou tudo. Armand segurava seu braço branco, torcendo-o, com o rosto a centímetros do dela. Sol se postava bem atrás de Vivianne, a testa com gotas de suor, gritando algo ininteligível.

— Viv! — gritou Klaus, e alguns lobisomens mais próximos viraram-se para ele.

O círculo principal estava a uma boa distância da casa, preparando-se para o que eles pensavam que seria uma longa espera.

Mas não seria. Klaus imaginou os pavios acesos e, quando o raio seguinte caiu, ele até pensou distinguir o alçapão ao lado dos sapatos de conta de Vivianne.

Ele mergulhou da janela, mas o primeiro barril explodiu durante sua queda. Houve outro estrondo ensurdecedor justo quando ele chegou ao chão. Ele rolou imediatamente e se levantou, mas, antes que pudesse dar um único passo, as duas últimas explosões ocorreram juntas. Vivianne o encarava, boquiaberta, como se quisesse falar, e desapareceu quando o chão abaixo dela explodiu em estilhaços e chamas.

O abalo das explosões jogou Klaus com força na parede da casa e o fogo ferroou cada centímetro de sua pele. Por um bom tempo, ele não conseguia enxergar nada além de luz e fumaça, depois desejou não poder ver.

Através do tinido ensurdecedor nos ouvidos, Klaus pensou ouvir gemidos aqui e ali em volta da casa, mas a destruição havia sido quase completa. A casa permaneceu intocada, no meio de um pedaço de terra devastado, entrecruzado por túneis que se abriam como covas à espera. Cadáveres jaziam a toda volta, um triunfo que deixou Klaus inteiramente vazio.

Um dos corpos era o dela. Ele entendeu antes de ver, e assim não suportou olhar com atenção. Uma lasca de renda escurecida, um trecho de pele empolada. Ela estava bem acima do barril de pólvora. Flagrou-se com seus braços a envolvendo, abraçando-a e apertando-a contra o seu corpo o mais perto que podia. Ela encontrou um fim rápido e brutal à sua curta e encantada vida, e Klaus sabia que a perda era muito mais dele do que dela.

Vivianne Lescheres vivera cada momento com plenitude e paixão, e agora Klaus teria de passar o resto da vida sem ela. Era insuportável, impensável. Era cruel e era em parte por culpa dele. Vira a que ponto ela estava disposta a defender a fé em seu povo e compreendera as profundezas de sua ingenuidade.

Entretanto, ele a deixara desprotegida, porque, por melhor que a conhecesse, nem uma vez conseguiu se colocar no lugar dela. Jamais previu a intensidade de sua necessidade de fazer o que era certo e, assim, ele a perdeu inúmeras vezes até que não restasse nada a perder.

— Fujam, se puderem — gritou ele num tom vazio a qualquer lobo que sobrou para ouvi-lo. — Fujam agora. Não haverá anistia, nem paz. Fujam.

Um furacão vinha para arrasar a cidade e quase todos os lobisomens estavam mortos. Aqueles que restavam fariam bem em escutar seu aviso, porque Vivianne estava morta e Klaus não tinha mais o que proteger. Ouviu alguns sobreviventes infelizes cambaleando para a mata. Ele se viu sozinho, o mundo à sua volta árido como seu coração. Um manto repentino de chuva apagou o fogo da explosão e Klaus apertou mais o corpo de Vivianne contra o seu, protegendo-a enquanto a tempestade desabava na cicatriz exposta do terreno.

35

A tempestade fechou a porta com uma batida assim que Elijah conseguiu abri-la. O vento tinha vida própria, espancando e dançando em volta da casa, carregando com ele os destroços. A tempestade soprou pela água e enfim chegou a eles, e Elijah não tinha certeza de que a casa a suportaria.

Ele arrastou o irmão para dentro, lutando com o vento por todo o caminho. Klaus teimosamente segurava um corpo nos braços, um cadáver que Elijah reconheceu ser de Vivianne. Ele a aninhava com ternura no peito e Elijah ficou assombrado com a persistência do amor de seu irmão.

— Devia ter me contado, irmão — disse Elijah, mas Klaus parecia não ouvir. Bateu a porta depois de passar. Perversamente, agora ela não queria continuar fechada e Elijah encontrou uma trava de madeira para trancá-la. — Eu não teria gostado, mas teria compreendido.

— Você era inteiramente contra — disse Klaus, mas não havia amargura em sua voz, simplesmente o nada. — Todos estavam contra nós, mas ela nunca deixou de querer explicar. Morreu tentando fazer com que o mundo *compreendesse*.

— Eu teria compreendido — repetiu Elijah, colocando a mão no ombro do irmão. Klaus se retraiu um pouco, mas não se afastou. — Se soubesse de seus sentimentos, eu o teria apoiado.

— Jamais saberemos — respondeu Klaus, colocando o corpo de Vivianne no chão e acariciando seu cabelo preto. — Com ela morta, não creio que minha felicidade um dia vá depender tão inteiramente de uma mulher outra vez.

Elijah se balançava nos calcanhares, aturdido com a perda crua e vulnerável na voz de Klaus. Vivianne não fora uma simples conquista ou um pedaço prazeroso do fruto proibido; Klaus estivera apaixonado. Ele não conseguia se lembrar da última vez que vira o irmão parecer tão vazio, seu fogo habitual não apenas moderado, mas simplesmente ausente. Era quase insuportável ver Klaus — o irreprimível, o impossível Klaus — derrotado.

Rebekah partira e Klaus estava em pedaços, e a tempestade chegara com tudo. Elijah sabia que os bruxos pretendiam cumprir a ameaça e, à medida que a noite prosseguia, ficava claro que só o feitiço de proteção de Ysabelle mantinha a casa de pé. Talvez realmente a defendesse das intempéries, ou de algum modo sabia que esta não era uma tempestade natural.

O furacão uivou pelos caixilhos das janelas, rasgando as cortinas e atirando pela sala livros, pratos e até móveis. Um raio caiu nas proximidades, dividindo árvores inteiras no chão. A chuva transformava a terra em rios e cascatas, inundando os túneis e certamente o porão abaixo deles. Mas a casa em si não cedeu.

Quando chegou a manhã, o novo dia trouxe a mais leve sugestão do sol. Elijah convenceu Klaus a caminhar com ele, prometendo que passariam pelo cemitério dos bruxos no caminho. Seria necessário arranjar um lugar para Vivianne e fazer esse ritual prático poderia elevar um pouco o espírito de Klaus. Ele talvez quisesse sentir que fazia *alguma coisa* por ela.

Eles pegaram dois cavalos soltos na mata. Por sua aparência, Elijah imaginou que vinham do acampamento militar francês. Duvidava que eles tivessem sobrevivido com suas barracas e construções improvisadas, em especial com o comandante e seu tenente desaparecidos.

Onde as casas eram mais próximas, os danos eram ainda mais pronunciados do que nos arredores assolados. No início, Elijah não compreendia onde estava, agora que toda a paisagem sumira. Parecia que ele não sabia mais o caminho para Nova Orleans, com esta casa desaparecida e aquela mansão desabada, aquela árvore magnífica agora prostrada, atravessando um solar imponente. Era como se ele tivesse entrado em um lugar estranho e ele apressou seu cavalo.

Klaus vinha atrás dele, aparentemente sem perceber o que fora feito da cidade. Segurava o corpo de Vivianne a sua frente no cavalo e só olhava para ela.

O bairro dos lobisomens estava igualmente maltratado. Embora a maior parte do bando estivesse na propriedade dos Mikaelson, era evidente que os bruxos se dispuseram a fazer o trabalho por eles. Qualquer lobisomem que não tivesse participado do cerco estava afogado ou esmagado.

Quase ninguém, além dos dois Originais, andava pelas casas arrasadas e, dos poucos sobreviventes que via, pelo menos metade colocava suas posses em carroças. Agora Nova Orleans não era lugar para os lobisomens — eles estavam cercados de inimigos e sem um bando. Todos desapareceriam muito em breve e Elijah sentiu uma pontada de remorso à visão da amargura do seu próprio sucesso. Entretanto, apesar da solenidade da destruição a sua volta, Elijah sentia sua mente girar. Certamente não fora a intenção deles, mas os bruxos haviam criado muito espaço... E o deixaram para ser preenchido pelos vampiros.

Eles se viraram para o oeste, na direção do cemitério. Elijah tinha um motivo inconfesso, naturalmente — estava curioso para ver se Ysabelle sobrevivera àquela noite. Ela e a irmã não participaram da criação do furacão e ele lamentaria se a tempestade as tivesse matado.

Klaus desmontou no cemitério e acenou para que ele avançasse. Elijah deixou o cavalo ao lado da montaria de Klaus e continuou sozinho. Encontrou Ysabelle e Sofia na varanda da casa, piscando à luz do dia como se tivessem acabado de sair.

Sofia Lescheres o viu primeiro e tocou o cotovelo da irmã, entrando na casa sem dizer nada. Ysabelle a observou, depois desceu a varanda para encontrar Elijah no meio do caminho.

— Ela está de luto — explicou a bruxa alta, passando um xale malva firmemente pelo corpo. — Houve muitas mortes na noite passada e, em sua fúria, os tolos não pensaram em proteger nosso povo. Bruxos morreram e ela acredita que a filha seja um deles.

— Ela é — confirmou Elijah simplesmente.

Pensou em tentar explicar como Vivianne morrera, mas havia muito pouco que pudesse dizer que não agravasse a situação. Ele e Klaus sobreviveram, e Vivianne estava morta. Mesmo cercados de lobisomens, com o terreno explodindo e uma tempestade mágica caindo sobre eles, os irmãos sobreviveram e as bruxas os considerariam responsáveis por não terem protegido Vivianne.

E talvez elas tivessem razão. Se Klaus não estivesse tão profunda e cegamente apaixonado, teria amarrado Vivianne a uma cadeira e acabado com aquilo.

— Foi rápido — disse Elijah. — Vivianne não sofreu.

Ysabelle estremeceu e ele sabia que a bruxa segurava o choro.

— Obrigada — sussurrou ela. — Contarei a minha irmã. — Ela entrelaçou as mãos, as veias azuis destacando-se, furiosas. — Aqueles tolos — repetiu, e naquelas duas curtas palavras Elijah ouvia toda a cólera que ela se recusava a soltar na sua frente.

— Meu irmão está agora no cemitério — disse-lhe Elijah. — Gostaríamos de ajudar nos preparativos, se pudermos. — Ainda melhor se eles conseguissem colocar os restos mortais de Vivianne na segurança de um caixão antes que qualquer um pensasse em perguntar por que ela estava queimada. — Entendo que o pai de Vivianne descansa em outro lugar, mas pensamos que ali seria mais adequado, se a família concordar.

Ysabelle hesitou, olhando novamente para a casa. Parecia intocada pela tempestade, notou Elijah. Ele deduziu que a casa dele não era a única a usar da proteção do grimório de Esther.

— Sofia ficará comigo por um tempo — respondeu ela. — O teto de sua casa se perdeu e ela não quer ver ninguém. Mas é uma oferta gentil e creio que se isto simplesmente for *resolvido*...

Elijah assentiu.

— Cuidaremos de tudo — garantiu-lhe ele. — Podemos começar a trabalhar em um túmulo adequado esta manhã. Se Sofia for ao cemitério daqui a duas noites, cuidarei para que ela tenha a oportunidade de se despedir corretamente. Sozinha, se assim o desejar.

— Creio que desejará — concordou Ysabelle. — Obrigada.

Ele a deixou ali, incapaz de fazer mais do que aquilo. Ysabelle e a irmã teriam de viver com sua raiva e sua tristeza. Elijah imaginou que algum tempo se passaria antes que elas pensassem na reconstrução e na administração da cidade e, para ele, isto era bem apropriado.

Ele encontrou Klaus ainda no cemitério dos bruxos, sóbrio e determinado em sua tarefa.

— Eu estava pensando — disse ele à chegada de Elijah. — Pode-se ver um pedaço do rio bem daqui.

Elijah o pegou pelo braço e andou com ele de volta aos cavalos que esperavam. Explicou sua conversa com Ysabelle e eles debateram se poderiam encontrar um negociante na cidade que construísse um caixão e um pequeno mausoléu.

Klaus de algum modo pareceu animado com a notícia de que vários bruxos pereceram na tempestade e Elijah ficou satisfeito ao ver que talvez ele começasse a superar sua melancolia. O irmão levaria tempo para se curar, mas a eternidade era um tempo muito longo para carregar uma ferida em carne viva — e por fim o irmão começaria a abandonar a dor.

Ao voltarem para casa, o cavalo de Klaus bufou e empinou de surpresa. Elijah puxou as rédeas por instinto, procurando à volta qualquer potencial fonte de perigo.

Ela estava bem diante deles. Rebekah sentava na varanda da casa, com os pés descalços pendurados despreocupadamente na água lamacenta. O cabelo dourado estava colado na cabeça e as roupas tão encharcadas e sujas que ele não adivinharia sua cor original. Seu lindo rosto também estava sujo, mas ele via os pontos onde lágrimas frescas abriram trilhas de pele exposta.

Ela não precisou falar — era evidente que também perdera seu verdadeiro amor naquela noite. Não estaria ali, sozinha e chorando, se Eric tivesse sobrevivido. Ele jamais teria desejado uma perda dessas para ela — nem para Klaus, aliás. Ver os dois de luto em um só golpe era a pior tristeza possível.

— Vai ficar tudo bem — disse Elijah a ela, depois assentiu para Klaus para que ele entendesse que se dirigia a ambos. — Pode não haver o que substitua o que vocês perderam, mas não perderam tudo. Não importa quem faleceu, desapareceu ou é lembrado, sempre teremos um ao outro. Sempre teremos a família.

Este livro foi composto na tipografia
Minion Pro, em corpo 10,5/15, e impresso em
papel off-white no Sistema Digital Instant Duplex
da Divisão Gráfica da Distribuidora Record.